Mikael Lundt

Quälgeist

Hausmanns krude Fälle 2

Bibliografische Information der Deutschen Nationalbibliothek: Die Deutsche Nationalbibliothek verzeichnet diese Publikation in der Deutschen Nationalbibliografie; detaillierte bibliografische Daten sind im Internet über dnb.dnb.de abrufbar.

Impressum:
© Mikael Lundt, 2021
Kontakt: mikael@mikael-lundt.de
Im Netz: www.mikael-lundt.de

Herstellung und Verlag:
BoD – Books on Demand, Norderstedt
ISBN: 9783754345320

Korrektorat: Myra Frost
Fotonachweise: istockphoto.com (Klubovy & stsmhn)

1

Der letzte Schnitt war getan. „Clara, du und ich. Für immer!"

Die Klinge des Taschenmessers verharrte einige Sekunden schwebend über der Rinde der uralten Eiche. Dann klappte eine Jungenhand sie in die Schneide ein. Ein mechanisches „Klack" hallte durch den in der Abenddämmerung still daliegenden Wald. Rund um den mächtigen Baumkreis, zu dem die Eiche gehörte, kam zaghaft Nebel auf. Ein sanfter Wind zupfte die ersten losen Herbstblätter von den Bäumen.

Luis spürte eine zärtliche Berührung an seiner linken Schulter. Er drehte sich um.

Da stand sie!

„Clara", hauchte er.

Sie lächelte ihn an und nahm ihm das Messer aus der Hand.

Ihm wurde flau im Magen. Was würde sie jetzt tun? Seine Liebesbekundung auslöschen? Er vermochte kaum auszuhalten, wie sie so dastand und ihn ansah!

Sie war wunderschön, goldene Locken, zarte Sommersprossen, die nun im Herbst bereits wieder am Verblassen waren. Dazu die frühlingsgrünen Augen, in denen man sich verlieren konnte. Dann schritt sie zum

Baum und klappte die Klinge erneut aus. Sie zerstörte die Botschaft nicht, sondern ritzte ein Herz um sie herum in die Rinde. Sie wandte sich ihm wieder zu und blickte ihn an, immer noch ohne ein einziges Wort zu sprechen.

Luis tat einen Schritt auf sie zu, wollte sie berühren. Doch ihr Bild zerfiel zu Asche. Dahinter glimmte die Rinde des Baumes in frostigem Licht. Es brach durch die eingeritzten Buchstaben und stach in den Augen.

Ein Heulen brauste auf und bescherte ihm Gänsehaut am ganzen Körper. Sofort fühlte sich Luis, als hätte man ihn in Eiswasser geworfen.

„Weg! Nur weg von hier!", schoss es ihm durch den Kopf. Er wollte losrennen, doch irgendetwas schien ihn festzuhalten. Es war wie eine Klaue, die ihn am Nacken packte und nach vorne schleifen wollte. Fast wie es sein Vater tat, wenn er ihn bestrafte, weil er die Schule geschwänzt hatte. Aber dieser Griff war kälter, härter.

Das Heulen um ihn herum schwoll weiter an, ein wütender Wind trieb Nebelschwaden um die Bäume.

Dann hörte er eine Stimme. Sie wisperte, so flüchtig, als käme sie von weit her. Doch ihre Worte waren klar. „Du und ich für immer!"

Dann brach eine zügellose Energie aus dem Baum und ließ ihn nach hinten taumeln. Er spürte, wie sie in ihn eindringen wollte. Luis schrie, fuchtelte mit den Armen, wollte sich wehren. Doch es gab nichts Körperliches, das er zurückschlagen konnte. Seine Kraft drohte zu schwinden, irgendetwas stahl sie ihm und nährte sich daran. Seine Wahrnehmung verblasste allmählich.

Dann ein Schuss. Das war ein Gewehr gewesen. Luis zuckte zusammen, er war wieder im Hier und Jetzt.

Aus dem Nebel kam sein Vater angerannt mit einem kalkweißen Gesicht. Er packte ihn am Arm, zerrte ihn fort. „Komm weiter, Junge!", schrie er.

Luis spürte, wie die eisige Klaue im Genick schwächer wurde – und der Griff des Vaters kräftiger. Er kämpfte sich vorwärts, schüttelte die Hand seines Vaters ab und zog an ihn vorbei. Doch immer noch vernahm er das wütende Brausen hinter sich.

Ein Blitz zuckte durch den Wald.

Luis wandte sich um.

Sein Vater stand erstarrt zwischen den Bäumen, ein eisiges Glimmen hüllte ihn ein.

Luis torkelte rückwärts. Er rannte los, rannte wie der Teufel. Nur noch nach Hause! Weg von diesem wütenden Heulen, weg von all dem Schrecken!

2

Tobis Füße gehorchten ihm nicht. Es war, als hätten sich binnen Sekunden Wurzeln um seine Schuhe geschlungen, die sich immer weiter zusammenschnürten. Tobi wusste, dass der Gedanke purer Blödsinn war. In Wahrheit gab es keine Wurzeln, vielmehr vermochte er die Füße nicht hochzuheben. Seit einer kleinen Ewigkeit fühlte er sich wie gelähmt. Etwas in ihm schrie: „Bleib einfach stehen!"

„Was ist jetzt, du Pissnelke?", fragte Milan ungeduldig, der zwei Schritte vor ihm stand und ihn herausfordernd anblickte. „Ziehen wir's durch!"

Tobi starrte ihn an. War dieser Typ wirklich sein Kumpel? Bloß weil sie beide in der 9b waren, mussten sie noch lange keine Freunde sein. „Ich ...", setzte er an.

„Du scheißt dich ein!", beendete Milan Tobis Satz auf seine gewohnt rustikale Art.

„Nein. Aber wir wissen ja nicht, ob vielleicht doch jemand zu Hause ist", erklärte Tobi ruhig.

„Der Kerl ist weggefahren, kein Auto in der Einfahrt, der Schlagbaum ist unten."

„Schon. Aber was, wenn er ne Alarmanlage hat, nen Hund, ein Gewehr? Der soll Jäger sein, der hat sicher ein Gewehr!"

„Noch mal, der Typ ist nicht da, ich hab ihn beschattet." Milan tippte sich mit einem Zeigefinger an die Stirn „Ich bin doch nicht doof. Der hat nen riesigen Koffer in den Wagen geladen und ist zu irgendeiner Reise aufgebrochen. Dauert bestimmt ein paar Tage."

Tobis Füße fühlten sich ein bisschen weniger wie Stein an. „Wenn die uns erwischen! Du hast schon zwei Jugendstrafen und ich ..."

„Du willst nicht, dass Mama dich ausschimpft. Typisch Polizistensöhnchen", sagte Milan verächtlich.

Tobi lief rot an. Er hatte Glück, dass es dämmerte und man hier mitten im Wald kaum Grau von Braun unterscheiden konnte. „Ich will nicht erschossen werden! Oder verhaftet", protestierte er.

„Wirst du nicht, komm jetzt. Wer soll uns hier schnappen. Du weißt doch am besten, die nächste Polizeiwache ist über zehn Kilometer entfernt. Und die brauchen bei den Schotterpisten sicher ne halbe Stunde hierher. Dann besaufen wir uns längst mit dem Jägermeister, den der Alte da drin hortet." Milan grinste. Die Aussicht auf einen deftigen Rausch sorgte schon jetzt für selige Zufriedenheit bei ihm. Er ging los in Richtung Anwesen.

Tobi konnte nicht behaupten, dass es eine bewusste Entscheidung gewesen wäre, als er den rechten Fuß langsam hob und einen Schritt nach vorne tat. Aber er merkte, dass sogleich der linke Fuß folgte. Er beschleunigte seinen Schritt und schloss zu Milan auf.

Der drückte ihm ein Brecheisen in die Hand und trat zum rot-weiß lackierten Schlagbaum, der die Einfahrt zur Fenger-Villa versperrte. Er schlüpfte darunter hindurch.

Weiter hinten sah Tobi schemenhaft ein Eisentor

9

zwischen zwei Granitpfeilern, die oben mit wuchtigen Steinfiguren besetzt waren. Ein Eber und ein Hirsch. „Die Tiere beobachten uns", dachte er. Die hereinbrechende Nacht ließ sie zum Fürchten aussehen.

Tobi bückte sich und glitt seitwärts ebenfalls unter dem Schlagbaum durch. Dann ging er Milan hinterher. Er hielt es immer noch für eine gefährliche Idee, aber er wollte ein für alle Mal beweisen, dass er keine Pissnelke war. Kein Mamasöhnchen. Keiner von den Warmduschern, die Milan so hasste und denen er das Handy vor der Schule abzog oder das Taschengeld klaute.

Derweil stieg Milan über das Eisentor.

Tobi sah, wie er auf der anderen Seite wieder hinuntersprang.

„Komm, mach hin", zischte Milan von drüben und leuchtete mit der Taschenlampe nach oben ans Gitter, damit Tobi besser sehen konnte.

Tobi kletterte hoch und schwang sich über das geschmiedete Eisentor. Dann lief er Milan nach. Weiter hinten erhob sich die dunkle Villa vor dem letzten Rest des tiefblauen Dämmerlichts. Tobi war klar, es gab nur eines, das schlimmer war, als nachts in dieses gruselige Haus einzubrechen. Und das war, allein hier draußen im Wald bleiben zu müssen.

Den Kellereingang aufzuhebeln war leichter als gedacht verlaufen. Nur kurz hatten Milan und Tobi mit dem Brecheisen die Holzluke anheben müssen, die über der Treppe nach außen angebracht war, und schon hatte ihnen das dumpfe Knirschen verraten, dass die Bretter nicht allzu stabil waren. Ein beherzter Ruck, und der Zugang war frei. Sie stiegen die Steinstufen hinab.

Mit der Taschenlampe leuchtete Milan das gemauerte Gewölbe ab, doch im funzeligen Lichtstrahl war wenig zu erkennen. Die Jungs gingen links und rechts an den Wänden entlang auf der Suche nach einem Lichtschalter. Vergeblich.

„Drecksscheiße, warum hat der Bastard kein Licht?", fluchte Milan in die Dunkelheit.

„Psst", zischte Tobi instinktiv, immer noch nicht restlos überzeugt, dass der Hausherr tatsächlich abwesend war.

„Ach, scheiß dich nicht ein, wir suchen jetzt den Weg nach oben und schnappen uns ein paar Trophäen. Und dann verpissen wir uns, alles klar?"

Tobi nickte nur stumm. Was immer Milan sagte, Hauptsache, sie kamen hier schnellstens raus und das ohne Handschellen – und ohne Schusswunde im Bauch.

Sie arbeiteten sich vorwärts durch den mit alten Möbeln und Kisten vollgestellten Keller. Tobi hielt an und öffnete einige der Kartons. Sie waren voll mit Büchern, esoterischen Broschüren und alten Programmheften für Veranstaltungen wie „Esoworld" oder „Global Spirits".

Ungläubig runzelte Tobi die Stirn. „Der Typ soll Jäger sein? Nie im Leben", murmelte er. Ein wenig beruhigte ihn das, denn die Wahrscheinlichkeit, dass ein Wunderheiler oder Sektenguru ein Gewehr im Haus hatte, war deutlich geringer als bei einem Jäger.

Milan beendete Tobis Grübeln über den Beruf des Villenbesitzers. „Da vorne, schau mal", sagte er und leuchtete mit seiner Taschenlampe auf eine verriegelte Tür am anderen Ende des Kellergewölbes. Sie war mit einem Querriegel und zwei dicken Vorhängeschlössern gesichert. „Ich wette, da ist fette Beute drin, wenn er das doppelt und dreifach absichert!" Er setzte seinen Rucksack ab und zog einen Bolzenschneider heraus. „Mal sehen, ob sich die 75 Euro gelohnt haben."

„Du hast doch gesagt, du hast das Ding im Baumarkt gezogen."

Milan grinste überlegen. „Ja, stimmt. Aber wert ist er 75 Öcken, da kann man doch Qualität erwarten, oder?"

Sie gingen auf die verriegelte Tür zu. Zwei Schritte davor blieben sie stehen.

„Ein Schloss du, das andere ich?", fragte Milan und schlug Tobi auf die Schulter.

„Ich, also ..."

„Hahaha, ja, schon gut. Ich mach's."

„Ist ja nicht so, dass ich nicht wollte, aber ..." Er stockte. „Milan, sag mal, hörst du das?"

Sie lauschten.

„Ich höre gar nichts. Höchstens, wie meinem Kumpel vor Angst die Zähne klappern."

„Nein, das kommt von da drinnen."

Milan drückte ein Ohr an die Holztür. Er lauschte einen Moment angestrengt. „Ist das eine Stimme?", hauchte er. „Nein, warte. Klingt wie ein Heulen", korrigierte er sich.

Tobi legte ebenfalls ein Ohr an die Tür. „Es hört sich so traurig an. Ist das ein Kind?" Er trat wieder einen Schritt zurück und sah Milan fragend an. „Was sollen wir jetzt tun?"

„Aufmachen", sagte Milan bestimmt und hob den Bolzenschneider.

„Bist du irre? Was, wenn da wirklich einer drin ist? Wenn dieser Jäger, oder was auch immer, ein psychopathischer Entführer ist? Was, meinst du, macht der mit uns?!"

Während er diese Worte sprach, ging Tobi wie in Zeitlupe rückwärts. Scheiß Mutproben, scheiß Übermut, was hatte er sich dabei gedacht?

Milan setzte derweil den Bolzenschneider an und spannte die Muskeln.

„Warte, lass uns noch mal überlegen, vielleicht sollten wir die Polizei holen?", fragte Tobi, wohl wissend, dass er den starrsinnigen Milan damit kaum umstimmen konnte.

Mit metallischem Knacken durchtrennte der Bolzenschneider die Bügel der Schlösser. Kaum hatte Milan den Riegel zur Seite geschoben, drückte ein Windstoß die Tür auf und ließ ihn zurücktaumeln. Dichte Nebelschwaden drangen aus dem Verschlag. Der Wind trug das traurige Heulen nun in zehnfacher Lautstärke heraus. Tobi ging das Geräusch durch Mark und Bein.

Da verstummte das Wehklagen plötzlich. Nach einem kurzen Flackern versagte Milans Taschenlampe.

Tobi stand wie verloren mitten im schummrigen Kellergewölbe. Jenseits der Tür lauerte ein kaltblauer Schein. Der Nebel waberte immer noch durch die Luft. Dieses magische Licht zog Tobi in seinen Bann. Er ging unbewusst wieder vorwärts, um besser sehen zu können, woher es stammte.

Im zuvor verriegelten Raum war der alte Wurzelstock eines Baumes zu erkennen, dessen kläglicher Rest Rinde das blassblaue Licht abgab. Ein sanfter Wind wehte offenbar rund um den Baumstumpf herum, doch er schien von nirgends zu kommen.

Ohne es zu merken, war Tobi mittlerweile bis an die Tür herangetreten, in der Milan wie festgerostet stand und stumm in den Raum blickte. „Lass uns verdammt noch mal abhauen!", rief er ihm direkt ins Ohr.

Der sonst so abgebrühte Teenager fuhr aus seiner Starre hoch und drehte sich zu Tobi um. Er sah etwas in Milans Augen, was er bei seinem Kumpel nie zuvor gesehen hatte. Es musste Angst sein. Nein, Panik.

Der Wind brauste auf, heulte und zerzauste Milans schulterlange braune Haare.

„Ja, verfluchte Scheiße, du hast recht!", schrie Milan.

Tobi wollte sich umwenden und aus dem Keller rennen, doch er kam nur ein paar Schritte weit. Der Wind riss an ihm. Unbändige Kraft zerrte ihn in Richtung Tür. Seine Schuhe rutschten über den Steinboden, fanden keinen Halt mehr. „Verdammt, Milan!", brüllte er über das Tosen hinweg.

Mit den Fingern krallte sich Milan in den Türrahmen, seine Beine wurden in den Raum hineingezogen.

Tobi verlor das Gleichgewicht und schlitterte der Tür entgegen. Der Wind stürmte noch einmal umso heftiger los, knallte die Tür zu, zerschmetterte Milans Finger und ließ ihn in den Raum trudeln. Die Tür wurde aus den Angeln gehoben und zerschellte im Inneren des Raumes. Tobi sah, wie Milan gegen den Baumstumpf prallte, der nun gleißend hell strahlte. Ein aggressives Licht, das unter der Rinde hervorbrechen wollte. Es brannte in den Augen wie Säure.

Bäuchlings rutschte Tobi über den Boden und mühte sich, Halt zu finden, während er immer weiter in Richtung Baum gesaugt wurde. Er griff wild um sich, bekam eine rostige Eisenstange zu fassen und versuchte, sie irgendwo zu verkeilen. Ein Kreischen wie ein Dutzend bremsender Güterzüge erfüllte den Raum hinter ihm. Er legte die Stange quer und sie blieb am Türrahmen hängen. Mit aller Kraft klammerte er sich daran fest und sah nach hinten. Das Licht war unerträglich. Aus tränenden Augen erkannte er schemenhaft, wie Milans Körper gegen die Rinde gepresst wurde, so als wollte der alte Baum ihn einsaugen und zerquetschen.

Tobis Arme schmerzten, seine Augen brannten wie Feuer und seine Ohren sausten von dem Lärm. Er hoffte, dass er genug Kraft haben würde, um nicht hineingezogen zu werden. Aber seine Sinne drohten zu schwinden. Im immer dichter werdenden Nebel konnte er kaum etwas erkennen. Alles war nur noch weiß in weiß.

Dann war er mit seiner Kraft am Ende, seine Finger rutschten ab und Tobi flog in den Raum. Er prallte auf den Baumstamm, der sich wie Eis anfühlte. Tobi war, als raube ihm etwas all seine Kraft. Mit einem Mal war es völlig windstill, kein Lüftchen ging mehr. Das Heulen verstummte. Es war fast wie im Vakuum. Tobi keuchte schwer. Er wollte nachsehen, was mit Milan war. Doch seine Augen waren immer noch wie geblendet. Die Stille währte nur wenige Sekunden. Dann brach eine Welle der Energie aus dem Baum und fegte ihn hinaus in die nachtschwarzen Wälder.

***

Der Nebel war eisig. Dörte wünschte sich, ihre Strickjacke hätte einen Kragen, der sich hochstellen ließ. Sie

15

sehnte sich ihre dicke Wollmütze und ihre Thermoskanne mit Kräutertee herbei. Doch Tee und Mütze waren zu Hause auf der Kommode geblieben, als sie schlaftrunken um Schlag Mitternacht mit ihrer Wünschelrute in den Wald aufgebrochen war. Der Forst zeigte sich in bester Herbstmanier feucht und verhangen. Der Dunst ließ Dörtes rote Lockenpracht noch wuscheliger werden als sonst.

Hinter dem dünnen Nebelschleier strahlte der Vollmond so kräftig, dass sie ihre Stirnlampe wieder ausknipste. Sie brauchte sie nicht. Die Natur wies ihr den Weg. Auf dem diffus erhellten Weg schritt sie durch den Wald und zog ihre Jacke enger um sich. Ihr war natürlich klar, dass Strickjacken mit Hochstehkragen erst noch erfunden werden mussten. Aber wünschen konnte man es sich ja. Vielleicht ging der Wunsch in Erfüllung.

Dörte schüttelte den Gedanken an die Jacke ab und tauchte weiter ein in diesen wabernden Schleier, in dem alle Geräusche dumpf und unwirklich klangen. Sie hielt ihre goldglänzende Wünschelrute mit beiden Händen fest und versuchte, sich nicht aufs Frösteln, sondern aufs Spüren der Naturkräfte zu konzentrieren. Nach ihren Recherchen müssten die Kräfte an diesem Tag außerordentlich stark sein. Es war der 22. September, der Tag der herbstlichen Tagundnachtgleiche, ein kosmisch hochgradig aufgeladenes Datum. Heute wollte sie noch einmal versuchen, am magischen Baumkreis im Fengerholz Energien aufzufangen. Seit sie diesen Ort vor einigen Jahren entdeckt hatte, übte er eine anhaltende Faszination auf sie aus. Er eignete sich wunderbar für Meditationen und Reisen in den eigenen Geist. Dass sie beim Erspüren von Energien mit der Wünschelrute bisher nie

Erfolg gehabt hatte, lag sicher nur am schlechten Timing. Doch heute hatte sie das Gefühl, endlich zur rechten Zeit am rechten Ort zu sein, um mit den spirituellen Mächten in Kontakt zu treten. Mit ihrer neuen von Meisterhand gefertigten Wünschelrute fühlte sie sich bestens vorbereitet.

Der Baumkreis zeichnete sich langsam im Nebel ab. Die mächtigen Stämme der alten Eichen wirkten wie Säulen, die von Riesen in einer fast perfekten Rundung in den Waldboden gerammt worden waren. Die Eichen standen dennoch so eng, dass ihre wuchernden Kronen zu einem einzigen Blätterdach verschmolzen. So trotzten sie wie eine lebendige, atmende Kathedrale seit Ewigkeiten Wind und Wetter.

In Dörtes Rute kam plötzlich Bewegung: Der schwungvoll gebogene Draht in ihren Händen zuckte. Ihr Herz machte einen Satz. Jetzt war die klamme Kälte, die sie eben noch gespürt hatte, einer fiebrigen Erregung gewichen. Ihre Fingerspitzen wurden warm. Die Rute schien sie mit unsichtbarer Kraft stetig näher an den Baumkreis heranzuziehen, genau an die Stelle, an der ein Stamm fehlte. Sie hatte sich schon immer gefragt, wer eine so frevlerische und närrische Tat begehen konnte – einen Baumkreis zu durchbrechen, indem man einen der Bäume fällte, undenkbar! Sie wusste seit ihrem ersten Besuch, dass, wo einst eine weitere majestätische Eiche gestanden haben musste, nur ein abgehackter und längst vom Moos überwucherter Baumstumpf zurückgeblieben war.

Dörte blieb plötzlich stehen. Der Baumstumpf war nun ebenfalls verschwunden. Statt seiner klaffte ein brutales Loch im Waldboden. Jemand hatte den Stumpf samt Wurzeln herausgerissen und weggeschafft. Doch wer und wozu? Sie grübelte.

Das Frösteln kam zurück und ließ ihr die Nackenhaare hochstehen. Dennoch überwog die Neugier. Dörte trat weiter vor und versuchte, durch den Nebel zu spähen. Täuschte sie sich oder glühte es schwach aus dem Loch, das der Stumpf hinterlassen hatte? Die Rute schlug wie wild hin und her, Dörte erwachte aus der Erstarrung. Noch ein paar Schritte ging sie vorwärts, bis sie direkt in das Loch hineinblicken konnte. Sofort war ihr, als drücke man ihr die Luft ab, als ziehe man ihr das Blut aus dem Kopf und die Füße unter dem Boden weg.

In dem Loch lag jemand. Tot. Es war ein Junge. Ein verkrümmter kleiner Körper. Er war nackt, grau in grau, die Haut runzlig wie bei einem Greis. Zudem war er von einem diffusen Schein umgeben, aus dem hin und wieder kalte Flammen herauszüngelten.

Dörte wurde schwindelig. Sie wollte nur noch weg hier. Sie taumelte nach hinten, ließ die Wünschelrute fallen, tat ein paar Schritte, kämpfte gegen die Ohnmacht. Hinter ihr kam ein geisterhaftes Heulen auf. Oder war das nur der Schock? Sie wollte loslaufen, stolperte über eine Wurzel und fiel. Ihr Kopf prallte auf einen bemoosten Felsen, der aus dem Boden ragte. Ein dumpfer Schlag katapultierte sie in die Besinnungslosigkeit.

3

Kommissar Bernhard Hausmann hatte das Gefühl, dass seine Schritte immer schwerer wurden – und zwar mit jedem Meter, den er sich in den Wald hinein bewegte. Seine hellbraunen Wildlederschuhe schienen die Matschklumpen des Waldweges magnetisch anzuziehen. Und die Schlammschicht wurde dicker und dicker. Er blickte an seiner moosgrünen Cordhose hinunter, die sich wegen des feuchten Grases, durch das er zuvor schon gestapft war, fast bis zu den Knien vollgesogen hatte.

Dieser Tag ging wahrlich beschissen los. Lausig kalt war es geworden. In der kühlen Luft konnte der Kommissar seinen Atem sehen. Der verregnete Sommer hatte sich fast unbemerkt in einen trüben Herbst verwandelt – und dieser schickte sich an, bald ebenso unmerklich in einen feuchten Winter überzugehen. Hausmann glaubte, in naher Zukunft gäbe es wohl gar keine Jahreszeiten mehr, nur noch 12 Monate Mistwetter am Stück. Zumindest fühlte es sich so an.

Doch der Kommissar hatte eigentlich andere Probleme, als über das durch und durch miese Wetter in diesem Jahr nachzudenken. Warum zum Geier hatte man dicke Felsbrocken mitten auf den Weg gelegt, der hierherführte? Hausmann ärgerte sich, aber natürlich kannte er die Antwort: Damit niemand auf die Idee kam, mit dem Auto in den Wald hineinzufahren. Es blieb ihm nichts anderes übrig, als zum Tatort zu laufen, so mühselig das auch war. Der Fall machte es notwendig, dass er sich in aller Frühe durch den Wald kämpfte.

Kommissar Hausmann stapfte missmutig den Waldweg entlang. Er hatte nicht viel übrig für den wild wuchernden Mischwald um sich herum, obwohl dieser ein Kleinod in der Gegend darstellte, in der fast ausschließlich Nadelholz-Monokulturen zu finden waren. Hausmann konzentrierte sich auf das Positive: Zum Glück konnte es nicht mehr allzu weit sein.

Die Baumreihen lichteten sich endlich. Hausmann trat zwischen zwei Eschen hindurch und kam auf eine Fläche, die eine kleine Lichtung sein könnte – wenn nicht mitten darin ein gewaltiger Baumkreis stünde. Massive Eichenstämme, in einer erstaunlich gleichmäßigen Rundung gepflanzt. Hier war er richtig, wenn er die Anweisung des Kollegen, der ihn aus dem Bett geklingelt hatte, korrekt im Gedächtnis hatte. Die Bäume waren rundherum mit rot-weiß gestreiftem Polizei-Absperrband umspannt.

Hausmann sah geradewegs durch den Baumkreis. Hinter den Baumreihen erkannte er einen Streifenwagen und zwei Kollegen. Wie zur Hölle waren sie mit dem Fahrzeug hierhergekommen? Er schnaubte, dann begann er den Baumkreis zu umrunden und schloss zu seinen Kollegen auf.

„Na, Sie kommen aber reichlich spät, Herr Sonderermittler", sagte der junge Kollege, der sein schwarzes Haar in Gel ertränkt hatte.

Hausmanns Augen wurden schmal, aber er reagierte nicht auf die Spitze. Wie hieß der Kerl doch gleich?

Spranger? Sprengel? Nein, Springer! Das passte. Vermutlich las der schleimige Kerl am liebsten die BILD-Zeitung.

„Kollege Springer, wenn Sie in Ihrer Wegbeschreibung am Telefon zufällig erwähnt hätten, wie man mit dem Auto hierherkommt, wäre es ein wenig schneller gegangen", sagte Hausmann so ruhig wie möglich.

Springer zuckte mit den Schultern. „Das muss ich dann wohl vergessen haben, tut mir leid."

Ohne weiter auf die Worte seines Kollegen einzugehen, kam Hausmann direkt zur Sache: „Wo ist die Verdächtige?"

„Im Krankenhaus, Herr Kommissar. Ist vor einer halben Stunde abgeholt worden, nachdem man ihr den Kopf verbunden hatte."

„Und das Opfer?"

„In der Pathologie. Ist auch vor einer halben Stunde abgeholt worden."

„Dafür, dass man hier angeblich nicht mit dem Auto hinkam, schien ein ziemlicher Verkehr zu herrschen", dachte Hausmann. Er sah sich mürrisch um. Was sollte er nun hier? Wieso war er eine elend weite Strecke durch die Pampa gelaufen? Den ganzen Weg, wenn es hier nichts für ihn zu tun gab. Doch insgeheim war er froh, zu spät gekommen zu sein. Weil ihm so der Anblick des Opfers erspart geblieben war. Es genügte ihm völlig, wenn er sich später noch in der Gerichtsmedizin ein Bild vom ganzen Ausmaß der Grausamkeit machte.

Er wandte sich wieder an den Kollegen Springer. „Irgendwelche Spuren?"

Der Polizist wiegte langsam den Kopf hin und her.

„Nichts, das wirklich vielversprechend aussieht. Es hatte geregnet und dann dieser ganze Nebel heute Morgen. Wenn es Spuren gab, sind sie längst in den Waldboden gesickert."

Hausmann nickte. Das klang logisch. „Wer hat die Polizei alarmiert? Sie sagten, Sie haben die Verdächtige hier bewusstlos aufgefunden."

„Ja, so ist es, Herr Kommissar. Ich weiß nicht, wer angerufen hat. Vermutlich ein Pilzsammler, der anonym bleiben wollte oder Angst hatte, selbst verdächtigt zu werden. Die streunen doch den ganzen Tag durch den Wald. Oder vielleicht ein Geist, Herr Kommissar."

Hausmann brummte. Er hasste es, wie Springer das Wort „Kommissar" aussprach. Es klang wie „Arschloch" aus seinem Mund. Er beschloss, der Frage nach dem Anrufer später nachzugehen, womöglich war die Rufnummer des Melders dokumentiert worden. „Ich sehe mich mal um", sagte er zum Kollegen und ließ ihn stehen.

Dieser wandte sich dem anderen Beamten zu, der im Streifenwagen saß und auf seinem Handy herumtippte.

Hausmann trat unter der Polizeiabsperrung hindurch und mitten in den Baumkreis hinein. Er blickte nach oben. Die Blätter formten ein fast durchgängiges Dach, das den Kreis wie einen Dom erscheinen ließ. Nur an einer Stelle befand sich seitlich eine kleine Lücke. Hausmann zählte. Von ehemals zwölf Eichen fehlte eine. Dort, wo sie einst stand, klaffte eine Wunde im Boden. Erneut blickte Hausmann nach oben. Die Lücke im Dach war nicht so groß, wie sie hätte sein müssen, wenn der Baum erst kürzlich gefällt worden wäre. Die angrenzenden Bäume hatten sich weiter ausgebreitet und begonnen, das

Dach zu schließen. Hausmann kramte ein kleines ledernes Notizbüchlein hervor und notierte sich seine Beobachtung.

Er ging weiter zu der Stelle, an der der Baum fehlte. Rund um das Loch waren Markierungen mit Zahlen aufgestellt worden, welche üblicherweise für die Beweissicherung verwendet wurden. Er stutzte. Wenn man nichts gefunden hatte, warum dann die Schilder? Arbeitssimulation? Gewohnheit? Nachher würde er sich den Bericht der Spurensicherung geben lassen. Springer traute er nicht über den Weg.

In dem Loch musste das Opfer gelegen haben. Er ging näher heran und sah direkt hinein. Es sah roh aus, als hätte jemand mit Gewalt den Wurzelballen entfernt. Im Loch stand ein weiteres Schild und am Boden lag eine Substanz, die aussah wie Kalk oder helle Asche. Es war kaum mehr als ein winziges Häufchen. Langsam verstand er, warum man ihn gerufen hatte. Als Sonderermittler war es seine Aufgabe, rätselhaften Fällen nachzugehen. Oder um es mit den Worten der meisten Kollegen zu sagen: den Fällen, auf die niemand Lust hatte. Springer vermutlich auch nicht. Hausmann hörte noch, wie eine Autotür zugeknallt und ein Motor gestartet wurde.

Er wandte sich um und stolperte ein paar Schritte vorwärts. „Hey, Kollegen, wartet doch kurz, ich fahre mit!"

Doch der Streifenwagen ratterte schon über den Schotterweg davon.

Drecksäcke, dachte Hausmann. Man könnte ihm wirklich ein Mindestmaß an Respekt entgegenbringen.

Ein Schatten huschte durch sein peripheres Sichtfeld. Hausmann drehte den Kopf in die Richtung, in die er verschwunden war. Doch da war nichts. Er sah sich weiter um – im ganzen Umkreis war keine Menschenseele zu sehen, er war allein. Aus dem Augenwinkel sah er dann ein bläuliches Glimmen, das aus dem Loch zu kommen schien. Er drehte den Kopf wieder zurück. Sofort war es verschwunden. Spielten ihm seine Sinne einen Streich?

Noch einmal trat er einmal an das Loch heran und sah hinein. Ein Windstoß kam unvermittelt auf und fegte durch Hausmanns Haare. Er zuckte zusammen, plötzlich fröstelte es ihn. Gelbe Blätter segelten zu Boden. Dann wisperte etwas. Es klang kilometerweit entfernt. Hausmann konnte keine Worte verstehen, er wusste nicht einmal, ob es nur das Säuseln des Windes war oder eine gehauchte Botschaft. Instinktiv ging er rückwärts vom Loch weg.

Dieses frühe Aufstehen bekam ihm nicht. Er sollte nach Hause gehen und sich krankmelden. Doch er wusste, dass das eine Illusion war. Denn Pflicht war Pflicht. Und dieser mysteriöse Fall würde ihm am Arsch kleben wie Sekundenkleber an den Fingern. Das war ihm bereits jetzt klar. Seufzend steckte er sein Notizbuch ein, kramte einen Schokoriegel aus der Jackentasche und trat den Rückweg an.

***

Er war blind! Blind von weißem Licht. Und er taumelte. Keinen klaren Gedanken konnte er fassen. Er spürte ein Brennen in der Lunge wie Säure, ein Pochen in den Schläfen wie von einem Gummihammer, der gegen den Schädel schlug. Und er bekam keine Luft, das Licht erstickte ihn. Dennoch rannte er weiter, prallte von irgendetwas ab, wurde zerkratzt, stürzte, kroch auf allen vieren. Es war feucht, es war kalt, es war schmierig. Er glitt aus und rappelte sich wieder hoch. Er rannte um sein Leben – hinein ins Unbekannte, weg vom Grauen hinter ihm.

War es noch da? Er spürte nichts. Er sah nichts, nur dieses grelle konturlose Weiß, das ihn umgab. Wieder kam die Panik hoch und er hetzte weiter. Der Boden wurde fester, gab ihm Halt. Ein kurzer Moment der Hoffnung. „Hilfe!", wollte er rufen, doch kein Laut kam aus seiner Kehle.

Ein Rumpeln, dann ein schrilles Quietschen. Es hatte ihn gefunden! Ihn traf ein Schlag gegen die Hüfte und er ging zu Boden. Ein wenig schlitterte er weiter, blieb benommen liegen. Das war es nun, es hatte ihn eingeholt. Seine Sinne schwanden. Worte drangen an sein Ohr wie durch dicke Wolldecken gemurmelt. Er verstand sie nicht.

***

Kommissar Hausmann starrte auf den Notizzettel mit der Anschrift der Zeugin und grübelte. Er sah hoch. Hier musste es sein. Am Eingang der Kleingartenanlage stand groß und deutlich „KGA Neue Hoffnung – Am Breiten Rasen 66". Hier sollte jene Dörte Wagner wohnen, die am Tatort gefunden worden war und die man nach einer halbstündigen Behandlung wieder aus dem Krankenhaus entlassen hatte – ohne ihn zu informieren.

Hausmann war es leid, ständig allen hinterherzurennen. Jetzt würde er dieser Frau auf den Zahn fühlen. Er legte den Notizzettel in die Aktenmappe, klemmte sie unter den Arm und öffnete das schmiedeeiserne Tor der Gartenanlage. Hausmanns Schuhe knirschten auf dem groben Schotter und kündigten sein Kommen weithin an. Anschleichen war hier keine Option.

Argwöhnische Blicke trafen ihn von links und rechts aus den Gartenparzellen. Sie sprachen Bände: Wer stört uns dabei, unsere Rosensträucher zu schneiden? Wer ist dieser Kerl? Der gehört hier nicht hin!

Hausmann musste schmunzeln. Ihm kamen die Aufkleber aus der Einbruchschutzkampagne „Aktion: Wachsamer Nachbar" in den Sinn. Diese Leute hier waren prädestiniert dafür. Er nickte jedem einzelnen Schrebergärtner höflich zu und ging unbeirrt weiter. Zielsicher steuerte er Reihe D, Parzelle 28 an. Glücklicherweise war die Anlage fast so gleichmäßig wie ein Schachbrett angeordnet. Verlaufen konnte man sich hier kaum.

Er betrat Wagners Parzelle und ging auf die hellblau und gelb gestrichene Hütte zu. Suchend blickte er sich um, doch es gab keine Klingel. Ein Windspiel aus verschieden langen Bambusstäben klimperte leise im Wind. Er klopfte an die Tür.

Keine zwei Sekunden später tönte eine irritierend freundliche Stimme nach draußen. „Jaaa-haa, so komm nur herein!"

Hausmann zögerte. Der Tonfall klang in etwa so, wie der kostenlose Amaretto in seiner Lieblingspizzeria schmeckte: klebrig-süß. Er trat dennoch ein. Die Hütte war fast bis in den letzten Winkel vollgestellt mit Krimskrams – Kristallen, Engeln, Glaspyramiden, Kunstwerken aus Moos und Rinde, Duftkerzen und unzähligen anderen Dingen, die der Kommissar nicht genau identifizieren konnte.

„Setz dich doch, der Tee ist gleich fertig", trällerte die Stimme von irgendwo hinter einer stoffbehangenen Trennwand.

Hausmann räusperte sich lautstark. „Aber ich ...", fing er an – und wurde sofort unterbrochen.

„Sag nichts, das verfälscht nur die Weissagung!"

Der Kommissar runzelte die Stirn. Dann sah er sich nach einer Sitzgelegenheit um.

„Welchen Tee magst du eigentlich?", fragte die Zuckerstimme. „Ich hab Lavendel mit Honig, Birke-Ingwer-Fenchel, Süßholz-Ginko ..."

Hausmann öffnete den Mund – und schloss ihn wieder. Mit diesen merkwürdigen Teesorten konnte er überhaupt nichts anfangen. Er ließ sich auf einem grauen Korbstuhl nieder, der noch viel unbequemer war, als er aussah. In der Hoffnung, eine angenehme Position zu finden, rutschte er darauf herum. Vergeblich.

Eine Frau mit einem leuchtend roten Turban auf dem Kopf kam hinter der Stoffwand hervor und stellte ein Tablett auf dem Tisch vor Hausmann ab.

Perplex starrte er auf ihren Turban.

Sie bemerkte seinen Blick. „Oh, ja. Das! Ich hatte heute Morgen einen Unfall, weißt du. Bin beim Wün-schelrutengehen ausgerutscht und auf einen Stein geknallt. Und jetzt hab ich mir diesen Kräuterverband angelegt. Aber keine Sorge, das beeinträchtigt meine seherischen Fähigkeiten nicht im Mindesten."

Hausmann hob ganz langsam die Hand, um ihrem

Redeschwall Einhalt zu gebieten. „Frau Wagner ...",
begann er in förmlichem Polizeitonfall.

„Ach, hör mal! Sag bitte Dörte zu mir."

„Frau Wagner, ich bin nicht hier, um mir die Karten legen zu lassen."

„Teeblattlesen."

„Wie bitte?"

„Ich mache kein Tarot. Das ist Blödsinn. Stattdessen lese ich aus Teeblättern. Es nennt sich Tasseographie."

Hausmann schnaufte. „Ich bin von der Kriminalpolizei", sagte er knapp.

„Oh, also das ..." Dörte klang zum ersten Mal nicht mehr überschwänglich gut gelaunt. „Ich hatte jemanden zum Teeblattlesen erwartet."

„Sie sind Zeugin in einem Mordfall", stellte Hausmann klar.

Dörte sah ihn eine Weile stumm an. „Ja, aber ich erinnere mich an nichts."

„Erzählen Sie mir bitte von Anfang an alles, was Ihnen noch einfällt. Manchmal fügen sich die Erinnerungen wieder zusammen, wenn man sie in Worte fasst."

Dörte setzte sich zu Hausmann an den Tisch. „Ich bin ... also, heute Morgen, da bin ich ganz früh los. Mit der Wünschelrute." Sie stockte. „Sag mal, die wurde nicht zufällig gefunden? Sie ist sehr wertvoll!"

Hausmann sah sie schief an. „Das weiß ich nicht. Ich habe den Bericht der Spurensicherung noch nicht. Vielleicht ist sie unter den Beweisstücken."

„Sie ist doch kein Beweisstück", protestierte Dörte.

„Ich werde nachsehen lassen", versprach Hausmann. „Jetzt erzählen Sie bitte weiter."

„Ja, gut. Ich bin also in den Wald, weil heute die herbstliche Tagundnachtgleiche ist und ich die Energien spüren wollte. Beim Baumkreis, du weißt schon?"

„Ich war dort, ja", bestätigte er.

„Ein magischer Ort. Aber ..." Sie hielt inne.

Hausmann war, als ob sich ein Schatten über ihr Gesicht legte.

Steif saß sie am Tisch und starrte wie ihn hindurch.

„Ist Ihnen wieder etwas eingefallen?", hakte er nach.

Dörte atmete schwer. „Seine Haut", keuchte sie plötzlich.

„Wessen Haut?"

„Von dem Jungen. Der im Loch." Ihre Stimme klang jetzt betrübt. „Sie war so grau und faltig wie bei einem Hundertjährigen. Und da war so ein weißer Staub. Der Junge war tot! Ich hab noch nie eine Leiche gesehen."

Hausmann nickte. „Das war sicher ein Schock."

„Ja, natürlich! Ich bin weggerannt, gestolpert und gefallen – mit dem Kopf auf einen Stein. Und das Nächste, an das ich mich erinnern kann, war dieser Sanitäter, der sich über mich gebeugt hat."

„Mehr nicht? War da sonst noch jemand?"

„Nein, da war keiner sonst, niemand Körperliches zumindest. Nur ..."

„Ja?"

„Ein Glühen. In dem Loch war so ein Schimmer. Ich weiß nicht, woher der kam. Es muss irgendeine Energie gewesen sein."

Hausmann nickte unbewusst. Er erinnerte sich daran, dass er heute Morgen auch einen Schimmer zu sehen geglaubt hatte.

„Vielleicht war er ein Engel?", fragte sie unvermittelt.

Hausmann zuckte zurück. „Ein Engel? Der Junge?"

„Ist nur so ein Gedanke. Ein gefallener Engel vielleicht."

„Nein, also das glaube ich eher nicht. Aber falls doch, wird es dem Rechtsmediziner sicher auffallen."

Dörte nahm ihre Teetasse vom Tisch und genehmigte sich einen großen Schluck. „Wer weiß, mein lieber Wachtmeister, wer weiß? Die Magie zwischen Himmel und Erde ist unergründlich."

Hausmann wollte etwas erwidern, doch er wusste beim besten Willen nicht, was. Und hatte sie ihn gerade wirklich „Wachtmeister" genannt? Er griff ebenfalls zur Tasse und trank den Tee in einem Zug aus.

„Ein Engel ...", murmelte er schwach. Entweder hatte diese Dörte den Aufprall auf den Stein nicht gut weggesteckt oder sie hatte schon immer einen Dachschaden gehabt. „Ich komme dann wieder auf Sie zu", sagte Hausmann und erhob sich umständlich aus dem Korbstuhl. „Es gilt natürlich das Übliche: Bitte verlassen Sie vorerst nicht die Stadt, ohne mir Bescheid zu geben."

„Aber sicher, ich bin jederzeit für dich da."

Hausmann wandte sich zum Gehen, doch Dörte rief ihm noch einmal nach. „Warte kurz!" Sie deutete auf das Muster der Teeblätter in Hausmanns ausgetrunkener Teetasse. Sie kippte sie, sodass er die Blätter sehen konnte. „Es kommen unruhige Zeiten auf dich zu, mein lieber Herr Wachtmeister. Ich hoffe, du bist mit dir selbst im Reinen."

Hausmann sparte sich eine Antwort. Kopfschüttelnd verließ er Dörtes Häuschen und zog die Tür zu.

Sie blieb allein am Tisch zurück und starrte das Muster der Teeblätter in ihrer eigenen Tasse an. Es sah aus wie eine abgemagerte Krallenhand, die nach ihr griff. Sie schauderte. Das war mehr als beunruhigend.

4

Es war kurz nach zwölf Uhr mittags, als Kommissar Hausmann zu einer weiteren Befragung in der Nähe des Tatorts fuhr. Sein dunkelgrüner Mercedes-Oldtimer war farblich perfekt abgestimmt auf den dunstigen Wald um ihn herum. Es dominierte das satte Grün der Fichten und Tannen, auch wenn sich bereits die typischen Herbsttöne der Laubbäume dazwischen mischten. Alles wirkte gedämpft, die Farben muteten hinter dem dünnen Nebelschleier wie ausgelaugt an. Ausgelaugt war auch bald das betagte Fahrwerk des Mercedes. Für diese Buckelpiste war es denkbar ungeeignet. Der Kommissar steuerte seinen Wagen den holprigen Waldweg entlang, der vor schlammigen Pfützen nur so wimmelte. Er bemühte sich nach Kräften, nicht jedes Schlagloch mitzunehmen. Doch es glich einer Sisyphusaufgabe.

Wieder krachte das linke Vorderrad mitten in ein Loch hinein und die braungraue Brühe spritzte seitlich hinaus in den Wald. Hausmann fluchte. Die Stoßdämpfer würden bei diesen monströsen Löchern bald hinüber sein. Es dürfte ihn eine schöne Stange Geld kosten, das Auto herzurichten. Aber aus jüngster Erfahrung wusste er, dass zu fahren trotzdem noch besser war, als bei dem Mistwetter laufen zu müssen.

Er atmete auf, als der Weg nach der nächsten Biegung ein Ende nahm und ein rot-weiß lackierter Schlagbaum in

Sicht kam, der die Zufahrt zur Fenger-Villa markierte. Er stellte den Wagen direkt davor ab und nahm zufrieden zur Kenntnis, dass genug Platz zum Wenden war und er nicht den ganzen Weg zurück rückwärtsfahren musste. Solche Aktionen würde ihm sein Nacken niemals verzeihen.

Der Kommissar stellte den Motor ab und stieg aus. Am Schlagbaum fand sich kein Schild oder Briefkasten, keine Klingel, nichts. Er hob den Schlagbaum an und ging hindurch. Gute 50 Meter zurückgesetzt kamen die eigentliche Umzäunung des Villengrundstücks sowie das große geschmiedete Tor in Sicht, das zwischen zwei Granitpfeilern ruhte. Hausmann trat näher und erkannte Figuren links und rechts auf den Pfeilern. Es waren ein Hirsch mit stattlichem Geweih und ein dickbäuchiger Eber. Angeblich war der Besitzer der Villa ein Jäger, was angesichts dieser beiden Steinfiguren vortrefflich passen würde.

Hausmann senkte den Blick wieder und suchte das Tor und die Pfeiler nach einer Klingel ab. Vergeblich. Er rüttelte am Tor und rief laut hinüber: „Hallo, ist jemand zu Hause?! Hier ist Kommissar Hausmann von der Polizei!" Er bekam keine Antwort.

War er etwa umsonst den ganzen Weg hier herausgefahren, um dann unverrichteter Dinge abzuziehen – oder schlimmer – noch einmal wiederkommen zu müssen?

Ein Surren riss ihn aus seinen Gedanken. Das antike Tor besaß offenbar einen elektrischen Türöffner. Verdutzt drückte Hausmann gegen das Tor. Es schwang auf – sanft, ohne Quietschen oder Stocken. Eigentlich hatte Hausmann beim Anblick des alten Tores zumindest ein leichtes Knarren erwartet. Aber man sollte bekanntlich nicht immer vom Äußeren ausgehen. Er trat durch den Torbogen und schloss das Tor wieder.

Hinter einer Reihe Bäume, die das Gelände vor neugierigen Blicken schützte, kam die Villa in Sicht. Die Architektur wirkte wie aus der Zeit gefallen. Es war ein Fachwerkhaus, dessen sichtbare Holzbalken in sattem Tannengrün gestrichen waren, dazwischen Cremeweiß strahlende Flächen, und auf der Vorderseite eine große Veranda, deren massive Holzkonstruktion in einem tiefen Rotton gehalten war. Hausmann fragte sich, ob diese merkwürdige Anmutung eine Folge der Denkmalschutzauflagen war, oder ob der Eigentümer einen etwas eigenen Geschmack hatte. Vielleicht konnte er ihn das ja gleich selbst fragen.

Eine ebenfalls tiefrote Haustür tat sich auf und ein Mann trat auf die Veranda: groß, schlaksig, mit blassblondem Haar, das in feinen Strähnen bis über die Ohren hing. Es war tadellos gepflegt, wie alles an dem Mann. Er trug einen weißen Anzug und unter dem Jackett ein golden schimmerndes Hemd. Am Revers prangte ein großer Anstecker in Form einer Sonne. Hausmann konnte sein Alter nur mühsam einschätzen, es hätte alles zwischen 35 und 60 sein können.

„Seien Sie mir gegrüßt, wie kann ich Ihnen helfen?", fragte der Mann in einem sanften, aber bestimmten Ton.

„Ich bin Kommissar Hausmann von der Kriminalpolizei, ich bin hier wegen eines Verbrechens, das in der Nähe verübt worden ist. In Ihrem Waldstück, wenn ich richtig informiert bin."

„Ich habe schon darauf gewartet, dass jemand von der Polizei hier auftauchen würde. Daher bin ich extra zu

Hause geblieben. Kommen Sie rein. Wir unterhalten uns drinnen weiter, dort ist es etwas gemütlicher als draußen."

„Gern." Hausmann stieg die drei Stufen zur Veranda hoch und folgte dem Mann ins Haus.

Die Villa war aufwendig hergerichtet worden, außen wie innen. Doch das ganze Interieur stand in krassem Gegensatz zur Fassade, alles war weiß und golden. Weißer Teppich unten, goldene Lampen oben an der Decke. Überall weiße Wände, lediglich unterbrochen von golden gemusterten Tapeten, weiße Kommoden mit goldenen Schalen darauf, dazu verteilt stehende Vasen und Kunstobjekte auf kleinen goldenen Schemeln. Weiße Türen, goldene Türklinken. Das alles musste ein Vermögen gekostet haben. Hausmann würde es nicht im Geringsten wundern, wenn es in diesem Haus auch goldene Kloschüsseln gäbe.

Der Mann führte ihn ins Wohnzimmer, in dem eine weiße Ledersitzgarnitur um einen golden eingefassten Glastisch stand.

„Darf Ihnen etwas zu trinken anbieten? Einen Tee vielleicht?", fragte der Mann höflich.

Hausmann überlegte kurz. Es konnte sicher nicht schaden, wenn sie sich in entspannter Atmosphäre unterhielten. „Ja, gerne, was immer Sie haben", antwortete er.

Der Mann verschwand in Richtung offener Küche, die an das Wohnzimmer anschloss, und begann dort zu werkeln. „Ich bin gleich wieder bei Ihnen, machen Sie es sich doch bequem."

Hausmann ließ sich auf dem weißen Sofa nieder. „Sagen Sie, sind Sie eigentlich Jäger?", rief er in die Küche hinüber.

Der Mann lachte. „Ich? Nein. Der Vorbesitzer war Jäger und vermutlich denken das die Leute wegen meines Wagens. Ich musste mir einen Land Rover anschaffen, um vernünftig zu diesem Grundstück zu kommen. Aber trotzdem, nein. Das Einzige, das ich jage, ist spirituelle Erleuchtung."

Erleuchtung. Das Wort hallte durch Hausmanns Kopf, während er sich weiter im Wohnzimmer umsah. Zwischen den Regalen mit goldenen Klangschalen und weißen Engelsstatuen sah er eine Stereoanlage samt absurd wuchtigem Plattenspieler. Er schätzte, dass man mindestens die Hälfte eines Polizistenlohns für ein solches Gerät aufwenden musste.

Der Mann kam mit einem Tablett und zwei Teetassen aus der Küche zurück und stellte es auf dem Tisch ab.

„Warum trinkt auf einmal die ganze Welt Tee?", dachte Hausmann beim Anblick des Gedecks.

Der Mann ergriff wieder das Wort. „Ich muss mich entschuldigen. Ich habe mich ja gar nicht richtig vorgestellt. Ich nahm wohl an, dass Sie wüssten, wer ich bin, aber vergeben Sie mir bitte trotzdem meine Unhöflichkeit. Ich bin Theo Rießling."

Hausmann öffnete sein kleines Notizbüchlein. „Das deckt sich mit meinen Angaben", sagte er knapp und nickte ihm bedächtig zu.

Nachdem Rießling dem Kommissar eine der Tassen gereicht hatte, ließ er sich mit der zweiten auf dem Sessel ihm gegenüber nieder.

Vorsichtig schnupperte Hausmann an der Tasse. Er konnte den Geruch nicht identifizieren und beschloss, einen Schluck zu nehmen. Es schmeckte scharf und bitter. Und seltsamerweise nach teuren Zigarren. Das würde sicher nicht sein Lieblingsgetränk werden, aber er ließ sich nichts anmerken, sondern räusperte sich nur kurz. „Wenn Sie kein Jäger sind, was machen Sie denn dann in diesem Wald? Forstwirtschaft?"

Der Mann lächelte amüsiert. „Nicht direkt, nein. Ich bin im Veranstaltungssektor tätig: Messen, Tagungen, Kongresse."

„Interessant, welches Gebiet?", fragte Hausmann nach. Er spürte, wie sein Gegenüber ihn musterte, von seinem beigefarbenen Jackett hinunter zur dunkelgrünen Cordhose und den braunen Wildlederschuhen.

„Nun, ich will Sie nicht langweilen, Herr Kommissar. Ich glaube nicht, dass das Ihr Interessengebiet ist. Deshalb nur ganz kurz zusammengefasst: Es geht um esoterische Themen, das Übersinnliche, wenn Sie so wollen. Eben um Erleuchtung, wie ich schon sagte."

Hausmann blickte zu den Klangschalen und Engeln. „Verstehe", sagte er knapp. „Und wieso der Wald, wenn Sie keine Forstwirtschaft betreiben und kein Jäger sind?"

„Ich habe ihn wegen der Kraftorte gekauft, der mystischen Plätze. Und wegen all der Lebensenergie, die hier konzentriert ist."

„So wie der Baumkreis, in dem das Opfer gefunden wurde?"

Rießling legte den Kopf schief. „Ja, das ist einer von ihnen. Tragisch, dass genau dort so etwas Schreckliches passiert ist."

„Und etwas sehr Ungewöhnliches", schob Hausmann nach.

„Ungewöhnlich, wohl wahr. Nach Ihren Maßstäben vielleicht sogar unerklärlich. Das ist ja gerade der Punkt. Sie wissen doch, es gibt mehr Dinge zwischen Himmel und Erde, als wir sehen – oder uns auf den ersten Blick erklären können."

Hausmann fixierte den Mann. „Wollen Sie etwa sagen, Sie wissen, was dort wirklich geschehen ist?"

„Ich weiß nur, dass dort ein Junge tot aufgefunden wurde. Und die Todesursache ist offenbar ungeklärt. Ich wollte damit andeuten, dass es womöglich andere Erklärungen geben könnte als jene, die auf den ersten Blick ersichtlich und nachvollziehbar sind."

Einen Augenblick überlegte Hausmann, wie er diesen Rießling einschätzen sollte und wie viel er ihm gegenüber verraten durfte. Seine Intuition riet ihm, vorsichtig zu sein. Er wechselte das Thema. „Wann haben Sie denn das Grundstück gekauft und dieses Haus hier? Sie haben es ja sehr schön hergerichtet."

„Ja, nicht wahr? Es ist ein Kleinod. Als ich es vor etwa zwei Jahren online inseriert gesehen habe, musste ich zuschlagen. Das Haus war ziemlich heruntergekommen, das kann man ruhig sagen, aber ich habe sofort das Potenzial erkannt. Es stand lange leer, wie Sie vermutlich wissen."

Hausmann nickte. Er hatte das zwar in Wirklichkeit nicht gewusst, tat aber so, als sei er bestens informiert.

Rießling fuhr fort: „Der Vorbesitzer war ein Jäger, wie ich bereits sagte. Ich glaube, sein Name war Alois Fenger. Die Leute nennen den Wald deshalb Fengerholz. Nun, es muss in den 70ern oder in den 80ern gewesen sein, da gab es hier eine Familientragödie. Ich weiß nichts Genaues, aber offenbar hat sich der alte Fenger umgebracht, nachdem irgendetwas mit seinem Sohn geschehen war. Er hat sich mit dem eigenen Gewehr erschossen. Danach ging das Haus an den Bruder, der irgendwo tief im Westen lebte und nie etwas damit zu tun haben wollte. Und als dieser gestorben war, hat es die Witwe über einen Makler veräußert. Sie können sich vorstellen, wie es hier ausgesehen hat, nachdem alles so lange unbewohnt war. Aber das hat mich nicht gestört. Der Ort ist ideal. Dieser Wald, in den man sich zurückziehen kann, um Kraft zu schöpfen. Ich nutze ihn auch hin und wieder für Meditationen an den Kraftorten oder für exklusive Seminare mit aufgeschlossenen Leuten."

„Faszinierend", heuchelte Hausmann Interesse und nippte noch einmal an seinem undefinierbaren Zigarrentee. „Und an dem Tag – oder besser gesagt in der Nacht –, als dieses grausame Verbrechen geschehen ist, waren Sie da im Haus? Oder im Wald?"

„Nein, ich war unterwegs. Zwei Tage auf einem Kongress in Wiesbaden. Ich kam heute Morgen erst zurück."

„Verstehe. Und gibt es sonst etwas, was Ihnen vielleicht aufgefallen ist? Irgendetwas Ungewöhnliches in letzter Zeit? Unbekannte Personen?"

„Nein, hier sind nur die üblichen Radfahrer und Spaziergänger unterwegs, die etwas Erholung suchen und hin und wieder an meinem Grundstück vorbeikommen. Nichts Besonderes."

„Alles klar, das wäre es dann auch schon", sagte Hausmann und stellte die halb ausgetrunkene Tasse auf dem Tisch ab. In seinem Büchlein machte er sich eine Notiz, dass er später die Historie mit dem Jäger, der sich offenbar selbst getötet hatte, nachprüfen wollte. Es müsste in dem Fall eine Polizeiakte dazu geben. Und irgendetwas klingelte beim Namen „Fenger" in seinem Hinterkopf. Er wusste nur noch nicht, was. Jäger Fenger. Er hörte eine schrille, bohrende Stimme in seinem Kopf, konnte sie aber nicht zuordnen.

„Ja, dann besten Dank für Ihre Zeit, Herr Rießling", sagte Hausmann und erhob sich vom Sofa. Er sah ihn noch einmal direkt an. „Sie sind erreichbar in den nächsten Tagen?"

Rießling griff in sein Jackett und zog eine Visitenkarte heraus. Sie war golden mit weißen eingeprägten Buchstaben. Er reichte sie Hausmann.

„Geist & Kraft Events, Theo Rießling, CEO", stand darauf. Dazu eine Firmenadresse und zwei Telefonnummern.

„Sehr gut, ich melde mich bei Ihnen."

Rießling lächelte ihn an und erhob sich nun ebenfalls. „Herzlich gern. Und wenn mir noch etwas einfällt, weiß ich ja, wo ich Sie erreiche."

„Bei der Polizei", sagte Hausmann knapp und schritt in Richtung Tür. Im Hinausgehen glitt sein Blick noch einmal über die sündhaft teure Einrichtung. Mit Esoterik schien sich offenbar sehr viel Geld verdienen zu lassen. Dass der Mann nur nach spiritueller Erleuchtung jagte, nahm er ihm keine Sekunde lang ab.

Nachdem der Kommissar ihre Hütte verlassen hatte, spürte Dörte plötzlich eine unbändige Müdigkeit. Die Ereignisse der letzten Nacht forderten ihren Tribut. Sie ging hinüber zum Bett und ließ sich komplett angekleidet hineinfallen. Sie war fix und fertig. Keine fünf Sekunden später war sie eingeschlafen. Doch dieser Schlaf war anders als sonst. Sie merkte, dass sie beinahe direkt in einen diffusen Traum hineingeglitten war. Darin irrte sie blindlings durch den Nebel. Es war bitterkalt. Sie sah an sich hinunter und bemerkte, dass sie kaum mehr am Leib trug als ein dünnes Nachthemd. War das überhaupt ihr Körper? Er wirkte so klein und zerbrechlich. Die Erkenntnis kam prompt: Sie war ein Kind!

Vor ihr ragten riesige Bäume auf, die stoisch dem Dunst trotzten, der sie zu allen Seiten umgab. Dörte wollte anhalten, umkehren. Doch irgendetwas ließ sie immer weitergehen, tiefer in den Wald hinein. Sie hatte keine Kontrolle über das, was geschah. Etwas zog mit unbarmherziger Kraft an ihr. Es war wie ein Traum, eine Vision, und dennoch fühlte sich das Erlebte so real an, als würde es gerade jetzt geschehen. Dörte wusste, sie sah alles durch die Augen eines anderen Menschen – durch die Augen eines kleinen Mädchens, das sich im Wald verirrte.

Schweißgebadet schreckte Dörte hoch und rang um Atem. Der Wecker zeigte 15 Uhr. Das konnte unmöglich wahr sein. Das würde heißen, sie hatte über vier Stunden geschlafen. Doch fühlte sie sich, als hätte sie einen Marathonlauf hinter sich. Ein Marathonlauf barfuß im Nebel. Das war eine bedrückende Erfahrung gewesen.

Dörte stand auf und ging zu ihrem Bücherregal hinüber. Sie strich mit den Fingern über die Buchrücken ihrer esoterischen Nachschlagewerke. Das war ein Fall für knallharte Traumdeutung.

5

Bernhard Hausmann saß am Schreibtisch in seinem Büro und brütete über dem Computer. Er recherchierte seit einer guten halben Stunde schon im Netz nach der Firma Rießlings: „Geist & Kraft Events". Er hatte mittlerweile herausgefunden, dass Rießlings Angaben zu seiner Reise offenbar stimmten. Er war die letzten beiden Tage auf der Konferenz „Stimmen des Jenseits" in Wiesbaden gewesen. Die Pressebilder auf der Website zeigten ihn mit einer ganzen Schar Teilnehmer – einer verrückter dreinblickend als der andere. Hausmann scrollte durch den Veranstaltungskalender. 1.199 Euro hatte ein Ticket für die zweitägige Konferenz gekostet. Laut Bericht waren 86 Teilnehmer vor Ort gewesen. Hausmann schüttelte den Kopf. Selbst wenn sie dort das beste Essen der Welt und Champagner bis zum Abwinken serviert hätten, war die Veranstaltung mit Sicherheit dennoch ein Bombengeschäft für Rießling gewesen. Dass man mit übersinnlichem Firlefanz so viel Umsatz machen konnte, ging ihm nicht in den Kopf.

Ein Klopfen gegen den Türrahmen ließ ihn vom Bildschirm aufblicken.

„Was studiert mein Bernhardiner denn da so angestrengt?", trällerte eine Frauenstimme.

Es war Birgit, die Assistentin des Chefs und die gute Fee der Polizeidienststelle. Sie lächelte ihn an und Hausmann wusste mittlerweile, dass es aufrichtig gemeint war. Birgit war einer der Gründe, warum er noch nicht den Dienst quittiert hatte. Er sah zu ihren Fingern, die wie üblich in unnatürlich langen Fingernägeln mündeten. Meist klebte sie Motive von Früchten darauf, heute waren es Ananas. Birgit sah ihn fragend an.

Hausmann besann sich. „Ja, entschuldige! Ich versuche, mehr über den Kerl herauszufinden, dem das Grundstück gehört, auf dem der tote Junge gefunden wurde."

Ein Schatten stahl sich auf Birgits Gesicht. Sie nickte bedächtig. Hausmann wusste, dass sie einen Sohn hatte. Der Fall war grausam, und es nahm sie offenbar mit.

Sie räusperte sich. „Hier sind der Bericht der Spurensicherung und die sonstige Dokumentation des Falls", sagte sie, schritt auf Hausmanns Schreibtisch zu und legte dort die Papiere ab. „Frag mich nicht, warum sie das nicht alles längst digitalisiert haben. Hier den halben Tag mit Dokumenten durchs Haus zu rennen, ist wirklich nicht sonderlich effizient."

Ungerührt zuckte Hausmann mit den Schultern. Was wusste er schon von Digitalisierung? Er hatte erst seit knapp drei Jahren ein Handy. „Gibt es schon etwas aus der Gerichtsmedizin?", fragte er nach.

„Nein, nichts. Wahrscheinlich arbeiten sie noch daran. Du weißt, sie sind nicht die Schnellsten."

Hausmann brummte etwas Unverständliches. Später würde er sich wohl selbst zur Pathologie begeben müssen, um die Sache zu beschleunigen – obwohl ihm davor graute. Er mochte diesen Ort nicht. Die Gerichtsmedizin lag zwischen Friedhof und Krematorium, was ein pas-

43

sender und ein sinnvoller Platz war, aber es war einfach keine schöne Gegend. Den Toten konnte es egal sein. Mit Grauen erinnerte sich Hausmann an seinen letzten großen Fall, bei dem er in der Gerichtsmedizin von einem Monster angegriffen wurde.

Ein Monster? War es das gewesen?

Bis heute wusste er nicht, was damals genau passiert war. Manchmal fragte er sich, ob das alles wirklich geschehen war. Im Nachhinein betrachtet wirkte es so unwirklich, so surreal. Hausmann schüttelte den Gedanken ab. Er lächelte Birgit nun freundlich an. „Würdest du mir vielleicht einen Gefallen tun? Es geht um einen Fall aus dem Jahr 1977. Ich bräuchte die Akte dazu."

Birgit sah ihn schief an. „Ich mag dich, mein kleiner Bernhardiner. Aber ich steige für dich garantiert nicht ins Archiv, wo es vor Spinnen wimmelt und alles nach Rattenkot stinkt. Außerdem habe ich noch Besorgungen für den Chef zu machen. Ich bin immerhin vorrangig seine Assistentin, auch wenn mir hier alle ihre unliebsamen Aufgaben aufs Auge drücken."

Hausmann seufzte. „Ja, schon gut, ich kenne das Gefühl. Ich gehe nachher selbst hinunter."

„Ach, und bevor ich es vergesse – weil aufs Auge drücken und so – unser Herr Chef lässt dir ausrichten, der Fall gehört jetzt ganz dir. Er erwartet aber, dass du ihn gewissenhaft bearbeitest, mit Taktgefühl und Akribie und vor allem zügig."

„Ja, natürlich, effizient und diskret wie immer", sagte Hausmann in sarkastischem Ton. „Ich nehme an, die nötigen Ressourcen wird er mir nicht zur Verfügung stellen?"

Die Assistentin zog eine Schnute. „Du kennst das doch, Ressourcen haben wir hier nicht im Überfluss."

„Dein Wort in Methusalems Ohr", meinte Hausmann.

Birgit lächelte wieder. „Na dann", sagte sie fröhlich. „Ich geh mal wieder." Sie schwang ihre Hüften aus der Tür und ließ Hausmann mit den Akten zurück.

Er schnappte sich die Dokumente und stand auf. Der Kommissar beschloss, die Geschichte mit dem Archiv später anzugehen und zunächst in die Pathologie zu fahren, um den Medizinern Dampf unter dem Hintern zu machen. Effizient, aber diskret.

**

20 Minuten später stellte der Kommissar sein Auto auf dem gemeinsamen Parkplatz von Friedhof und Gerichtsmedizin ab. Außer ihm waren an diesem trüben Dienstagnachmittag nur einige wenige Besucher dort – vermutlich ausnahmslos ältere Damen, die Grabpflege als Hobby betrieben und die Nieselregen nicht schreckte. Hausmann ließ den Friedhof links liegen und steuerte direkt auf den Eingang der Gerichtsmedizin zu. Er zog die Eingangstür auf, die in einen kleinen Vorraum führte. Hinter einer Glasscheibe zur Rechten saß ein Pförtner und blickte gedankenversunken auf sein Handy. Hausmann trat näher und baute sich vor der Scheibe auf.

Der Mann schien ihn zu ignorieren. Oder er bemerkte ihn wirklich nicht, weil die bunten Kugeln, die er auf dem Bildschirm hin und her schob, seine volle Aufmerksamkeit benötigten.

Hausmann trommelte mit den Fingern auf den kleinen Tresen vor der Scheibe.

Endlich hob der Mann den Blick und sah ihn gelangweilt an. „Ja, bitte?"

„Kommissar Hausmann. Ich bin hier wegen des Mordfalls von heute Morgen."

Der Mann zog einen gelben Schnellhefter heran und blätterte darin. „Ja, die Leiche hat man hergebracht. Sie ist aber noch nicht obduziert worden." Er griff zur Besucherliste und ging mit dem rechten Zeigefinger ganz gemütlich die Zeilen durch. Dann stoppte er. „Ich sehe gerade, Ihre Kollegin ist schon unten und will sich ein Bild von der Sache machen."

Hausmann stutzte. „Meine ... Kollegin?"

„Ja, sie kam vor etwa zehn Minuten."

Doch Hausmann keine Kollegin, er war mit seinen Fällen auf sich allein gestellt. Er fragte sich, was hier für ein Spiel gespielt wurde. Wer war dort unten und versuchte, seine Arbeit zu machen? Hatte man ihm wirklich jemanden zugeteilt, ohne es ihm zu sagen? Das war im Grunde unmöglich. Niemand wollte sich mit diesen Fällen befassen. Oder spielte hier jemand ein falsches Spiel? Gab sich diese Frau als Polizistin aus und versuchte, an vertrauliche Informationen zu kommen? Ihm kamen Berichte in den Sinn, in denen völlig irre Psychopathen einfach nicht von ihren Opfern lassen konnten. Hausmann schüttelte den Kopf. So ein Blödsinn. Sicher gab es eine vernünftige Erklärung. Oder dieser handyverliebte Pförtner irrte sich einfach.

Hausmann räusperte sich. „Alles klar, dann lassen Sie mich bitte rein."

Der Mann schob die Besucherliste auf einem Klemmbrett samt Stift unter der Glasscheibe durch und tippte auf die nächste freie Zeile. Hausmann trug sich mit Namen, Datum und Unterschrift ein. Mit einem gemurmelten Dank nahm der Mann das Blatt zurück und drückte auf einen Summer, der den Türöffner freigab.

Hausmann stieg die Treppe hinunter. Dieser Ort war wahrlich nicht einladend. Wände, Boden, Treppenstufen, alles war gefliest oder mit glattem Lack gestrichen. Es hätte ihn nicht gewundert, wenn sie die Decke auch gefliest hätten. Es roch undefinierbar modrig und gleichzeitig antiseptisch. So, als würde man versuchen, jeden Tag aufs Neue dem Leichengeruch mit scharfen Reinigungsmitteln beizukommen.

Er ging durch die Metalltür zu seiner Linken. Hinter einem milchigen Lamellenvorhang aus dickem Plastik hörte er gedämpfte Stimmen. Er trat hindurch. Ein Mann und eine Frau unterhielten sich in dem großen zentralen Leichenraum. Der Mann trug einen weißen Kittel, Hausmann kannte ihn, vergaß jedoch immer wieder seinen Namen. Es war einer der Gerichtsmediziner, der hier seit längerem beschäftigt war. Gerade redete er mit einer groß gewachsenen Schwarzhaarigen in einem grauen Rollkragenpulli.

„Guten Morgen zusammen", ging Hausmann dazwischen. „Reden Sie etwa über meinen Fall?"

Der Gerichtsmediziner wandte sich zu ihm um. „Hallo Kommissar Hausmann! Ja, ich erkläre gerade Ihrer Kollegin, dass ..."

Hausmann unterbrach ihn schroff. „Das ist nicht meine Kollegin. Ich habe keine Ahnung, wer sie ist, aber das kann sie uns ja vielleicht gleich selbst verraten." Herausfordernd sah er die Frau an.

Sie blickte betreten zu Boden und wirkte dabei wie jemand, der mühsam versuchte, seine Nervosität zu unterdrücken, sodass andere diese nicht bemerkten. Aber es gelang ihr nicht besonders gut.

Hausmann starrte sie weiter an. „Wer sind Sie und warum geben Sie vor, meine Kollegin zu sein?", hakte er nach.

Die Frau löste ihren Blick vom Boden und sah Hausmann nun direkt an. „Wir sind streng genommen Kollegen, wenn auch nicht direkt. Mein Name ist Martina Wagenhorst. Ich bin Polizistin bei der Verkehrspolizei, und verzeihen Sie mir bitte die Verzweiflungstat, aber mein Sohn ist seit gestern Abend verschwunden, und ich habe die Befürchtung ..." Sie stockte. „Dass vielleicht er es ist, der ..." Sie zeigte auf eine der Klappen hinter dem Mediziner, „der dort hinter dieser Stahltür liegt." Sie kramte ihren Geldbeutel hervor und zeigte Hausmann ihren Dienstausweis.

Hausmann spürte, dass sie aufrichtig besorgt war. Er glaubte ihr. „Ich verstehe", sagte er milde. „Nun, wenn es Ihnen nichts ausmacht, dann sehen wir gemeinsam nach, Frau Kollegin."

Wagenhorst atmete schwer und nickte. Hausmann bedeutete dem Gerichtsmediziner, die Klappe zu öffnen.

Der trat an die kleine Stahltür heran, schob den Riegel von Fach Nummer 17 beiseite und zog die Bahre heraus. Er nahm das Leichentuch ab.

Die beiden Polizisten starrten auf den Körper. Es war ein Junge, der Größe und Statur nach vielleicht 13 oder 14

Jahre alt. Die Haut aber war vollkommen grau, faltig und stellenweise abgeblättert. Hausmann schluckte. Der Junge wirkte, als hätte man ihm das Leben ausgesaugt. Hausmann wandte den Blick ab und sah Wagenhorst an.

Sie schien betroffen, aber gleichzeitig auch erleichtert.

„Er ist es nicht, oder?", fragte Hausmann.

Wagenhorst schüttelt stumm den Kopf, ohne den Blick von der Leiche zu nehmen.

„Gut, Herr Doktor", wandte sich Hausmann nun an den Gerichtsmediziner. „Ich wäre Ihnen sehr dankbar, wenn Sie schnellstmöglich einen Bericht abfassen könnten. Über die Todesursache und den möglichen Tathergang." Er steckte ihm eine Karte mit seinen Kontaktdaten zu. „Rufen Sie mich bitte gleich an, wenn Sie etwas haben. Meine Handynummer steht auch drauf."

Der Arzt legte den Kopf schief. „Ich tue mein Möglichstes, aber ich kann Ihnen schon jetzt sagen, das wird ein Weilchen dauern. Dieser Fall ist mehr als ungewöhnlich. Ich habe solche Symptome noch nie gesehen." Nachdem er die Leiche wieder zugedeckt hatte, schob er sie zurück in das Kühlfach.

Wagenhorst wandte sich wieder an Hausmann. „Wissen Sie, ich bin sehr froh, dass das nicht mein Sohn ist. Aber ... vielleicht weiß ich trotzdem, wer er ist."

Hausmann war erstaunt. „Woher das?"

„Es ist bei dem Zustand schwer, es ganz sicher zu sagen, aber ich glaube, ich kenne den Jungen. Er hatte so eine Narbe am Kinn, genau wie ... nun ja, wenn ich mich nicht irre, ist er ein Freund von meinem Sohn. Genauer gesagt nur ein Klassenkamerad. Ich konnte ihn nicht ausstehen. Wissen Sie, der Junge taugt nichts. Er ist im betreuten Wohnen untergebracht und schon mehrfach von der Polizei aufgegriffen worden. Ich hasse es, dass mein Sohn mit ihm Umgang hat."

Hausmann hatte keine Kinder, aber er konnte sich sehr wohl vorstellen, dass man als Mutter nicht wollte, dass das eigene Kind auf die sprichwörtliche schiefe Bahn geriet, speziell nicht als Polizistin. Aber ob man das wirklich verhindern konnte?

„Mein Sohn ist seit gestern verschwunden", setzte Wagenhorst ihre Erzählung fort. „Nicht auszudenken, was passiert sein kann, wenn er mit diesem Kerl unterwegs war? Schauen Sie doch, was mit ihm geschehen ist! Wer tut so etwas?" Sie zitterte nun und ihre Stimme versagte.

Hausmann legte ihr eine Hand auf die Schulter. „Schon gut, schon gut. Sie haben doch sicherlich eine Vermisstenmeldung aufgegeben. Ich denke, die Kollegen werden alles Menschenmögliche tun, um ihren Sohn zu finden."

„Ja, aber was ist, wenn ihm auch so etwas Schlimmes zugestoßen ist?"

Hausmann schüttelte den Kopf. „Bestimmt nicht. Haben Sie Vertrauen. Wir werden ihn sicher bald finden."

Wagenhorst nickte wie in Zeitlupe, während sie auf die geschlossene Stahltür des Kühlfachs starrte.

Hausmann verfolgte ihren Blick. „Aber nun sagen Sie, wer ist der Junge da drin?"

Wagenhorst atmete noch einmal tief durch. „Ich glaube, das ist Milan Pravic."

Auf dem Weg zurück zum Auto überlegte der Kommissar, was seine nächsten Schritte sein müssten. Sollte er eine Fahndung herausgeben? Aber nach wem oder was? Es gab keine Täterbeschreibung. Er war sich nicht einmal sicher, was genau den Jungen getötet hatte. Ob es ein Verrückter war, ein Psychopath? War es ein Ritualmord gewesen? Oder war es doch etwas gänzlich anderes gewesen? Konnte hier etwas Übersinnliches am Werk sein, wie Dörte Wagner behauptet hatte? Ein Engel war der Tote aber kaum gewesen, wenn man den Erzählungen Wagenhorsts glaubte. Und Hausmann hatte keinen Grund, an diesen zu zweifeln.

Der Wind frischte auf und ein leichter Nieselregen ging auf dem Parkplatz des Friedhofs nieder. Hausmann schüttelte sich. Er würde nicht mehr auf die Wache, sondern direkt zu seiner Wohnung fahren. Der Tag war lang genug gewesen. Zu Hause könnte er sich ja noch einmal den Bericht der Spurensicherung ansehen. Auch wenn er nicht damit rechnete, brachte es womöglich doch neue Erkenntnisse.

Er stieg in den Wagen ein und fühlte sich sofort besser. Sein alter Mercedes war an Kommodität schwer zu überbieten. Er war praktisch eine Sitzgarnitur auf vier Rädern, zwei Sessel vorne, ein Sofa hinten. Hier fühlte er sich fast mehr zu Hause als in seiner Wohnung. Allerdings mangelte es hier im Auto an einem Fernseher und einem Kühlschrank. Und vor allem Letzterer lockte den Kommissar, nachdem er den ganzen Tag kaum etwas anderes zu sich genommen hatte als fragwürdige Teesorten.

Hausmann fummelte sein Handy aus der Jackentasche und wählte die Nummer Birgits auf der Wache. Es ging nur der Anrufbeantworter ran. Wahrscheinlich war sie schon wieder im Haus unterwegs. Er hinterließ ihr eine

Nachricht, dass sie nachfragen solle, ob ein Junge namens Milan Pravic vermisst wurde. Nachdem er aufgelegt hatte, öffnete er das Handschuhfach und nahm einen Schokoriegel heraus. Der würde ihn bis nach Hause bringen, ohne dass ihm die Unterzuckerung ernsthaft schlechte Laune beschwerte.

***

Eine dreiviertel Stunde später hatte es sich Hausmann auf seiner Couch im Wohnzimmer bequem gemacht. Die Akten des Falles lagen auf dem kleinen Tisch vor ihm ausgebreitet. Daneben stand ein Teller mit einem Paar grober Bauernwürste in einem Brötchen und ein Plastikbecher mit Kartoffelsalat.

Er stellte den Fernseher an. Erstmal runterkommen. Auf dem Retro-Kanal wiederholten sie seit einigen Wochen Kommissar Rex, jeden verdammten Abend. „Diese miesen Programmdiktatoren", murrte Hausmann. Seine Lieblingsserien Matlock und Columbo hatte man deswegen abgesetzt. Hunde konnte Hausmann nicht sonderlich gut leiden. Und dieser Rex war ihm eindeutig zu neunmalklug. Aber im Moment war ihm das ziemlich egal.

Herzhaft biss er in das Brötchen mit den Bauernwürsten. Der Senf quoll heraus und tropfte auf einen der Aktendeckel auf dem Couchtisch. Hausmann musste ungewollt schmunzeln. Er hinterließ ganz eindeutig zu viele Spuren auf dem Bericht der Spurensicherung. Aber nun waren da wenigstens welche. Nach allem, was er bisher in den Dokumenten gesehen hatte, erwiesen sich die

Erkenntnisse der Kollegen als mehr oder weniger nutzlos.

Hausmanns Handy klingelte. Genau genommen spielte es den Hit „Voyage, voyage" der französischen Sängerin Desireless. Hausmann hatte keinen blassen Schimmer, wie der Synthieschlager auf sein Telefon gekommen war. Er hatte aber schon länger Birgit im Verdacht, ihm ihre Lieblingsstücke aus den 80er- und 90er-Jahren unterzujubeln. Beweisen konnte er es ihr bislang nicht. Aber das Lied ging ihm wahnsinnig auf die Nerven. Er musste dringend den Klingelton wechseln.

Er sah auf das Display, doch die Nummer sagte ihm nichts. Schnell schluckte er den Bissen Wurst hinunter, den er gerade im Mund hatte, und ging ran. „Hausmann!", brummte er.

„Hallo, hier ist Pavel." Der Anrufer machte eine Pause. „Pavel Cerny", konkretisierte er.

Hausmann räusperte sich umständlich. Der Mann am anderen Ende klang so, als kannten sie sich, aber Hausmann hatte keinen blassen Schimmer, wer der Kerl war. „Hallo. Schön, dass Sie anrufen", sagte er diplomatisch.

„Nicht schön, nein", sagte Cerny. „Ich hab mich vorhin darangemacht, die Leiche zu obduzieren. Sie hatten es ja eilig."

Hausmann legte das Brötchen mit den Würsten weg. Jetzt wusste er, wer dran war. Und die Vorstellung, mit der Pathologie zu telefonieren und gleichzeitig zu essen, kam ihm reichlich pietätlos vor. „Und haben Sie schon Ergebnisse?"

„Ehrlich gesagt, nein. Keine hilfreichen. Und ich glaube auch nicht, dass es noch welche geben wird", sagte der Mediziner.

„Weil?", hakte Hausmann nach.

„Wie soll ich es sagen? Es ist eigentlich zu absurd. Na ja, ich wollte gerade die Obduktion vornehmen und hab das Kühlfach geöffnet, aber ... es gab nichts mehr zu obduzieren."

„Die Leiche ist weg?", fragte Hausmann erstaunt.

„Fast. Sie ist ... tja ... die Leiche ist regelrecht zu Staub zerfallen. Oder besser zu Asche. Das sieht fast so aus, als käme sie frisch aus dem Krematorium. Und ich schwöre Ihnen, es war niemand hier drin! Nachdem Sie und Ihre Kollegin gegangen waren, gab es keine Besucher mehr. Außer mir hatte niemand Dienst hier unten."

„Schon gut", sagte Hausmann. „Ich mache Ihnen keine Vorwürfe."

„Ich weiß ja, es klingt verrückt, aber es ist die Wahrheit."

„Ich glaube Ihnen das doch alles."

„Was soll ich jetzt machen? Mit den ... den Resten?"

„Aufbewahren. Es sind immer noch Beweismittel."

„Ich könnte eine Probe ins Labor schicken", schlug Cerny vor. „Vielleicht finden sich irgendwelche Rückstände. Von Chemikalien oder dergleichen."

„Gab es denn Brandspuren im Kühlfach?"

Es dauerte, bis eine Antwort kam. Er schien zu überlegen. „Nein. Wenn Sie es genau wissen wollen, das Leichentuch war auch unversehrt. Es sah ganz und gar nicht nach einem Brand aus. Bis auf die Asche ... oder Kalk. Ich kann es nicht einmal genau sagen."

„Schicken Sie trotzdem eine Probe ins Labor. Brandbeschleuniger werden sie wohl nicht finden, aber vielleicht etwas anderes, das uns weiterhilft."

„Einverstanden, ich regle das sofort. Einen ... schönen Abend noch." Er legte auf.

Hausmann starrte auf das halb aufgegessene Paar Würste. Plötzlich hatte er keinen Hunger mehr. Er sah zum Fernseher. Kommissar Rex sprang gerade einen Halunken von hinten an und überwältigte ihn. „Saubere Arbeit, Rexi", sagte er in ironischem Tonfall. „Magst du ein paar Würstl?"

6

Theo Rießling starrte in den gewölbeartigen Kellerraum und schüttelte den Kopf. Der Boden war über und über mit einer grau-weißen Substanz bedeckt, als hätte man den Raum mit einer Wagenladung Babypuder behandelt. Vom Baumstumpf, den er bis vor Kurzem hier aufbewahrt hatte, fehlte jede Spur. Er wandte sich um und blickte einen dunkelblau uniformierten Wachschutzmitarbeiter herausfordernd an. „Haben Sie irgendwelche Erkenntnisse, Neumayer?"

Der Mann verzog nur die Mundwinkel.

Neben ihm stand stumm eine Frau in einem beigefarbenen Hosenanzug. Die kurvenreiche Blondine war Judy March, Rießlings rechte Hand und Marketingleiterin der Eventfirma. Sie war gebürtige Britin und schon vor gut 15 Jahren nach Deutschland gekommen.

Echauffiert riss Rießling die Hände in die Höhe und wandte sich nun an March. „Das Ding war der Jackpot, Judy. Was hätten wir alles damit anstellen können! Wir hätten für die nächsten Jahre ausgesorgt gehabt. Und jetzt? Nicht nur, dass der Baum weg ist, in meinem Wald wurde ein toter Teenager gefunden! Wenn wir nicht aufpassen, gibt das wahnsinnig schlechte Presse."

Judy hob beschwichtigend die Hände. „Lass das mal meine Sorge sein, ich kümmere mich darum. Die Lokalpresse ist doch viel zu unbedeutend, um uns auch nur ansatzweise zu schaden. Und die Fachmedien interessiert dieser Provinz-Käse nicht. Ich sehe da überhaupt kein Problem."

Rießling wiegte den Kopf hin und her. „Trotzdem! Wir müssen wachsam bleiben. Das gilt insbesondere auch für Sie!" Er sah wieder zum Wachmann. „Ich will wissen, was die Polizei im Wald treibt. Und finden Sie raus, wer die überhaupt angerufen hat. Aber als Erstes erklären Sie mir, warum Sie nicht rechtzeitig zur Stelle waren?"

„Herr Rießling, es tut mir wirklich leid, aber ich hatte Ihnen schon mehrfach gesagt, dass unsere Reaktionszeit zu lange ist, wenn wir bei einem Alarm erst aus der Stadt hier rausfahren müssen", versuchte er sich zu entschuldigen.

„Ich will keine Ausflüchte hören, Neumayer. Ich will wissen, ob dieser Junge hier drin war, was zur Hölle er mit dem Baum gemacht hat und warum!"

„Mit Verlaub, ich bin kein Privatdetektiv und dieses ganze übersinnliche Zeug liegt mir auch nicht besonders."

Rießlings Augen wurden schmal. „Erstens sagte ich doch schon, dass ich keine Ausflüchte hören will. Zweitens bezahle ich Sie ausgesprochen gut. Und drittens weiß ich genug über die Leichen in Ihrem Keller, um Sie in den Knast wandern zu lassen, wenn ich das will."

Neumayer starrte Rießling entsetzt an. „Ich ... gehe gleich an die Arbeit", sagte er hastig und machte auf dem Absatz kehrt.

„Und du, Judy, findest heraus, ob hiervon irgendetwas auf uns zurückfällt. Ich habe nicht 20 Jahre meines Lebens geopfert, um diese Firma aufzubauen, um sie jetzt wegen einer so törichten Sache zu gefährden."

„Natürlich nicht", stimmte Judy zu. „Ich kümmere mich um alles. Du wirst sehen, das belastet unser Geschäft ganz und gar nicht. Wenn wir es gut anstellen, erreichen wir trotzdem 20 Prozent Zuwachs in diesem Jahr."

Theo Rießlings Gesichtszüge entspannten sich langsam, er hörte auf, mit den Kiefern zu mahlen, und stieß einen zaghaften Seufzer aus. „Na schön. Aber enttäuschen Sie mich nicht. Bringen Sie mir schnellstmöglich Alternativen zu den geplanten Beschwörungen!"

***

Bernhard Hausmann begann den neuen Arbeitstag mit einem Besuch im Polizeiarchiv. Es fristete im Keller der Wache seit Jahren ein stiefmütterliches Dasein und wartete vergeblich darauf, dass es gründlich aufgeräumt und ausgemistet wurde. Damit wollte sich Hausmann jedoch nicht befassen. Er würde hineingehen, seine Akte heraussuchen und dann wieder verschwinden.

Der Bericht der Spurensicherung hatte gestern tatsächlich nichts Verwertbares ergeben. Er war geradezu grotesk aussagelos: keine Fingerabdrücke, Haare oder Hautpartikel eines potenziellen Täters, keine Anzeichen für einen Kampf. Am Körper hatten sich nur Dinge befunden, die man im Wald überall antreffen konnte: Rinde, Moos, Gras. Man konnte nicht einmal sagen, ob der Junge am Fundort oder an einer ganz anderen Stelle zu Tode kam. Da auch aus dem Labor der Gerichtsmedizin bisher nichts Neues vorlag, blieb Hausmann vorerst nur dieser letzte Strohhalm. Nun würde er nach einem uralten Fall stöbern, der sich zufällig in der gleichen Gegend zugetragen hatte. Er hoffte, dass er damals halbwegs gut dokumentiert worden war.

Sobald er die dicke graue Stahltür des Archivs aufgeschlossen hatte, drang ein muffiger Geruch heraus, wie von durchweichter Pappe und verräucherten Aktendeckeln. Was mussten die Kollegen damals gequalmt haben in der Wache! Die Akten schienen nicht nur die Fälle, sondern auch die Angewohnheiten der Beamten dokumentiert zu haben. Er konnte gut nachvollziehen, dass sich Birgit geweigert hatte, hier herunterzusteigen. Im Archiv wurden sämtliche Fälle gelagert, die mehr als 30 Jahre zurücklagen. Man nahm wohl an, dass sich nie wieder jemand dafür interessieren würde und es demnach sinnlos wäre, die Sachen in den Computer zu übertragen. Davon abgesehen, dass hier sicher niemand Kapazitäten für eine solche Aufgabe hätte.

Hausmann drehte am schwarzen Bakelit-Lichtschalter. Nach ein paar Momenten flackernder Ungewissheit rangen sich die Neonröhren dazu durch, ihr steriles Licht auf die Blechregale mit den Kartonreihen niedergehen zu lassen. Am Ende des Ganges sah Hausmann etwas über den Boden huschen. Bis eben war er der Meinung gewesen, dass Birgit die Rattenproblematik ziemlich aufgebauscht hatte, aber womöglich hatte sie doch recht. Hausmann hatte nur ein müdes Kopfschütteln dafür übrig. Die Tiere machten ihm zwar nicht direkt etwas aus, aber es sprach schon Bände, wenn die Verantwortlichen die offiziellen Akten im Archiv von Ratten anknabbern ließen. Hausmann schritt die Regale ab. Es gab hier kein spezielles Ablagesystem und auch kein Verzeichnis, nur eine Masse an Kartons aus mehreren Jahrzehnten, die mit den Jahreszahlen beschriftet waren. Die richtige Jahreszahl kannte er nun immerhin. Dank Oma Isa, die sich heute Nacht in seinen Traum geschlichen hatte. Die Worte Jäger Fenger und Fengerholz waren beim Einschlafen durch seinen Kopf gegeistert und hatten etwas in seinem Unterbewusstsein wachgerüttelt.

Oma Isa war vermutlich aus dem Jenseits gekommen, um ihm ins Gewissen zu reden. Es klang genau wie damals, im Jahr 1977, als er gerade zehn Jahre alt geworden war. „Ungezogene Lausebengel", schnarrte Oma Isa im Traum und wedelte mit dem Zeigefinger. „Denen widerfahren im Fengerholz die schrecklichsten Dinge." Seine Eltern hatten hinter der Oma gestanden und ernst dreingeblickt. Er solle ja nicht alleine ins Fengerholz gehen und immer schön brav sein, schärften sie ihm ein. Sonst ergehe es ihm noch wie dem Luis Fenger, der erst seinen Verstand verloren habe und schließlich im Wald zu Tode stürzte. Ob es wirklich so gewesen war, wusste er bis heute nicht.

Nach dem Aufwachen hörte Hausmann immer noch die Worte Isas, die in seinem Kopf nachhallten. Obwohl die Frau seit über 20 Jahren tot war, erinnerte er sich wieder an jede Nuance ihrer bohrenden Stimme. Sie klang wie ein seit Jahren nicht geöltes Scharnier, das keine Ruhe gibt. Über das, was mit Luis Fenger damals geschehen sein sollte, waren seine Eltern und Oma Isa nie ins Detail gegangen. Hausmann erinnerte sich aber gut, dass er nicht viel auf das mahnende Gerede der Oma gegeben hatte, es klang alles zu sehr nach dem Märchen vom bösen Wolf. Dennoch hatte er von da an den Wald gemieden. Und als sie wenige Monate darauf ans andere Ende der Stadt zogen, war das angeblich todbringende Fengerholz schon bald aus seinem Gedächtnis verschwunden. Bis jetzt.

Vielleicht würde der Karton vor ihm endlich Klarheit bringen und ihm verraten, wie viel Substanz das Mahnen und Warnen von damals hatte. 1977 stand in großen roten Zahlen auf einem Karton, darunter September/Oktober. Das musste der richtige Karton sein. Hausmann öffnete den Deckel und fand ein Hängeregister mit Akten. Sie umfassten so ziemlich alle Braun- und Beigetöne, die man sich vorstellen konnte. Er blätterte durch die Fächer und fand erstaunlich schnell, was er suchte: „77-10-05/003 – Fenger, Luis und Johann Alois (G. E. Brehm)".

Hausmann ließ die Gummibänder zur Seite schnappen und klappte den Ordner auf. Der Inhalt war eher dürftig. Ein paar lose Blätter mit Notizen, auf Schreibmaschine getippte Protokolle, einige wenige Bilder. Eines zeigte einen Jägerstand mit dem toten Jäger darin. Vom Kopf fehlte der Großteil. Offenbar hatte er sich mit dem Gewehr aus nächster Nähe in den Kopf geschossen. Außerdem fanden sich neben Bildern der Fengervilla Aufnahmen von einem Baumkreis und von einem angeblich 13-jährigen Jungen, der zwar nicht tot war, aber die Haut eines alten Mannes hatte. Hausmann schluckte. Erst gestern hatte er etwas Ähnliches gesehen. Bei Milan Pravic, der später in der Gerichtsmedizin zu Staub zerfallen war. So weit war es bei Luis Fenger offenbar nicht gekommen. Das Foto zeigte ihn auf einer Liege in einem Krankenhaus.

Hausmann überflog die Dokumente. Der Ermittlungsprozess war im Großen und Ganzen nur vage beschrieben und die Schlussfolgerungen lasen sich recht unspezifisch. Hausmann fragte sich, ob der Kollege damals keine Lust hatte, in den Berichten ins Detail zu gehen oder ob die Aufklärung insgesamt nur halbherzig erfolgte. G. E. Brehm – das stand für Gottfried Emil Brehm, wie Hausmann nun wusste. Er war damals der zuständige Beamte.

Ein Quieken riss ihn aus seinen Gedanken. Die Ratten wurden offenbar zutraulich. Hausmann packte die Akte zusammen und stellte den Karton zurück ins Regal. Dann ging er zum Ausgang, versenkte das Archiv erneut in bleierne Schwärze und stieg die Treppe hoch zu seinem Büro.

Im Computer gab er Brehms Namen in die Personaldatenbank ein – er hatte nicht damit gerechnet, doch der Computer spuckte einige Einträge aus. So wie es aussah, war Brehm seit langer Zeit pensioniert, aber wenn die Daten stimmten, lebte er noch und müsste mittlerweile 84 sein. Sollte Hausmann Glück haben und der Alte erinnerte sich sogar noch an den Fall? Konnte er womöglich die Lücken in der Akte schließen? Er notierte sich die Adresse, klemmte den Ordner unter den Arm und machte sich auf den Weg.

***

Dörte spürte, wie ihr Körper immer leichter wurde. Sie legte sämtliches Gewicht ab und ließ es im Hier und Jetzt zurück. Den moosigen Waldboden unter sich spürte sie kaum mehr. Auch nicht die sanfte Brise, die durch den

Baumkreis wehte. Sie hörte nur noch das Säuseln, das ihr zuflüsterte, sie solle loslassen, aufsteigen in die Sphäre der Erleuchtung. Die Welt um sie herum verblasste, wie sie so inmitten der massigen Eichen saß und versuchte, spirituell mit sich selbst in perfekter Harmonie zu verweilen. Sie atmete tief ein und aus und trieb die letzten Gedankenfetzen aus ihrem Bewusstsein. Sie war beinahe am mentalen Nullpunkt, dem Zustand, bei dem absolute Stille im Geist herrschte. Gleich wäre der Moment da. Noch einmal atmete sie tief und langsam ein und wieder aus. Und dann ruhte sie, badete in der Stille, allein mit ...

Etwas stimmte nicht. Sie war gar nicht allein mit sich selbst. Vielmehr spürte sie etwas, das noch nie zuvor da gewesen war – eine Präsenz, eine Macht, auf einer Ebene, die man nicht bewusst fassen konnte. Eine Stimme wisperte durch ihren leergefegten Geist. Dörte verstand es zuerst nicht, aber es klang nach Qual, nach Sehnsucht, nach Trauer und Wut – und ganz weit entfernt nach Liebe. Endlich formten sich Worte aus dem Flüstern: „Führ mich zu ihr!"

Dörte wollte sich aus der Meditation befreien. Doch etwas schien sie festzuhalten, sich an ihren Geist zu klammern. Sie spürte, wie etwas an ihrem Verstand nagte. Dann wurde sie befreit.

Ein spitzer Zeigefinger bohrte sich in ihre rechte Schulter. Dörte verzog das Gesicht.

Eine barsche Stimme brach in ihre Wahrnehmung. „Was Sie hier machen, habe ich gefragt! Sind Sie taub?"

Dörte schlug die Augen auf und wandte den Kopf nach rechts. Sie sah ein von erhöhtem Blutdruck gerötetes Gesicht. Wer war der Mann? Sie keuchte, war zuerst verwirrt und hatte keine Ahnung, was eben geschehen war. Zaghaft antwortete sie. „Ich ... ich meditiere."

„Aber nicht hier", schnauzte der Mann. „Der Wald ist in Privatbesitz und bis auf Weiteres gesperrt!" Die Uniform wies das Rotgesicht als Sicherheitsmitarbeiter aus.

„Ich komme seit Jahren hierher und noch nie hat jemand etwas dagegen gehabt. Hier sind doch immer wieder Leute im Wald unterwegs", erklärte Dörte, die ihre Fassung wiedererlangte.

„Jetzt nicht mehr. Sie wissen wohl nicht, was hier neulich passiert ist!"

„Doch, doch, sehr gut sogar", sagte Dörte – nun in nachdenklichem Ton.

„Na, da sehen Sie es. Machen Sie, dass Sie fortkommen", forderte der Mann. „Ich gebe Ihnen drei Minuten." Er ließ von Dörte ab und begann, die Reste des Polizeiabsperrbandes von den Bäumen zu zupfen.

Dörte erhob sich aus dem Schneidersitz und verfolgte, wie der Wachmann um den Baumkreis herumstakste. Sie schnappte sich ihre Thermoskanne mit Tee und ihre Strickjacke und stopfte alles zurück in einen Jutebeutel mit Batikmuster. „Sagen Sie, bis wann gilt denn diese Anordnung?"

„Bis auf Weiteres", wiederholte der Wachmann, der nun den Baumkreis umrundet hatte und Dörte ungeduldig ansah. „Sie wissen ja sicher, wo es rausgeht." Um auf Nummer sicher zu gehen, zeigte er auf den Schotterweg, der zu seiner Rechten vom Baumkreis wegführte.

„Danke, ich gehe hier lang. Ist kürzer", sagte Dörte. Sie wies in die entgegengesetzte Richtung und setzte sich in Bewegung.

Zwei Minuten Unterhaltung mit einem solchen Miesepeter konnten Stunden der tiefsten Meditation zunichtemachen, dachte Dörte. Früher zumindest. Doch soweit ließ sie es mittlerweile nicht mehr kommen. Sollten ihr die berufsmäßigen Grantler und Teilzeit-Diktatoren den Buckel runterrutschen. Größere Sorgen machte ihr das beklemmende Erlebnis während der Meditation eben. Albträume waren eine Sache, aber dass nun auch die Frieden stiftende Meditation außer Kontrolle geriet, war bedenklich. Zuhause würde sie in der Fachliteratur nachschlagen. Doch zunächst musste sie sich beruhigen und Kraft tanken. Sie sog die feucht-harzige Waldluft in ihre Lungen und schritt zwischen den Bäumen hindurch. Den Wachmann mit dem misstrauischen Blick und den mystischen Baumkreis ließ sie hinter sich im Dunst zurück.

7

Auf dem Weg zu Brehm hatte Hausmann die ganze Zeit über die rätselhafte Art nachgedacht, wie der Fall von 77 in der Akte dokumentiert war. Das konnte kaum das Maß der Dinge gewesen sein, nicht einmal in der damaligen Zeit. Zu viele Lücken und Ungereimtheiten tummelten sich darin, außerdem wimmelte es von Andeutungen zwischen den Zeilen. Ein Gedanke verfestigte sich in seinem Kopf. War Brehm damals etwa genötigt worden, seinen Bericht zu frisieren? Es hatte fast den Anschein. Oder war er einfach ein komischer Kauz gewesen? Aber das würde er sehr bald herausfinden.

Brehm wohnte im linken Zwilling der „Twin Towers" von Rehfelden, wie die beiden im Abstand von 30 Meter stehenden Hochhaustürme von den Bürgern genannt wurden. Es waren schlecht kaschierte Plattenbauten aus den späten 70er-Jahren. Die einzigen beiden Hochhäuser in der Stadt standen noch dazu in einem der Brennpunktviertel. Außer den günstigen Mietpreisen konnten die Wohnungen hier kaum einen Vorzug aufweisen.

Hausmann klingelte und wartete. Derweil sah er am Gebäude hoch. Wenn die Klingelschilder logisch angeordnet waren, müsste Brehm fast ganz oben wohnen.

Hausmann wollte schon zum zweiten Mal klingeln, als die Türsprechanlage knackte und ein fieses Rauschen von sich gab. Der Lautsprecher hinter dem mattsilbernen Gitter spuckte verzerrte Wortfetzen aus. Hausmann ging näher heran, verstand aber nur etwas wie „abkaufen," und „ich brauche nichts".

„Hallo, hier ist die Polizei. Kollege Brehm, ich möchte gerne mit Ihnen reden."

Es knackte und zischte wieder. Dann drangen „wehe, das ist" und schließlich „meinetwegen" aus der Sprechanlage. Der Türöffner summte und Hausmann trat ein. Im Flur roch es nach einem Dutzend verschiedener Nationalgerichte. Die Wände waren durchweg in einem schmutzigen Rosa gestrichen, welches nur durch die Hinterlassenschaften einiger Sprayer unterbrochen wurde. An der Wand gegenüber dem Aufzug stand: „Bitch Crew fukked you mother!" Hausmann legte die Stirn in Falten. Einen auf dicke Hose machen, aber an simpler Grammatik scheitern, so kannte er diese Vögel! Er drehte sich zum Aufzug. An der Stahltür prangte ein mit rotem Filzstift geschriebenes Schild: „Außer Betrieb!" Hausmann schluckte und sah auf die Anschlagtafel neben dem Lift. Zu seinem Leidwesen wohnte Brehm im zehnten Stock. Nach einem Moment des Haderns begann er widerwillig mit dem Aufstieg.

Fast eine Viertelstunde später klingelte Hausmann schnaufend und hustend an Brehms Wohnungstür. Er sah, dass sich die Linse des Spions in der Tür kurz verdunkelte und dann wieder heller wurde.

„Kollege Brehm? Ich bin Kommissar Hausmann von der Kriminalpolizei. Würden Sie mich bitte kurz reinlassen, damit wir uns unterhalten können?"

Hausmann hörte, wie Türschlösser entriegelt wurden.

Offenbar legte Brehm Wert auf Sicherheit und hatte mehr als ein Zusatzschloss angebracht. Die Tür ging einen Spalt weit auf, aber nicht weiter, als es die Sicherungskette zuließ.

Eisblaue Augen blickten argwöhnisch hinaus und musterten Hausmann. „Zeigen Sie mir Ihren Dienstausweis bitte", verlangte Brehm.

Hausmann kramte in seinen Jackentaschen, erst links, dann rechts. Dann griff er in die Hosentaschen. „Es ... tut mir furchtbar leid, ich hab ihn wohl im Auto vergessen."

Ohne zu zögern, knallte Brehm die Tür zu und brummte: „Gehen Sie ihn holen!"

Hausmann blickte entgeistert zur Treppe. „Der Aufzug ist kaputt!", keuchte er.

„Ist mir bekannt, danke", entgegnete Brehm von drinnen.

„Hören Sie, ich will hier keinen Enkeltrick abziehen oder Ihnen die Goldzähne klauen!", echauffierte sich Hausmann.

Was erlaubte sich dieser störrische Alte eigentlich?

Er dachte kurz darüber nach, die ganzen zehn Stockwerke wieder hinunter- und anschließend zum zweiten Mal hinaufzulaufen. Er war sich sicher, dass er dafür mindestens ein Sauerstoffgerät brauchen würde. Das kam überhaupt nicht infrage!

„Herr Brehm. Ich will mit Ihnen über den Fall Fenger sprechen. Aus dem Jahr 1977. Sie erinnern sich vielleicht? Der Jäger, dessen Sohn im Wald verschwand und der sich dann selbst getötet hat."

Stille. Dann ein Seufzen.

Hausmann hörte, wie die Sicherungskette rasselnd

68

aus der Führung genommen wurde. Die Tür ging zur Hälfte auf und Brehm sah ihn durchdringend an. „Warum kramen Sie diesen alten Fall aus? Das ist Ewigkeiten her."

„Ich weiß nicht, es ist nur ein Instinkt, aber es könnte eine Verbindung zu einem aktuellen Fall geben."

„Der tote Junge im Fengerholz?"

„Sie wissen Bescheid?"

„Zeitung", sagte Brehm sarkastisch.

„Ja, natürlich. Können wir vielleicht drin weiterreden, wenn es Ihnen nichts ausmacht?"

Brehm öffnete die Tür nun ganz und wandte Hausmann wortlos den Rücken zu.

Eine Ausgeburt an Sympathie, dachte Hausmann, als er eintrat und die Tür hinter sich schloss. Er folgte Brehm ins Wohnzimmer. Auf dem Tisch inmitten einer dunkelbraunen Sitzgarnitur waren sämtliche Prospekte aus dem kostenlosen wöchentlichen Anzeigenblatt ausgebreitet. Offenbar inspizierte der Alte sie akribisch. Daneben stand ein Bastkörbchen mit einem halben Dutzend Medikamentenpackungen und ein fast ausgetrunkenes Wasserglas. Brehm ließ sich in einen durchgesessenen Sessel fallen und wies auf das große Sofa zu seiner Rechten. Hausmann erblickte eine schlafende schwarze Katze mit grauen Schnurrhaaren und diversen kahlen Flecken im Fell. So wie sie aussah, war sie vermutlich ebenfalls über 80, so wie Brehm. Hausmann setzte sich in maximalem Abstand zur Katze aufs Sofa. Er konnte die Viecher noch weniger ausstehen als Hunde – und sie ihn auch nicht. Sie fauchten, kratzten und bissen. Gut, dass diese hier schlief.

„Werter Herr Kollege", begann Hausmann. „Sie

erinnern sich offenbar an den Fall von damals. Ich habe Ihre Akte studiert und – wie soll ich sagen – mir ist noch einiges unklar. Oder um ehrlich zu sein, ich verstehe so manche Andeutung nicht recht."

Ein amüsiertes Lächeln stahl sich auf Brehms faltige Lippen und seine Argusaugen blitzten. „Das können Sie vielleicht auch gar nicht", sagte er belustigt.

Die Katze neben Hausmann gähnte.

„Sie könnten mir da nicht zufällig ein wenig auf die Sprünge helfen?", bat Hausmann.

„Sicher könnte ich."

„Und?"

„Ich weiß nicht, ob ich das will. Seit 40 Jahren ruht diese Geschichte und ich denke, manche Geister sollte man nicht wecken."

Hausmann witterte, dass Brehm insgeheim eher das Gegenteil wollte, nämlich den Fall abschließen. „Ich kann Ihnen das nachsehen", sagte er, „wenn Ihnen über die Jahre vielleicht das eine oder andere entfallen ist. Ihre Pensionierung liegt ja schon eine Weile zurück."

Brehms Augen wurden schmal. „Sie sind ja mit allen Wassern gewaschen, Kommissar Hausmann", sagte er und schnappte sich Medikamente und Wasserglas vom Tisch. „Sie verzeihen, es ist Zeit für meine Hirntabletten."

Hausmann legte den Kopf schief. „Okay, lassen wir das", gab er sich geschlagen. „Reicht es nicht, wenn ich Sie freundlich bitte? Hilfe unter Kollegen?"

„Hausmann, Hausmann ... sagen Sie, hatte Ihr Vater nicht eine Sauerkrautfabrik in der Stadt?"

Verblüfft blickte Hausmann den Alten verblüfft an. „Ja, schon, aber das ist ..."

„Hausmanns Beste – Kraut & Konserven", sagte Brehm wie aus einer Werbeanzeige ablesend. „Na schön, mein Lieber, ich helfe Ihnen. Aber nur, weil Ihr Vater so ein feiner Kerl war. Schon damals in der Schule."

Der Kommissar war perplex.

„Mein Gedächtnis ist nämlich hervorragend!", stellte Brehm klar.

„Was Sie hiermit bewiesen hätten."

Die Katze neben Hausmann öffnete nun ein Auge und schielte beiläufig zum Kommissar hinüber. Er wurde den Verdacht nicht los, dass sie ihn trotz der vorgetäuschten Schläfrigkeit ganz genau beobachtete – bereit, ihn beim ersten falschen Wort anzuspringen und ihm die Augen auszukratzen.

Plötzlich meldete sich Hausmanns Telefon. Wieder heulte Desireless aus dem kleinen Lautsprecher. Der Kommissar zuckte entschuldigend mit den Achseln, fischte das Handy aus der Tasche und ging ran.

„Hausmann!"

„Hallo, hier ist Martina Wagenhorst."

„Ah, Frau Kollegin, was kann ich für Sie tun?"

„Mein Sohn wurde gefunden."

„Oh, ich hoffe doch, es ist alles in Ordnung?"

Sie zögerte einen kurzen Augenblick. „Nun ja, er lebt auf jeden Fall."

Hausmann wusste, dass gleich das große Aber kommen würde. Er kam ihr zuvor. „Aber?", fragte er.

„Ich bin im Krankenhaus. Er ist ... ich weiß nicht, bewusstlos? Die Augen hat er zwar geöffnet, aber er reagiert auf nichts. Die Ärzte sagen, sie wüssten nicht, warum. Und seine Haut ist so fürchterlich blass."

Hausmann dachte an den Besuch in der Pathologie und die bleiche Haut von Milan.

„Außerdem wurde er ganz in der Nähe des Waldes gefunden und ich dachte, vielleicht hat das etwas mit dem Fall zu tun."

„Das ist gut möglich", sagte Hausmann. „Bleiben Sie dort und versuchen Sie, sich nicht verrückt zu machen. Ich komme, sobald ich hier fertig bin." Er legte auf und steckte das Handy wieder ein.

Betont lässig sah Brehm ihn an. „Neuigkeiten?", fragte er knapp.

„Ja, vielleicht sogar eine Entwicklung in meinem neuen Fall. Es geht um den Jungen einer Kollegin, der verschwunden war. Er wurde gefunden. Aber so wie es aussieht, könnte es eine Verbindung zu dem Fall geben."

Brehm nickte. „Ja, es gibt die merkwürdigsten Verbindungen, manchmal über Jahrzehnte hinweg."

Er hievte sich aus seinem Sessel und ging hinüber zur Wohnzimmerschrankwand. Aus einem Fach unter einem museumsreifen Röhrenfernseher holte er einen Schuhkarton. Laut Etikett waren es italienische Lederschuhe, schwarz, Größe 46. Brehm stellte die Schachtel vor Hausmann auf dem Tisch ab.

„Da ist wohl alles drin, was Sie in der Akte vermisst haben", sagte er. Dann nahm er die Katze von ihrem Platz neben Hausmann, um mit ihr wieder den Sessel anzusteuern. „Schon gut Canaris, der Herr ist ein Kollege", raunte er ihr zu.

Die Katze machte es sich auf Brehms Schoß gemütlich und gab ein heiseres Schnurren von sich. Es klang wie grobes Schmirgelpapier auf Stahl.

Neugierig nahm Hausmann den Deckel der Schachtel ab. Darin lag nicht viel, nur ein kleines schwarzes Notizbuch und paar ausgebleichte Polaroids. In den 70ern war das noch der heißeste Trend in der Spurensicherung gewesen. Wirklich langzeitstabil waren die Bilder aber nicht. Die Farben waren mittlerweile über das Stadium der Pastelltöne hinaus, auch der Kontrast ließ zu wünschen übrig. Hausmann erkannte auf dem Bild eine Ansammlung von Bäumen, einer war offenbar kürzlich gefällt worden. Auf einem anderen Bild erkannte man einen Jägerstand. Ein ähnliches Bild hatte Hausmann bereits in der Akte gefunden.

Er zeigte darauf. „Das hier, dieser Baumkreis, der sieht fast so aus wie der, in dem man den Jungen gefunden hat."

Brehm nickte und beobachte genau Hausmanns Reaktion auf die Beweisstücke in der Schachtel.

„Was ist das?" Hausmann zog eine Plastiktüte mit einem vergilbten Zettel darin heraus.

„Ein Brief", sagte Brehm. „Ein Abschiedsbrief, wenn man so will."

„Von Fenger? Wieso ist der nicht in der offiziellen Akte?"

Einem theatralischen Seufzen Brehms folgte ein leises. „Tja."

Hausmann schwante, dass die Hierarchie und die Vorschriften früher wohl auch nicht unbedingt flexibler waren als heute. „Vorgesetzte?", fragte er.

Die Mundwinkel des Alten zuckten. „Lesen Sie doch erst mal den verdammten Brief."

Hausmann nahm den Abschiedsbrief des Jägers Fenger aus der Tüte und faltete ihn auf. Er musste sich anstrengen, um die Schrift zu entziffern, die offenbar von nervöser Hand in höchster Eile geschrieben wurde.

> Die, die ihr mich findet und euch fragt, was dem armen Mann widerfahren sein möge, seid euch im Klaren: Ich musste es tun. Oh, dieser Quälgeist! Ich musste mich selbst richten, um seinen Bann zu brechen. Ich spüre, wie er jeden Tag mehr und mehr Besitz von mir ergreift, mich holt, so wie er schon meinen Sohn zuvor geholt hat. War das etwa nicht genug? War es nicht genug, dass er seine Seele verschlungen hat? Diese Ausgeburt der Hölle! Ach, hätte der dumme Junge niemals diesen Geist geweckt und hätte ich niemals diesen Baum gefällt. Wäre ich nicht so ein Narr, mein Luis könnte noch leben. Wer immer diesen Brief findet, sei gewarnt! In diesem Wald regieren Mächte, die wir Menschen nicht verstehen können. Weckt sie nicht! Ich bete inständig, ich kann dem Spuk ein Ende machen, so wie ich mir nun ein Ende setze. Wenn ihr im Fengerholz wandelt, seid auf der Hut!
> Johann Alois Fenger, der Narr
> Oktober 1977

Hausmann sah vom Papier hoch direkt in Brehms Augen. „Lassen Sie mich raten, Geister- und Spukgeschichten waren in den Polizeiakten damals nicht gern gesehen?"

74

„Ich hatte den Brief natürlich erst bei den offiziellen Akten. Aber wie Sie schon sagen, er passte nicht so gut ins Weltbild der damaligen Vorgesetzten."

***

Mit einem Gefühl der Erleichterung verließ Dörte die Polizeiwache. Man hatte ihre Wünschelrute gefunden und ihr sogar ohne großes Prozedere ausgehändigt. Eigentlich wollte sie dann noch Kommissar Hausmann einen Besuch abstatten und sich nach dem Stand der Ermittlungen erkundigen, doch eine Frau mit Pfirsichen auf den monströsen Fingernägeln hatte ihr erklärt, dass der „Bernhardiner" gerade einer heißen Spur hinterherschnüffeln würde.

Nun stand sie seit zehn Minuten an der Bushaltestelle und spürte ein wachsendes Kribbeln in den Fingern. Eine Ahnung überkam sie. Sie zog Wünschelrute aus der Tasche und sofort flackerte ein Bild vor ihrem inneren Auge auf. Es war mehr wie ein Film, der wild zusammengeschnitten war und im Zeitraffer ablief. Ein Junge stolperte blindlings durch den Wald. Nebelschwaden wehten umher. Dann ein Krankenhausbett, eine Hand, die dem Jungen am Kopf streichelte. Die Wünschelrute zuckte. Dörte ließ den gerade heranfahrenden Bus hinter sich und folgte den Hinweisen des goldenen Instruments in ihren Händen.

8

Jedes Mal, wenn Bernhard Hausmann dem Krankenhaus einen Besuch abstattete, bekam er schon auf dem Parkplatz einen dicken Kloß im Hals. Sein Körper schien unterbewusst auf die bedrückende Atmosphäre der Klinik zu reagieren. Dort drin vermischte sich der beißende Dampf der Desinfektionsmittel mit der vollen Bandbreite menschlicher Ausdünstungen. Die Klinik war vor einem Jahr privatisiert worden und die neue Muttergesellschaft hatte es immerhin geschafft, die Außenfassade neu streichen zu lassen. Die grün-weiße Sprenkeloptik, die seit Jahren den groben Putz befallen hatte, war Vergangenheit. Das ganze Gebäude strahlte nun zartrosa, und Hausmann fragte sich, ob es vorher nicht doch besser ausgesehen hatte.

Es nieselte wieder abscheulich und die Temperatur lag bei frischen acht Grad. Daran konnte kein rosa Pastellton der Welt etwas ändern. Hausmann stapfte zum Haupteingang und ging auf die automatische Schiebetür zu. Wie seit jeher öffnete sie sich mit einer unangenehmen Verzögerung, so dass jeder, der eintreten wollte, unfreiwillig abbremsen musste, wenn er nicht Gefahr laufen wollte, mit der Nase gegen die Scheibe zu donnern. Nur diejenigen Patienten und Besucher, die wegen eines Hüftleidens oder fortgeschrittener Arthritis sowieso dahinkrochen, hatten eine Chance, mit dem Timing der eigenwilligen Tür in Einklang zu sein. Das hatte die neue Klinikleitung noch nicht reparieren lassen. Auch drinnen war alles beim Alten. Die Wände sahen aus, als wären sie mit verdünntem Waldmeistersirup gestrichen und der Linoleumboden setzte mit einem Muster wie von angebrannter Hafergrütze einen passenden Gegenpol.

Hausmann wies sich am Empfang aus und erhielt die Information, in welchem Zimmer Tobias Wagenhorst lag. Er fuhr mit dem Aufzug nach oben in den dritten Stock und steuerte Nummer 3-18 an. Er legte ein Ohr an die Tür und lauschte. Alles war ruhig. Er öffnete die Tür einen Spalt und sah Martina Wagenhorst am Bett stehen. Ihr Sohn lag mit starren Augen und völlig reglos darin. Es war nicht zu erkennen, ob er bei Bewusstsein war.

Mit den Fingerknöcheln klopfte Hausmann an den Türrahmen.

Martina Wagenhorst drehte ihm den Kopf zu. „Kommen Sie rein", bat sie.

Hausmann trat ein und schloss die Tür hinter sich. „Wie ist sein Zustand?", erkundigte er sich.

„Rätselhaft", antwortete Wagenhorst. „Die Ärzte sagen, er wird wieder vollständig gesund. Aber auf mich wirkt er so schwach."

„Hat man ihm Medikamente gegeben?"

Sie schüttelte den Kopf. „Die Ärzte sagen, er ist in einer Art Starre. Herzschlag, Atmung und alle anderen Werte deuten darauf hin, dass er bei Bewusstsein ist. Er reagiert nur auf nichts."

Hausmann ging um das Bett herum und betrachtete den Jungen. „Sein Bein ist gebrochen?", fragte er und deutete auf den dicken Verband.

Wagenhorst schüttelte den Kopf. „Nicht gebrochen zum Glück, aber er hat einige Verletzungen. Er muss blind auf die Straße gerannt sein und wurde angefahren. Ein Glück, dass nichts Schlimmeres passiert ist und der Fahrer ihn direkt ins Krankenhaus gebracht hat." Sie verzog das Gesicht zu einer Grimasse. Die toughe Fassade der Polizistin bröckelte. Sie räusperte sich und schluckte schwer.

Hausmann nahm ein Glas und eine Wasserflasche vom Beistelltisch und schenkte ihr ein.

Sie trank einen Schluck. „Danke, geht schon wieder." Einen Moment sah sie Hausmann abwägend an. „Sie haben keine Kinder, oder?"

Der Kommissar schüttelte stumm den Kopf. „Ich kann mir nicht vorstellen, wie schwer das sein muss."

Wagenhorst fasste sich wieder und streifte die schwermütigen Gedanken ab. „Nun, wie auch immer, ich will wissen, was da passiert ist!", sagte sie nun in entschlossenem Ton.

„Ja, ich auch. Ich denke, es könnte eine Verbindung zu Milans Tod geben. Wo wurde Tobias angefahren?"

„Auf der schmalen Landstraße nach Schwarzenau, die von der ST3817 abgeht."

„Hinter dem Fengerholz", sagte Hausmann düster.

Es klopfte an der Tür. Hausmann und Wagenhorst wandten sich um. „Erwarten Sie noch jemanden?", erkundigte sich der Kommissar.

Wagenhorst schüttelte den Kopf. „Vielleicht die Schwester?"

Als niemand hereinkam, rief sie nach draußen. „Ja, bitte! Kommen Sie rein!"

Die Tür öffnete sich langsam und Dörte trat ein.

Hausmann legte die Stirn in Falten, war aber zu verblüfft, um etwas zu sagen.

Wagenhorst besah sich die fremde Frau, die mit Strickjacke und einem goldenen Draht in den Händen im Türrahmen stand – offenbar selbst verblüfft von dem, was sie gefunden hatte. „Kann ich Ihnen helfen, suchen Sie jemanden?", fragte sie Dörte.

Hausmann ging wieder ums Bett herum und trat neben Wagenhorst. Er legte ihr eine Hand auf die Schulter und sagte dann zu Dörte: „Kommen Sie rein und machen Sie die Tür wieder zu."

Wagenhorst schien erstaunt. „Sie kennen Sie?"

„Kennen wäre übertrieben. Sie ist eine Zeugin und wurde an Milans Fundort verletzt aufgefunden", erklärte er. „Wie sie hierherkommt, weiß ich allerdings nicht."

Inzwischen war Dörte eingetreten und näherte sich dem Bett. Sie lächelte Martina Wagenhorst freundlich an. „Hallo, ich bin die Dörte."

„Martina Wagenhorst."

„Ja, nun ...", setzte Hausmann an. „Verraten Sie uns doch bitte, was Sie hier machen und wie zur Hölle Sie erfahren haben, dass ich hier bin?"

„Mein lieber Wachtmeister, die Hölle hat damit überhaupt nichts zu tun. Und wegen dir bin ich auch nicht hier." Sie deutete auf den Jungen im Krankenbett. „Ist das ...?"

Wagenhorst blickte Dörte einen Moment irritiert an, dann erklärte sie: „Das ist Tobias, mein Sohn. Er war vermisst." Fragend sah sie zu Hausmann, der nun wieder das Wort ergriff.

„Frau Wagner, das geht Sie doch alles gar nichts an. Ich möchte jetzt wirklich gerne wissen, was Sie hier wollen."

Dörte hielt die Wünschelrute hoch. „Ich hab sie wiederbekommen. Und sie hat mich direkt hergeführt."

Hausmann hob die Hände zu einer unbeholfenen Geste und öffnete stumm den Mund.

„Es ist okay, sie kann bleiben", sagte Wagenhorst.

„Ich habe sein Bild vor mir gesehen", erklärte Dörte. „Er war im Wald mit diesem anderen armen Jungen." Sie trat näher ans Bett und berührte Tobias am Arm.

Wie vom Blitz getroffen schreckte dieser hoch und sah sich panisch um. Wagenhorst und Hausmann sprangen auf das Bett zu.

„Junge, bleib ruhig. Du bist in Sicherheit. Das ist das Krankenhaus", redete Wagenhorst auf ihn ein, während Hausmann ihn sanft an den Schultern zurück ins Bett drückte.

„Wo ist mein Vater?", fragte der Junge plötzlich.

Martina Wagenhorst sah ihren Sohn entgeistert an. „Tobias, du weißt doch, dass dein Vater in Afghanistan ..."

„Was reden Sie, mein Vater ist Jäger!"

Wagenhorst zuckte zurück. „Wie meinst du das, Jäger? Tobias, was ist passiert?"

„Wer ist Tobias? Ich will jetzt nach Hause zu meinem Vater", forderte der Junge.

Dörte, die zuvor ein paar Schritte zurückgetreten war, kam wieder ans Bett. „Beruhige dich bitte erst einmal. Wo ist denn dein Zuhause? Und kannst du mir sagen, wie du heißt?"

Der Junge sah sie einen Moment verwirrt an. „Luis. Ich bin Luis Fenger und wohne draußen im alten Jägerhaus."

***

In der Firmenzentrale von „Geist & Kraft Events" saß Judy March spätabends noch an ihrem Schreibtisch aus getöntem Rauchglas und starrte auf das Display ihres Edelnotebooks. Es war längst dunkel draußen und sie war allein im Firmengebäude. Judy machte Überstunden. Wie üblich. Wobei es Überstunden laut Arbeitsvertrag gar nicht gab. Theo Rießling erwartete von seiner Marketingleiterin volle Hingabe und Aufopferungsbereitschaft – und er zahlte gut dafür. Doch in diesem Augenblick hatte Judy andere Sorgen als zu wenig Schlaf oder eine miese Work-Life-Balance. Sie hatte ihren Chef angelogen. Die Zahlen stellten sich bei Weitem nicht so gut dar, wie sie ihm am Vormittag vorgegaukelt hatte. Die Jenseitstagung war zwar erfolgreich gewesen, aber die Vorverkäufe und Prognosen der Messen und Kongresse bis Jahresende sahen alles andere als überwältigend aus.

Natürlich machte die Firma Profite, aber bei den Mengen Geld, die Rießling für private Zwecke abzweigte, ging das nicht mehr allzu lange gut, das wusste sie. Und das wusste ihr Chef sicher auch. Kein Wunder, dass er nach neuen lukrativen Einnahmequellen strebte. Doch wo sollte man sie hernehmen? Im Bereich Esoterik und Übersinnliches war alles schon hundertfach durchgekaut worden und die Leute ließen sich immer schwerer begeistern. Der vor magischer Energie strotzende Baumstumpf

81

war ein sagenhaftes Geschenk gewesen, das einen die spirituelle Energie glaubhaft hatte spüren lassen. Endlich mehr als nur platte Scharlatanerie. Das wäre eine Sensation gewesen, die man medial auch abseits der üblichen Fachpresse hätte ausschlachten können. Der Baum hätte für satte Einnahmen auf jeder Veranstaltung gesorgt. Ja, das hätte er. Der verdammt Konjunktiv hallte durch Judys Kopf. Sie rieb sich die Schläfen. So etwas konnte man nicht aus dem Hut zaubern. Seufzend klappte sie den Laptop zu. Da drin würde sie die Antwort heute vermutlich nicht mehr finden.

Sie blickte zur Wand, an der ein Bild eines Engels hing – eine kitschige geschlechtslose Figur mit goldenen Flügeln, dazu strahlende Wolken im Hintergrund. Es war das Motiv des Werbeplakats des allerersten Engelskongresses gewesen, den Rießling lange vor ihrer Zeit organisiert hatte. Sie verzog den Mund. Wieder einmal wurde ihr bewusst, wie wenig sie eigentlich mit Esoterik anfangen konnte. Ihr Chef wusste genauso gut wie sie, dass es blanke Geldmacherei war. Doch Theo hatte recht gehabt, dieser Baumstumpf besaß etwas Magisches. Es war ihr eiskalt den Rücken hinuntergelaufen, als sie ihn hatten ausgraben lassen. Ihr war es vorgekommen, als sperre er sich dagegen, als strahle er eine unsichtbare Kraft ab, eine wilde ursprüngliche Macht, die mit Unheil drohte. Sie hatte das für sich behalten, um keinen Wutausbruch zu provozieren. Dies wäre bei jedem Widerspruch unweigerlich geschehen, so geldgierig, wie es in Rießlings Augen geglänzt hatte.

Nach wie vor hüllte er sich in Schweigen, was genau an dem Abend passiert war, als der Baumstamm plötzlich zum Leben erweckt wurde. March hatte nur die Folgen beseitigt und die Presse aus der Sache rausgehalten. Gleichzeitig hatte sie aber bemerkt, dass ihr Chef seit jenem Abend zunehmend erschöpfter und gereizter wirkte. War es der Druck, neue Einnahmequellen zu erschließen? Oder nagte etwas anderes an ihm? Dabei hätte der Baum ihm Auftrieb geben müssen.

Doch diese Gedanken waren sinnlos, da der Baum zu Staub zerfallen war. Sie hatte nun die unliebsame Aufgabe, eine ebenbürtige Alternative zu finden, was im Grunde fast unmöglich war. Sie seufzte und klappte das Notebook wieder auf. Ihr musste etwas einfallen oder sie konnte sich einen neuen Job suchen. Ihr graute beim Gedanken an ihren ersten Job an der örtlichen FH, wo sie Internationales Management unterrichtete – zu einem miesen Gehalt. Es war ein Leichtes für Theo gewesen, sie von dort abzuwerben. An die FH wollte sie auf keinen Fall zurück.

„Streng dich an, Judy", murmelte sie und öffnete eine leere Powerpoint-Präsentation.

***

Die Nacht war hereingebrochen und Kommissar Hausmann saß am Steuer seines Mercedes Oldtimers und steuerte ihn über die verlassenen Straßen außerhalb der Stadtgrenzen von Rehfelden. Der Besuch in der Klinik hatte sich viel länger hingezogen als gedacht – und er hatte wesentlich mehr verwirrende Erkenntnisse zutage gefördert, als ihm lieb war. Sein kleines schwarzes Notizbuch hatte sich stetig mit Ungereimtheiten gefüllt, bis alle vom Arzt hinausgeworfen wurden, damit der Junge sich erholen konnte. Zu allem Überfluss hatte ihn Dörte Wagner noch mit ihrem esoterischen Gerede betäubt, bis er ohne zu protestieren einwilligte, sie nach Hause zu fahren.

Das war zwar nicht geplant gewesen, aber andererseits glaubte er, dass sie ihm vielleicht in diesem Fall behilflich sein konnte. Offensichtlich hatte sie eine wie auch immer geartete Verbindung zu den rätselhaften Ereignissen. Es wäre dumm, dies nicht zu nutzen, selbst wenn es aus polizeilicher Sicht nicht der reinen Lehre entsprach. Also hatten sie beschlossen, sich am nächsten Tag wieder zu treffen, um in der sogenannten Fachliteratur Dörtes nach geeigneten Quellen zu suchen, die etwas Klarheit in die Nebelschwaden dieses Falls bringen konnten.

In Gedanken versunken lenkte er seinen Wagen über die Landstraße und musste sich eingestehen, dass er schon vor einer ganzen Weile falsch abgebogen war. Nun befand er sich, ohne es zu wollen, auf dem Weg in Richtung Fengerholz. Dies war ein Tag der merkwürdigen Zufälle und Wendungen, fand Hausmann. Hatte ihn etwas unbewusst hierhergezogen? Er konnte den Gedanken nicht vertiefen. Sein Handy meldete sich und spielte wieder „Voyage, voyage". Er musste endlich dafür sorgen, dass dieser unsäglich nervtötende Klingelton verschwand. Er sah auf das Display. Die Nummer kam ihm vage bekannt vor. Er vermutete schon, wer dran war. Hausmann stellte seinen Wagen in einer Feldwegzufahrt ab und ging ran.

„Hallo Herr Kommissar, ich bin es, Pavel aus der

Gerichtsmedizin. Ich habe endlich Ergebnisse für Sie. Aber ich muss gleich vorneweg sagen, sie sind etwas seltsam." Pavel zögerte.

„Dieser Tag kann kaum noch seltsamer werden, also spucken Sie es schon aus. Der Abend wird nicht jünger!"

„Natürlich, Herr Kommissar. Es ist deswegen so spät geworden, weil ich alles doppelt und dreifach habe überprüfen lassen. Das Labor, nun ja ... wissen Sie, es kommt manchmal vor, dass die etwas verwechseln. Aber in diesem Fall scheint es ausgeschlossen. Ich habe noch eine zweite Probe hinterhergeschickt, und es hat wieder das gleiche Ergebnis gebracht."

„Das da wäre?"

„Ja, wie soll ich es erklären? Diese grau-weiße Substanz ist tatsächlich Asche. Die Laboranten sagen aber, sie stamme von Holz. Hundert Prozent reines Eichenholz, um genau zu sein. Als ich kam, um die Ergebnisse zu holen, haben sie mich schief angeschaut und gefragt, was ich ihnen hier für Proben senden würde. Ob das ein Test sei und so weiter."

Hausmann brummte etwas Missmutiges ins Telefon und kramte nach seinem Notizbuch, um sich Notizen zu machen.

Pavel fuhr fort. „Jedenfalls sind die dort der Meinung, dass wohl jemand einen Sarg ohne Inhalt verbrannt hätte – bei sehr hoher Hitze – und dass dies die zurückgebliebene Asche wäre."

„Sonst keinerlei Spuren?", hakte Hausmann nach.

„Nein, leider nicht, Kommissar. Was soll ich jetzt machen?"

Hausmann überlegte. „Bewahren Sie die Asche vorerst auf. Vielleicht fällt uns noch eine andere Möglichkeit ein, um sie zu analysieren."

„Gut, ich lasse sie in die Lagerhalle bringen. Einen schönen Abend noch, Kommissar." Pavel legte auf.

Während er noch ein paar Zeilen notierte, ließ Hausmann das Handy vom Ohr rutschen. Dann fiel ihm auf, dass das Büchlein, in das er schrieb, gar nicht seines war, sondern jenes, das er in Brehms alter Beweismittelschachtel gefunden hatte. Es sah seinem zum Verwechseln ähnlich, sowohl das Format als auch der schwarze Ledereinband ähnelten sich frappierend. Er schüttelte den Kopf und legte das Büchlein zur Seite auf den Beifahrersitz.

Hausmann griff zum Zündschlüssel und sah wieder nach vorne. Vor ihm lag schwarz und schweigend das Fengerholz, rundherum in sanften Nebel gehüllt. Und dennoch wirkte es anders als sonst. Bedrohlicher und ...

Hausmann blinzelte. Er glaubte, ganz kurz über dem nachtschwarzen Wald ein Glimmern zu sehen, und dann plötzlich eine energetische Eruption. Etwas züngelte blaugrün gen Himmel. Der Kommissar stutzte. Von der Form her sah es beinahe aus wie ein Nordlicht oder eine Art diffuser Blitz, der sich entgegen der üblichen Richtung bewegte. Erst kürzlich hatte er eine Reportage im Fernsehen über Nordlichter gesehen. Soweit er sich erinnerte, war es ausgeschlossen, dass dieses Phänomen so weit im Süden auftauchte. In der Regel konnte man dies nur hoch im Norden und zu bestimmten Jahreszeiten beobachten. Er hatte noch nie davon gehört, dass man es in dieser Gegend sehen konnte.

Wieder züngelte die Energie wie ätherische Flammen in den Himmel, dann erlosch das Glimmen vollständig.

Hausmann würde seinen sprichwörtlichen Besen fressen, wenn das nichts mit seinem Fall zu tun hatte. Er wusste nur noch nicht, ob ihm das gefiel.

9

Am nächsten Morgen saß Bernhard Hausmann in seinem Büro und telefonierte. Besser gesagt, versuchte er zu telefonieren. Doch die Frau am anderen Ende der Leitung hatte keine Lust, mit – wie sie wörtlich sagte – „Scheißbullen" zu reden. Hausmann knallte den Hörer wieder auf das Telefon und grummelte angesäuert. Er zog die Schreibtischschublade auf und fischte nach einer Packung Schokorosinen. Milans Mutter war nicht gerade auskunftsfreudig gewesen, nicht bei diesem Anruf und nicht beim letzten. Und er hatte zudem das Gefühl, dass sie zugedröhnt war. Er hatte schon aus ihrer Polizeiakte erfahren, dass sie eine regelrechte Junkie-Vergangenheit hatte und Milan deshalb im betreuten Wohnen untergebracht war. Ihm war klar: Aus der Frau würde er nichts herausbekommen.

Milans Betreuer aus dem Wohnheim betonten, dass sie nichts weiter über dessen nächtliche Aktivitäten gewusst hätten. Und vermutlich würden sie auch nichts verraten, wenn es anders gewesen wäre. So hätten sie sich eingestehen müssen, dass es mit der „Betreuung" in ihrem Fall nicht so weit her war.

Hausmanns Handy klingelte und er sah geistesabwesend auf die Nummer. Wieder diese Hotline aus Hamburg. Das war sicher das Callcenter seines Handy-Anbieters. Sie wollten, dass er seinen Vertrag vorzeitig verlängerte, um von ihrem Super-Sonderangebot zu profitieren. Hausmann hatte keine Lust, sich damit auseinanderzusetzen, und er wusste aus Erfahrung: Egal, was er tat, es würde dadurch nur teurer. Er versuchte, die dreisten Kundenbetreuer zu ignorieren, aber sie waren sehr hartnäckig, riefen jeden Tag an. Und dieser Klingelton machte es nur schlimmer. Jetzt würde er ihn endlich ändern. Sofort.

Es klopfte an seinem Türrahmen. Hausmann sah auf und sah ein verschmitztes Lächeln auf Birgits Gesicht.

„Hallo mein Bernhardiner, wie geht's denn heute? Dein Klingelton ist wirklich erste Sahne."

Hausmann sah sie schief an. „Sag mal Birgit, hast du etwas damit zu tun? Ich möchte mal was klarstellen: Das ist mein Telefon. Ich möchte, dass du die Finger davonlässt."

„Ach, jetzt sei nicht so grummelig, mein lieber Bernhardiner. Ein kleiner Scherz wird doch noch erlaubt sein." Sie lächelte ihn an. „Aber jetzt zu etwas anderem. Ich habe eine Nachricht für dich. Kennst du einen gewissen Brehm? Er war wohl früher Kommissar hier."

„Ja, ich war erst gestern bei ihm, er hat einen Fall betreut, der mich beschäftigt."

„Na, er hat jedenfalls angerufen und lässt dir ausrichten, dass du noch mal bei ihm vorbeikommen sollst, um Ermittlungsergebnisse austauschen."

Hausmann runzelte die Stirn. Ergebnisse austauschen? Stellte der alte Haudegen etwa parallele Ermittlungen an? Brehm war seit Ewigkeiten im Ruhestand. Was bildete er sich ein, er war doch mit den heutigen Vorschriften gar nicht vertraut. Hatte er Blut geleckt und wollte auf seine alten Tage endlich den Fall aufklären, den er vor 40 Jahren nicht lösen konnte? Zutrauen würde er es ihm, auch wenn er hoffte, dass Brehm die Finger davonließ.

„Danke Birgit", sagte Hausmann und zwang sich, ein Lächeln aufzusetzen. „Ich gehe ihn heute Nachmittag besuchen."

***

Judy March fühlte sich wie elektrisiert. Sie wusste, dass das Gefühl eine Illusion war, in Wahrheit musste sie hundemüde sein, nachdem sie die Nacht durchgemacht hatte. Aber ab einem gewissen Punkt schlug die Müdigkeit bei ihr ins Gegenteil um, sie fühlte sich dann aufgekratzt und hibbelig. Letzte Nacht gelang ihr tatsächlich noch ein schlüssiges Konzept. Sie hatte direkt eine Präsentation erstellt und auf das Tablet geladen. Dann hatte sie gewartet, bis Rießling im Unternehmen erschien. Sie ließ eine weitere Viertelstunde verstreichen, damit er in Ruhe seine Tee-Zeremonie abhalten konnte. Das war in ihrem nervösen Zustand kaum auszuhalten gewesen, doch ihr Chef sollte in bestmöglicher Stimmung sein.

Nun ging sie durch den Flur in Richtung Rießlings Büro. Sie wusste, dass ihn das Konzept überzeugen würde. Und sie konnten schon gleich damit beginnen, es umzusetzen. Es war so simpel, warum war sie nicht direkt darauf gekommen? Wichtig war nur, dass man Fremde aus dem Wald heraushielt, vor allem Polizei, Pilzsucher und Sportler. Sie mussten kontrollieren, wer sich dort aufhielt.

Mit den Fingernägeln klopfte sie leise an den Türrahmen.

„Komm rein", brummte Rießling, der an seinem Schreibtisch saß und grünen Tee trank. Er klang mürrisch, was sich, wie Judy hoffte, bald ändern würde.

Im Büro war alles in Cremeweiß und Gold gehalten. Sogar der Schreibtisch. Judy legte das Tablet vor ihm ab. Es war mattschwarz und wirkte in diesem Raum wie ein Fremdkörper.

Wortlos nahm Rießling es hoch und sah auf die Präsentation, die bereits gestartet war. „Was ist das?"

„Das ist die Idee, wie wir noch genügend Umsatz in diesem Jahr machen – und in den nächsten auch."

Mit einem Finger strich Rießling über das Display und sah die einzelnen Blätter der Präsentation durch. Er nickte, nahm einen Schluck von seinem Tee, brummte mal zustimmend, mal skeptisch, dann nickte er wieder.

Schließlich blickte er auf und sah Judy direkt an. „Seelenwanderung im Fengerholz? Das ist gar nicht so übel. Bau noch ein paar Keywords in die Präsentation: Ur-Energie, Baumgeister, Wurzeln der Erde und so weiter. Dann versuchen wir das. Jeder, der die Kraft des Waldes nutzen will, muss zahlen." Er sah sie nun direkt an. „Was ist los, stimmt etwas nicht?"

Judy rieb sich den Nacken. „Ich bin etwas drüber. Ich habe nicht viel geschlafen, das ist alles."

„Gut, gut, dafür ist das Konzept doch umso solider. Dank dir, Judy. Ich will, dass es baldmöglichst umgesetzt wird. Bereite alles vor, damit wir die Profite machen, die wir brauchen. Ich kümmere mich um den Wachschutz."

Judy nickte. „Ich fange gleich an", versprach sie,

schnappte sich ihr Tablet vom Tisch und verließ das Büro mit schwingenden Hüften. Sie spürte, dass das elektrisierende Gefühl nun sogar noch stärker war als auf dem Hinweg.

***

Dörte stand an ihrem überquellenden Bücherregal und griff nach zwei dicken Bänden. Beim Herausziehen räumte sie einige Duftkerzen und Engelstatuen ab, die dicht gedrängt vor den Bücherreihen standen. Sie drehte sich um und zog entschuldigend die Schultern hoch. „Sorry, diese Bücher hab ich schon länger nicht benutzt, ich studiere gerade kosmische Kräfte", sagte sie zu Kommissar Hausmann, der am Tisch in einem der Korbstühle saß.

„Schon in Ordnung, ist sicher auch sehr spannend." Unbewusst schüttelte er den Kopf, während er diese Worte aussprach. Was machte er hier? Konnte diese verquere Tante ihm wirklich helfen? Und diese irre unbequemen Stühle machten ihn wahnsinnig. Aber außer dem Bett, das halb mit Tüchern verhangen war, gab es in der ganzen Hütte keine andere Sitzgelegenheit.

„So, da haben wir sie. Das Kompendium der Geisterwesen von A. D. Gwizek und der Engelsalmanach von Haruman Ashantila." Sie legte die Bücher vor Hausmann auf den Tisch als seien es Kostbarkeiten.

Schon beim Anblick der Cover verspürte der Kommissar den Drang, fluchtartig die Hütte zu verlassen. Das Buch über Geister war durch und durch in einem schrillen Türkis gehalten, von dem sich nur die knallroten Buchstaben des Titels absetzten. Mittig war ein nebulöses und nicht identifizierbares Geisterbild eingesetzt. Vermutlich hatte eine Spukgestalt höchstpersönlich den Umschlag gestaltet, um die Leser zu erschrecken. Der Engelsalmanach sah nicht ganz so wüst aus mit seinem cremeweißen Einband und den goldenen Engelsflügeln darauf. Hausmann seufzte und zog das zweite Buch zu sich heran.

„Nun ja, wenn Sie meinen, dass das hilft. Aber ich kann mir nur schwer vorstellen, dass diese Grausamkeiten das Werk eines Engels sein sollen oder eines Gespenstes. Vermutlich ist es doch wieder nur der Trieb eines total perversen Menschen."

Dörte zuckte mit den Schultern. „Alles ist möglich, wobei ich auch weniger an einen Engel glaube. Ich hab nochmal darüber nachgedacht letzte Nacht. Es könnte auch genau das Gegenteil sein."

„Und das wäre?"

„Ein Dämon, ein Satyr, ein Waldgeist. Deswegen schauen wir ja in die Fachliteratur, oder?"

Hausmann schlug den Engelsalmanach auf und blätterte darin, Dörte setzte sich zu ihm an den Tisch und begann damit, den Geisterführer zu studieren.

„Wissen Sie, Frau Wagner, ich konnte mit diesem magischen Zeug noch nie etwas anfangen. Das sind mir alles zu viel Hokuspokus und zu wenig belastbare Fakten."

„Aber trotzdem bist du hier, nicht wahr? Das wird wohl seinen Grund haben." Sie machte eine kurze dramatische Pause, dann fuhr sie in bestimmtem Ton fort: „Und hör gefälligst auf, mich Frau Wagner zu nennen, wir sind doch hier nicht vor Gericht! Nenn mich Dörte, sonst werde ich ungemütlich." Sie setzte einen besonders lieblichen Gesichtsausdruck auf, der ihre eindringlich gemeinten Worte sofort konterkarierte.

Hausmann nickte zögerlich. Dörte antwortete mit einem offenen Lächeln und besiegelte damit ihre Übereinkunft. „Nun, da das geklärt ist, mein lieber Wachtmeister, darf ich wohl Bernhard zu dir sagen?"

„Es ist nach wie vor unangebracht, aber wenn es der Sache dient, meinetwegen", sagte Hausmann und wandte sich wieder dem Engelsalmanach zu. Hoffentlich war das hier auch der Sache dienlich, dachte er.

„Weißt du, Magie und Wissenschaft, das ist streng genommen die gleiche Sache", begann Dörte. „Sieh es mal so: Magie ist Wissenschaft, die noch keine ist. Etwas, das für uns moderne Menschen Wissenschaft ist, würde für jemand aus einer früheren Epoche wie Magie wirken. Es ist nur eine Frage der Perspektive."

Hausmann sah sie fragend an.

Unbeeindruckt fuhr Dörte fort. „Schau mal, wenn man ein Phänomen oder einen Vorgang nicht genau erklären kann, nennt man es ziemlich schnell Magie. Das passiert aber nur, weil man noch nicht versteht, wie es im Inneren zusammenhängt. Daher begreift man es automatisch als übernatürlich oder magisch. Sobald aber jemand herausbekommen hat, wie es funktioniert, wird es zur Wissenschaft, zur Technologie. Die Sache selbst bleibt die Gleiche. Es ist nur ein Name, eine Bezeichnung."

Hausmann wiegte den Kopf hin und her. Etwas sagte ihm, dass das stimmen konnte. Genau genommen fand er den Gedanken sogar verblüffend logisch – speziell für Dörtes Verhältnisse. Wenn er sich darauf einließe, könnte dieser Ansatz es ihm leichter machen, sich den ungewöhnlichen Methoden zu öffnen, die sie im Begriff waren, anzuwenden. „Na schön. Dann stellt sich die Frage, wie uns diese Magie helfen kann."

Dörte hatte aufgehört, zu blättern und las stumm eine Seite. Hausmann beobachtete sie dabei. Glaubte sie das alles wirklich? Und er? Glaubte er, dass sie Erkenntnisse aus einem solchen Buch gewinnen konnten? Er hatte gehörige Zweifel. Aber sie hatte ebenfalls recht, schließlich war er hier. Das hatte einen Grund. Seine Intuition sagte ihm, dass er in dieser esoterischen Räucherbude richtig war.

Das Unkonventionelle gehörte wohl zu seinem Job. Er hatte die Rolle als sogenannter Sonderermittler nie gewollt. Bis zu der Sache vor zwei Jahren mit den entflohenen Genmonstern aus einem Labor hatte er ihn nie wirklich ernst genommen. Nun hatte er wieder das gleiche Gefühl wie damals. Nämlich, dass er die Pfade der klassischen Polizeiarbeit verlassen musste, um diesen Fall zu lösen. Und er konnte nicht leugnen, was er in dem Baumkreis gespürt hatte. Das war gespenstisch gewesen. Ebenso das nächtliche Leuchten gestern. Und wenn er daran dachte, was mit Milan und Tobias geschehen war, glaubte er selbst nicht mehr so recht daran, dass hier Menschen am Werk waren, zumindest nicht direkt.

„Aha!" Dörte riss ihn aus seinen Gedanken. „Das wird dich aufklären, mein lieber Bernhard", sagte sie, drehte ihren Geisterführer herum und schob ihn zu Hausmann hinüber. Sie tippte auf die Überschrift: „Die Natur von Dämonen und Geistern".

Er beugte sich über das Buch und las das Kapitel.

„Übernatürliche Wesen kennt so gut wie jedes Volk der Erde. Seit Jahrtausenden begleiten sie die Menschen und bevölkern ihre Umwelt auf unbewussten Ebenen. Ihre Funktion besteht darin, die unerklärlichen Dinge im menschlichen Leben greifbar zu machen. Schon die Philosophen der alten Griechen versuchten, diese Wesen in ein System zu fassen, indem sie sie zwischen den Göttern und den Menschen ansiedelten und sie ‚Daimones' nannten. Daher stammt das heute noch gebräuchliche Wort Dämon, das in seiner ursprünglichen Bedeutung im Griechischen jedoch nicht negativ besetzt war, sondern auf den Begriff des Zuteilens im Kontext des Schicksalskonzepts abzielte."

Hausmann bemerkte, dass Dörte ihn beobachtete. Sie nickte ihm energisch zu, er solle weiterlesen.

„Dämonen wirken als übernatürliche Wesen oder als Geister in unserer Welt und sind Begleiter des Menschen. Sie sind nicht, wie heute üblicherweise angenommen, per se böse, sondern vielmehr als neutrale Wesen oder spirituelle Kräfte zu sehen. Der Glaube an Dämonen trägt zum Verständnis der Welt bei, denn mittels Dämonen lässt sich vieles in der Welt erklären, was sonst unerklärt bliebe. Der Glaube an einen Dämon machte gewisse menschliche (Grenz-)Erfahrungen erst verständlich. Sie sind zudem psychische Projektionen menschlicher Erfahrungen, Ängste und Hoffnungen."

Hausmann legte das Buch weg und sah Dörte durchdringend an. „Das ist schön und gut, aber ich glaube sehr wohl, dass das, was Milan Pravic getötet hat, böse ist. Wer oder was immer es war, neutral oder sonderlich spirituell war es nicht."

„Nun ja, das könnte man schon sagen. Aber vielleicht ist dieses Wesen nicht von sich aus böse gewesen, sondern hat nur auf die Menschen reagiert. Unter Umständen war es eine Antwort auf etwas, das zuvor geschehen ist. Womöglich hat man diesen Geist erzürnt und nun schlägt er mit seiner übernatürlichen Kraft zurück?"

Plötzlich musste Hausmann an Theo Rießling denken. Er wusste selbst nicht genau, wieso, aber das stetige Gefühl, dass der Mann etwas verheimlichte, nagte an ihm. Bis jetzt hatte er keinen Schimmer, wie die losen Enden seiner Gedankenfäden zusammenpassten, aber Rießling gehörte der Wald, in dem sich dies alles abspielte und womöglich wusste er mehr, als er zugab.

„Und dein Buch?", fragte Dörte neugierig.

Hausmann schreckte erneut aus seinen Gedanken hoch und sah sie kurz irritiert an.

„Hast du etwas Interessantes im Engelsalmanach gefunden?", hakte sie nach.

Der Kommissar schüttelte den Kopf. „Nein, ich glaube nicht. Ich denke, es ist nicht ganz das Richtige."

„Hinten im Kompendium der Geisterwesen sind Praktiken aufgeführt, mit denen man angeblich mit Dämonen Kontakt aufnehmen kann. Das sollten wir mal probieren. Dafür müssten wir allerdings in den Wald, was nicht so einfach ist."

„Wieso?"

„Weil da jetzt Wachleute patrouillieren. Einer hat mich neulich aus der Meditation gerissen und rausgeworfen."

„Das ist ja interessant", murmelte Hausmann. Sein Verdacht gegen Rießling konnte so falsch wohl nicht sein.

Wer ließ schon einen Wald von einem Wachschutz beobachten, wenn es dort nichts zu verheimlichen gab? „Ja, ich denke, die Polizei werden sie schon reinlassen müssen. Das sollten wir aber verschieben, ich muss jetzt zu einem alten Kollegen, der damals 1977 schon in einem Fall im Fengerholz ermittelt hat. Und du gehst bitte nicht allein in den Wald. Erstens könnten sie dich anzeigen, wenn du dort schon Hausverbot – oder vielmehr Wald-verbot – hast, und zweitens geht dort etwas vor, das sehr wohl gefährlich sein könnte."

„Ach, du bist lieb. Du machst dir doch nicht etwa Sorgen?", fragte sie in lieblichem Singsang.

Hausmann sah sie verdutzt an. Diese Frau war toll-dreist. „Ich ... das ist mein Beruf. Ich beschütze die Bürger vor Gefahren!", protestierte er und erhob sich aus dem Korbstuhl. „Jetzt muss ich los, ich melde mich", sagte er hastig, um zu vermeiden, dass das Gespräch merkwürdiger wurde.

„Warte mal kurz. Ich hab noch nicht alles erzählt." Dörte zeigte auf den freien Stuhl. „Bei der Waldmedita-tion habe ich etwas wirklich Seltsames gespürt, eine Kraft, die versuchte, in meinen Geist einzudringen."

Hausmann setzte sich wieder hin „Eine Kraft?"

„Kann ich dir nur schwer erklären, weil du ja keinerlei Erfahrung mit Meditation hast. Aber im Grunde ist man dann völlig mit sich selbst allein, befreit von allem. Aber in diesem Baumkreis, kurz bevor mich der Wachmann an der Schulter gepackt hat, da war etwas in meiner Medita-tion, etwas Fremdes. Und nach allem, was wir gerade gelesen haben, denke ich, dass es der Dämon war, der Waldgeist. Wahrscheinlich hat er versucht, mit mir zu kommunizieren. Wenn das so ist, dann haben wir vielleicht eine Chance, zu erfahren, was er will und wie wir ihn besänftigen."

Hausmann runzelte die Stirn. „Den Dämon besänftigen, nun ja … in erster Linie wäre es gut, wenn niemand mehr zu Schaden kommt, das stimmt. Aber ob wir das mit Meditation erreichen, darf doch bezweifelt werden."

„Ich wollte nur sagen, was ich denke. Du kannst gern deiner eigenen Spur nachgehen", sagte Dörte. Sie klang nun ein wenig beleidigt.

Der Kommissar stand wieder auf und bemühte sich um ein freundliches Lächeln. „Ich weiß deine Mithilfe zu schätzen. Ich melde mich, sobald ich Neuigkeiten oder Fragen habe." Er steuerte die Tür an. Kurz hatte er überlegt, Dörte von seinem Erlebnis im Wald zu berichten, vom Wind, der plötzlich aufkam, von seinem Frösteln, doch er wollte ihrer Theorie momentan keine zusätzliche Nahrung geben. Die Frau machte den Eindruck, dass sie sich schnell in solche Dinge hineinsteigern konnte. Er drehte sich noch einmal zu Dörte um, die schon wieder im Geisterbuch blätterte. „Und unternimm bitte keine Dummheiten", sagte er. Dann ließ er den Räucherstäbchenqualm hinter sich und trat hinaus in die kühle Herbstluft.

10

Eine halbe Stunde später saß Hausmann schnaufend im Sessel in Brehms Wohnzimmer. Zuvor hatte er die endlos langen Treppen bis zu seiner Wohnung hochsteigen müssen. Er hatte in sich hinein geflucht, als er das Schild an der Aufzugtür erblickte, dass dieser offenbar immer noch nicht repariert worden war. Nun war er fix und fertig, versuchte aber, sich nicht allzu viel von seiner Erschöpfung anmerken zu lassen. Seine Extrapfunde hatten sich wieder einmal deutlich bemerkbar gemacht. Wenn er Brehm noch öfter besuchen musste, würde sich dieses Problem vielleicht bis zum Abschluss des Falls von selbst erledigt haben. Er fragte sich, wie Brehm es in seinem Alter schaffte, diese ganzen Treppen zu erklimmen. Oder verließ er seine Wohnung womöglich gar nicht?

Der schwarze struppige Kater Canaris schmiegte sich an Hausmann. Er grübelte, was wohl geschehen war, dass sich das Tier nun so zutraulich zeigte. Das letzte Mal stand ihm der Kater ziemlich argwöhnisch gegenüber. Lag es daran, dass Brehm ihm versichert hatte, der fremde Mann sei ein Freund und Kollege? Hausmann irritierte das. Und er hatte keine Lust, den Rest des Tages Katzenhaare von seiner Hose zu zupfen. Aber er sah ein, dass das momentan zu seinen kleineren Problemen gehörte.

Nachdem er ausreichend Atem geschöpft und vom

angebotenen Glas Wasser getrunken hatte, wandte er sich an Brehm. „Also, Herr Kollege, Sie haben mich herbestellt. Welche Art von Ermittlungsergebnissen müssen Sie mir unbedingt persönlich übermitteln?"

Brehm setzte ein gewinnendes Lächeln auf, das die Falten um seine Augen zucken ließ. „Mein lieber Kommissar Hausmann, ich dachte mir einfach, dass ich Ihnen vielleicht ein bisschen unter die Arme greife, wo Sie doch allein auf weiter Flur stehen in Ihrer Rolle als Sonderermittler. Klingt eigentlich toll, Sonderermittler. So etwas gab es damals nicht." Er sah Hausmann an, als erwarte er eine Antwort. Dann fuhr doch selbst fort: „Jedenfalls, da ich mit dem Fall von damals vertraut bin, dürfte meine Expertise von Nutzen sein – wie Sie selbst sagten, besteht hier eine gewisse Verbindung."

So formuliert klang das logisch und sinnvoll, dachte Hausmann, aber andererseits kannte er Brehm nicht und wusste nicht, wie fit der alte Knabe war. Es wäre wohl besser, wenn er sich raushielt. Hausmann räusperte sich. „Ja, schon richtig, und ich danke Ihnen für Ihre Mühe, aber Sie sind pensioniert. Ich würde es für angebracht halten, wenn Sie sich nicht in aktuelle Ermittlungen einmischten."

„Ach was! Ich würde Ihnen doch nicht in die Parade fahren. Ich will nur ein bisschen unterstützend eingreifen. Die Tage können ganz schön lang werden hier in dieser Wohnung, nur mit der Katze und dem Fernseher."

„Ja, das verstehe ich", sagte Hausmann. „Aber Sie müssen auch verstehen, dass dies hier womöglich sehr gefährlich ist. Ich will nicht, dass Ihnen auf Ihre ..." Er zögerte. „... dass Ihnen auf die alten Tage was passiert."

Statt einer Antwort kniff Brehm die Augen zusammen und sah ihn strafend an.

Hausmann seufzte. „Na fein, was haben Sie denn nun herausgefunden? Ist es etwas, das zum Fall von 77 gehört und weder in der Akte noch in Ihrer Schachtel war?"

„Nein, nicht direkt", sagte Brehm. „Ich habe mit Cora Pravic gesprochen."

Hausmann beugte sich interessiert nach vorne. „Na so was, Sie alter Haudegen! Wie haben Sie das denn angestellt?"

„Tja, der Trick ist, sich nicht als Polizeibeamter auszugeben."

„Verstehe. Nachdem ich die Frau endlich am Telefon hatte, hat sie mir gesagt, sie spreche nicht mit Scheißbullen. Außerdem war sie, glaube ich, total auf Drogen."

„Das kann sehr gut sein", sagte Brehm und lächelte. „Ich kenne sie. Sie wohnt hier im Nachbar-Hochhaus und sitzt öfter unten auf der Bank vor dem Kiosk, wenn sie nicht gerade zugedröhnt in ihrer Wohnung liegt."

„Jetzt wird mir einiges klar", sagte Hausmann. „Da sind Sie einfach mal rüber zu ihr gewackelt und haben nach einem Päckchen Zucker gefragt, so unter Nachbarn."

„So ähnlich. Ich bin ein netter alter Mann, wissen Sie? Das sieht man mir ja an! Ich habe nach Katzenfutter gefragt. Pravic hat auch eine Katze, sie hat es mir mal erzählt. Aber ich muss sagen, dass das Zeug, das sie dem Tier füttert, wohl nicht besonders gesund ist."

„Und was kam sonst bei Ihrem Gespräch heraus? Etwas, das uns weiterbringt?"

„Na, wir haben ein bisschen geplaudert, und ich habe

wie zufällig gefragt, wo denn Milan sei, wie es ihm geht und so weiter. Ich wusste ja, dass er im Heim ist oder besser gesagt im betreuten Wohnen. Da nahmen sie es mit der Aufsicht wohl nicht so genau und deshalb ist er manchmal zu ihr gegangen, obwohl das nicht gestattet war. Und ich denke, er hat kriminelle Dinger gedreht, Diebstähle und dergleichen."

Hausmann nickte. „Ich hab seine Akte durchgesehen, er hatte mehrere Anzeigen im letzten Jahr."

„Was da aber wohl nicht drinsteht, ist, dass er auch seiner Mutter immer etwas zugesteckt hat. Sie wohnt zwar drüben in einer Sozialwohnung und bekommt Geld vom Amt. Aber für die Drogen reicht es oft nicht. Nun ja, Sie wissen ja, wie es ist."

„Also ist Milan auf Beutezüge gegangen, um Drogengeld für seine Mutter zu beschaffen?"

„Vielleicht nicht vorrangig. Aber sie hat erzählt, dass Milan beim letzten Mal gesagt hat, ein großer Coup stünde bevor und dann wäre eine Weile Ruhe. Sie sagte, er wollte in eine Villa einsteigen."

„Das hat Sie Ihnen alles so freimütig erzählt? Und gleichzeitig lässt sie das Verschwinden ihres Sohnes völlig kalt?"

„Wie Sie schon gemerkt haben, ist sie meist zugedröhnt und macht sich nicht allzu viele Gedanken, wem sie etwas auf die Nase bindet – solange es keine Bullen sind. Aber was kann so ein älterer Herr wie ich schon groß machen? Außerdem ist sie der Meinung, dass Milan sicher nur irgendwo untergetaucht ist."

„Ich habe ihr doch am Telefon ganz klar gesagt, was passiert ist." Hausmann schüttelte den Kopf. Dann sah er ein, dass das wohl sinnlos gewesen war. Er wechselte das Thema. „In welche Villa wollte er einbrechen?"

„Sie wusste es nicht, nur dass sie in irgendeinem Waldstück liegen soll. Sie wissen so gut wie ich, davon gibt es hier in der Gegend nicht allzu viele. Und da wir erst kürzlich vom Fengerholz gesprochen hatten ..."

„Der Junge ist in die alte Fenger-Villa eingebrochen. Das ergibt Sinn", sagte Hausmann.

„Was mir jetzt nicht ganz klar ist: Was wollte er da? Ich dachte, sie seht seit Jahren leer?", fragte Brehm.

„Nein, nicht mehr, ich bin erst dort gewesen. Sie wurde sogar kostspielig renoviert. Der neue Besitzer, ein gewisser Rießling, ist ein etwas seltsamer Kerl. Er gibt vor, esoterisch oder spirituell zu sein, aber meiner Meinung nach ist er ein knallharter Geschäftsmann, der gutgläubigen Leuten das Geld aus der Tasche zieht."

„Kann ich mir vorstellen", sagte Brehm. „Davon gibt es ja eine ganze Menge."

„Ich glaube, er verheimlicht etwas. Aber das finde ich bald heraus. Und Sie genießen bitte wieder Ihren Ruhestand, in Ordnung? Ich werde Ihre Erkenntnisse in die Akte aufnehmen." Hausmann stemmte sich aus dem Sessel hoch. „Dann trete ich mal den beschwerlichen Abstieg an", seufzte er.

Brehm sah ihn amüsiert an. „Ihre sportlichen Ambitionen in allen Ehren, aber wieso nehmen Sie eigentlich nicht den Aufzug?"

„Weil der Aufzug kaputt ist, das steht doch unten auf dem Schild."

Brehm lachte laut auf. „Herr Kollege, ich muss schon sagen! Mich wundert, dass Sie den Dingen nicht gründlicher nachgehen. Das steht da schon seit einem Monat. Es fühlt sich offenbar niemand zuständig. Aber der Aufzug funktioniert. Ich glaube, die Hausverwaltung will nur nicht verklagt werden, wenn etwas passiert."

Hausmann unterdrückte ein Stöhnen. Und wie er den Aufzug nehmen würde! Für heute hatte er die Nase gestrichen voll von der Rennerei.

***

Spätabends saß Theo Rießling immer noch am Schreibtisch in seiner Villa und brütete über Judys Konzept. Eigentlich hatte er längst ins Bett gehen wollen und dazu sogar schon seinen Schlafanzug angezogen. Doch dann hatte er sich wieder ins Büro gesetzt. Er wollte noch mal die Zahlen und Prognosen seiner Assistentin durchgehen. Er musste die Aufopferungsbereitschaft von Judy anerkennen. Und ihre Idee mit den Seelenwanderungen schien auch nicht übel. Aber der Renner würde es nicht werden, das war ihm auf den ersten Blick klar gewesen.

Unbewusst griff Rießling unter seinen Schreibtisch, wo ein Büroschränkchen mit drei Schubladen stand. Er öffnete das oberste Fach und holte ein kleines, längliches Holzstück heraus. Er spielte damit zwischen den Fingern. Das war das Einzige, was vom magischen Baum noch übrig war. Er dachte an die Nacht, als er dieses Stück aus dem Baumstamm geschnitten hatte. Und er dachte daran, was danach mutmaßlich alles passiert war. Dabei wollte er nur einen Prototyp eines wahrhaftig spirituellen Medaillons fertigen, das man für riesige Summen hätte verkaufen können.

Er fragte sich, ob er womöglich etwas ausgelöst hatte, das zum Tod dieses – er seufzte schwermütig – das zum Tod dieses Jungen geführt hatte. Er konnte von Glück sagen, dass er ein Alibi hatte, auch wenn es vorgeschoben war. In Wahrheit war er schon am Nachmittag aus Wiesbaden zurückgekommen, nicht erst am nächsten Morgen. Trotzdem schien die Tarnung auf den ersten Blick ziemlich überzeugend.

Er lehnte sich in seinem Bürosessel zurück, ließ den Kopf nach hinten kippen und schloss die Augen. Irgendetwas war hier im Gange, etwas wahrhaft Übernatürliches.

Rießling bemerkte, dass sich das Holzstückchen in seiner Hand warm anfühlte. Und er bemerkte, dass er es schon eine ganze Weile zusammendrückte. So fest, dass er seinen eigenen Pulsschlag in den Fingern spüren konnte. Es kam ihm unnatürlich vor, so, als ob jemand seine Hand mit Gewalt zusammenquetschte. Er versuchte, den Griff zu lockern, doch irgendetwas blockierte seine Hand und ließ sie krampfen. Ohne es zu wollen, drückte er noch fester zu. Er stutzte, riss die Augen wieder auf. Ihm war, als würde das Stück immer heißer – aus den Fingern brachen Lichtstrahlen.

Er sprang auf, wollte das Holzstück abschütteln, doch seine Hand war daran wie festgeklebt, sie glühte von innen heraus. Der Schmerz wurde immer stärker. Rießling rannte hinaus auf den Flur in Richtung Badezimmer. Wieder durchzuckte ihn ein Stich, als würde seine Hand verbrennen. Er stolperte durch seine menschenleere Villa. Die Qualen benebelten seine Sinne, er schlingerte nach links, rannte eine goldene Vase um und schlug der Länge nach hin. Er schrie, fuchtelte mit den Armen. Wieder ein

Schmerz, noch brennender als zuvor, er drohte, ihn zu übermannen. Um ihn herum waberte grauer Nebel, der ihn zu verschlucken drohte. Er keuchte, biss sich auf die Lippe und kämpfte gegen die Ohnmacht. Doch er verlor den Kampf und versank in lähmender Umnachtung.

***

Hausmann wälzte sich im Bett hin und her. Dass er nicht zur Ruhe kam, frustrierte ihn. Normalerweise hatte er keine Probleme mit dem Einschlafen, er legte sich hin und war nach zwei Minuten weggedämmert. Diese Fähigkeit war ein Segen, das wusste er. Viele seiner Kollegen litten an Schlafstörungen. Sie nahmen die Erlebnisse des Polizeialltags mit nach Hause, und abends, wenn Ruhe einkehrte, kreisten die Gedanken. So hatte es ihm einmal Herbert Kropp erzählt, der mittlerweile auf Mallorca seinen Lebensabend genoss.

„Die ganze miese Polizeischeiße kann mich am Arsch lecken!" Hausmann hörte die Worte, die der Kollege zum Abschied gebrummt hatte, in Gedanken noch ganz genau. Damals hatte er den Kopf geschüttelt angesichts der Resignation und Verbitterung Kropps. Aber die Tatsache, dass er ausgerechnet jetzt daran denken musste, um halb eins mitten in der Nacht, ließ nichts Gutes für ihn hoffen. Er sollte seit Stunden schlafen und nicht die Kissen zerwühlen, während zusammenhanglose Gedanken in seinem Kopf rotierten. Lag es an den Büchern über Geister und Engel, die ihm Dörte Wagner vorgelegt hatte? Kamen jetzt die Dämonen aus ihren Löchern gekrochen, um ihn heimzusuchen?

Genervt warf Hausmann seine Daunendecke zur Seite und schwang die Beine über die Bettkante. Er würde sich jetzt einen Tee kochen. Oder nein, noch besser, ein Glas Milch mit Honig anwärmen und trinken. Er trottete aus dem Schlafzimmer in den Flur und ging auf die Küchentür zu, als es plötzlich klingelte. Hausmann blieb stehen. Das konnte doch nicht wahr sein! Wer zum Henker klingelte mitten in der Nacht bei ihm? Er überlegte kurz, ob er seine Dienstwaffe holen sollte, beschloss dann aber, dass er zu faul war. Er drehte sich um und ging zur Wohnungstür. Vermutlich war es der Dämon, der ihn holen wollte.

Hausmann kniff ein Auge zu und sah durch den Spion in der Tür. Durch die trübe Linse blickte er in das verzerrte Gesicht von Martina Wagenhorst, deren lange Haare recht zerzaust wirkten. Das passte zu ihrem Gesichtsausdruck, fand Hausmann. Er öffnete die Tür.

Ohne um Erlaubnis zu bitte, stürmte Wagenhorst in seine Wohnung. „Hausmann, wir müssen diesen Kerl finden! Ich will, dass er dingfest gemacht wird. Bevor er noch einem Kind so etwas antun kann!" Sie wedelte mit einer Akte und tastete hektisch an der Wand herum.

Hausmann machte den Mund auf, sagte aber kein Wort. Er war wie überfahren. Eigentlich sollte er sie hochkant rauswerfen, schoss es ihm in den Sinn.

„Wo ist der verfluchte Lichtschalter!?", rief Wagenhorst.

Hausmann zwang sich, einmal tief ein- und wieder auszuatmen. „Neben der Tür", sagte er ruhig und trat nach vorne, um eben jene Tür zu schließen. Dann knipste er das Licht an und zeigte aufs Ende des Ganges. „Gehen wir in die Küche. Ganz zivilisiert und leise. Ich nehme an, die Nachbarn schlafen."

In der Küche setzte Hausmann einen Topf mit Milch auf und holte ein Glas Honig aus dem Vorratsschrank.

Wagenhorst saß am Tisch und blätterte in der aufgeschlagenen Akte. „Das ist er, hundertprozentig, das ist der Scheißkerl", murmelte sie.

„Was ist denn nur los, Frau Kollegin? Sie sind ja ganz durch den Wind", begann er.

„Was los ist? Sie waren doch dabei im Krankenhaus, mein Sohn ist verstümmelt worden, entführt, gefoltert, wer weiß, was! Und jetzt erkennt er mich nicht mehr."

Hausmann setzte sich zu ihr.

„Das wird sicher wieder", versuchte er sie zu beruhigen, wusste aber schon, während er die Worte aussprach, wie dämlich diese Plattitüde klang.

„Jetzt ist er in der Kinderpsychiatrie!", brauste sie auf. „Sie sagen, das ist womöglich eine spontan aufgetretene Form der Schizophrenie. Schizophrenie, Herrgott noch mal!"

Hausmann sah hinüber zum dampfenden Milchtopf und erhob sich. Sie konnten sicher beide gut ein wenig Beruhigung brauchen. Er stand auf und machte zwei Portionen fertig. Eine Tasse stellte er vor Wagenhorst auf den Tisch und tippte auf die Akte. „Und was ist das?"

Sie sah zur Tasse, schnupperte und runzelte die Stirn. Dann nahm sie einen Schluck. „Das ist der Verdächtige. Ich habe den ganzen Tag die Kartei durchsucht. Das ist unser Mann."

„Sie meinen, der hat Tobias entführt und Milan getötet?"

„Was mit Milan passiert ist, weiß ich nicht, aber schauen Sie hier. Der hat schon früher Kinder geschlagen und einmal einen Hund erdrosselt. Zuletzt saß er wegen Totschlags im Knast."

Hausmann zog die Akte zu sich und warf einen Blick hinein. „Hm …", brummte er. „Ich weiß nicht."

„Das ist der Typ!", beharrte Wagenhorst.

„Sie sollten vielleicht nach Hause fahren und sich ausruhen. Wir können morgen im Büro weitersprechen."

„Machen Sie endlich Ihren verdammten Job, finden Sie diesen Kerl und buchten Sie ihn ein!"

Hausmann nahm einen großen Schluck seiner Honigmilch. „Es ist wirklich spät. Heute Nacht bekommen wir keinen Haftbefehl mehr", versuchte er auszuweichen. Er sah, dass Martina Wagenhorst am Ende war und sich an diesen Strohhalm klammerte. Doch schon der erste Blick in die Akte hatte ihm gesagt, dass das Profil nicht passte.

„Hausmann, Sie müssen mir versprechen, dass Sie den Typen finden, ihn festnageln, ihn kaltstellen."

Hausmann sah sie durchdringend an. „Frau Kollegin, Sie sind doch selbst Polizistin. Sie wissen, dass wir gewissenhaft ermitteln, und zwar in alle Richtungen. Ich bin Ihnen dankbar für Ihre Unterstützung und den Hinweis." Er tippte auf die Akte und klappte dann den Deckel langsam zu. „Ich tue mein Möglichstes. Ich behalte die Akte hier und sehe sie mir genau durch. Und morgen besprechen wir dann in aller Ruhe, wie wir weiter vorgehen. Aber jetzt sollten Sie nach Hause gehen. Sie müssen sich ausruhen und etwas Schlaf finden. Trinken Sie Ihre Milch. Das wird helfen." Er nahm selbst einen weiteren großen Schluck.

Zum ersten Mal hellte sich Wagenhorsts Gesichtsausdruck ein wenig auf. Sie sah Hausmann prüfend an, wie er ihr gegenüber am Tisch saß, in seinem hellblauen Schlafanzug. „Sagen Sie, habe ich Sie geweckt?"

Hausmann sah auf die Uhr. „Es ist fast ein Uhr in der Nacht, das könnte man also annehmen. Aber trotzdem: Nein, ich konnte nicht schlafen. Der Fall ist zu merkwürdig und ich … ach, lassen wir das. Es ist besser, wenn wir beide jetzt versuchen, zu schlafen. Niemandem ist damit gedient, wenn wir müde und unkonzentriert sind."

Sie nickte, leerte ihre Tasse und ging zur Tür. „Danke, ich komme morgen in Ihr Büro. Gute Nacht." Stumm ging sie durch den Flur und zog die Wohnungstür hinter sich zu.

Hausmann blieb noch eine Weile alleine am Küchentisch sitzen, trank gemütlich seine Milch und wusste, dass das heute mit dem Schlafen vermutlich nichts mehr werden würde. Er schlug die Akte auf und begann, alles von vorne zu lesen. Zwar glaubte er immer noch nicht daran, dass dies eine heiße Spur sein könnte, aber versprochen war versprochen.

11

Wie befürchtet konnte Kommissar Hausmann in der letzten Nacht trotz warmer Milch und Honig keinen Schlaf mehr finden. Er hatte es auch nicht ernsthaft weiter versucht. Stattdessen war er um kurz nach fünf Uhr morgens ins Büro aufgebrochen. Seine Erschöpfung hatte sich mit der zaghaft aufkommenden Dämmerung gelindert. Das zwischen rosa und orange changierende Licht wirkte auf den Hormonhaushalt – und irgendein Mechanismus aus grauer Vorzeit sagte dem Körper, dass jetzt nicht die Zeit für Schläfrigkeit war. Es schien zudem der erste regen- und nebelfreie Tag seit einer gefühlten Ewigkeit zu werden.

Auch eine große Tasse Kaffee und zwei Schokoriegel aus dem Handschuhfach hatten geholfen, den Tag nicht auf dem emotionalen Tiefpunkt zu beginnen. Hausmann war sogar unerwartet gut gelaunt, als er mit dem Wagen über die wenig befahrenen Straßen in Richtung Polizeidienststelle fuhr. Er hatte davon gehört, dass man in der Psychiatrie Schlafentzug gegen Erkrankungen wie Depression und Ähnliches einsetzte. Er glaubte aber nicht, dass der stimmungsaufhellende Effekt bei ihm schon nach einer durchgemachten Nacht wirkte.

Der Kommissar stellte seinen Mercedes am hinteren Ende des Parkplatzes der Wache ab und ging durch den Nebeneingang ins Gebäude. So kam er auf schnellstem

Weg in sein Büro, ohne mit den Kollegen reden zu müssen. Er wusste, dass sie ebenso wenig Wert darauf legten wie er selbst.

Eine Nachricht erwartete ihn auf seinem Schreibtisch. Birgits Handschrift auf einem gelben Klebezettel: „Zwischenbericht für Chef nicht vergessen. Fall gelöst?"

Seit wann kümmerte sich der Chef um seine Ermittlungsfortschritte? Normalerweise schob man ihm die unliebsamen Fälle zu und dann krähte kein Hahn mehr danach. Es sei denn, Hausmann wollte Unterstützung. Dann befasste man sich ganz genau damit, um ihm anschließend sagen zu können, dass das leider überhaupt nicht infrage käme.

Hausmann brummte genervt und knüllte das Papier zusammen. Man hatte ihn wohl auf dem Kieker. Oder war es, weil Wagenhorst sich in den Fall einmischte? Was hatte sie ohne sein Wissen noch alles getan, außer potenziell Verdächtigen nachzuspüren? Nachher würde er sie ganz diplomatisch darauf ansprechen. Es war keine gute Idee, dass sie an der Sache mitarbeitete. Sie war schließlich persönlich betroffen. Auch wenn ihr Sohn verglichen mit Milan mit einem blauen Auge davongekommen war, so wirkte Wagenhorst dennoch viel zu aufgewühlt und durcheinander, um mit klarem Kopf an die Arbeit zu gehen.

Hausmann schaltete seinen Computer ein, nahm das Notizbuch zur Hand und fing an, einen Zwischenbericht zu tippen. Am besten erledigte man die unangenehmen Sachen zuerst, dann konnten sie einen nicht den ganzen Tag belasten. Am besten war, er hielt ihn so knapp und sachlich wie möglich. Er wusste, wenn er etwas von magischen Lichtblitzen, wispernden Winden oder gar Dämonen hineinschrieb, würden sie ihn auf der Wache wieder wochenlang anschauen wie einen Aussätzigen. Nicht, dass Hausmann das groß gekümmert hätte, aber er wollte auch dem Chef keine Angriffsfläche bieten. Bis zur Pensionierung waren es noch ein paar Jährchen.

Das Verschriftlichen der bisherigen Ermittlungsergebnisse machte ihm mehr als deutlich, dass er es mit einem verzwickten Fall zu tun hatte. Die Leiche war verschwunden, hatte sich zwar nicht in Luft, aber in Asche aufgelöst. Doch diese gehörte gemäß der offiziellen Laboranalyse gar nicht zu einem Menschen, sondern zu einem Baum. Der einzige potenzielle Zeuge war in der Psychiatrie und gab an, ein vor 40 Jahren verschwundenes Kind zu sein. Seine sonstigen Hinweise waren abstruse Auszüge über Geisterwesen aus den Büchern Dörte Wagners und seine Intuition, die ihm sagte, dass im Fengerholz Dinge vor sich gingen, die man ohne esoterischen Klimbim gar nicht erklären konnte.

Jemand räusperte sich lautstark und riss Hausmann aus seinen Gedanken. Er sah hoch und erblickte ein Pärchen in beigefarbenem Partnerlook. Die beiden waren geschätzt Mitte 60 und von oben bis unten in hellen Brauntönen gekleidet. Sie trugen Bastkörbchen mit Henkeln in den Händen. Hausmann brauchte einige Sekunden, um den Anblick zu verdauen.

„Sind wir hier richtig beim Sonderermittler für kriminelle Spukfälle?", fragte der Mann.

„Ich bin Kommissar Hausmann, Mordkommission. Ja, und auch Sonderermittler. Und Sie sind?"

„Wir sind von einem Dämon angegriffen worden",

meldete sich jetzt die Frau zu Wort und wurde sogleich wieder von ihrem Mann unterbrochen.

„Spatzl, das wissen wir doch gar nicht."

Sie murrte und setzte sich unaufgefordert auf einen der Besucherstühle vor Hausmanns Schreibtisch, die so gut wie nie benutzt wurden.

Der Mann nahm neben ihr auf dem zweiten Stuhl Platz. „Ich bin Reinhard Pötsch, das ist meine Frau Renate."

Hausmann nickte. Er wusste, dass es keinen Sinn haben würde, die zwei irgendwie abwimmeln zu wollen. „Schön, meine liebe Familie Pötsch, dann erzählen Sie doch mal von vorne."

„Also, der Dämon hatte glühende Augen, einen Pferdefuß, er roch fürchterlich nach Schwefel und hat mit einer glühenden Axt nach uns geschlagen."

„Spatzl, das stimmt doch nicht, ich denke eher, es war ein Gespenst."

Hausmann hatte kurz das Gefühl, von seinen Kollegen für versteckte Kamera angemeldet worden zu sein – oder dass man ihn anderweitig verschaukeln wollte. Doch pflichtbewusst fragte er nach. „Wann und wo hat sich denn dieser Angriff ereignet?"

„Gerade eben erst, so gegen 6:30. Hinten im Fengerholz. Wir waren extra so früh dort, weil doch jetzt immer der Wachschutz herumfährt und wir uns die Pilze nicht entgehen lassen wollten", erklärte Reinhard Pötsch.

„Genau, da drin finden sich einige der besten Plätze", stimmte Renate zu.

„Verstehe", sagte Hausmann. „Und dann kam der Dämon? Beziehungsweise der Geist?"

„Erst war da der Wind. Und so ein seltsames Glühen. Und der Nebel! Fürchterlich viel Nebel. Ich dachte erst, ich sehe nicht richtig, als ich diesen großen Steinpilz abgeschnitten hatte, aber da war dann dieses Leuchten im Nebel. Nur kurz", führte Reinhard weiter aus.

„Und dann er uns etwas zugeflüstert", sagte Renate. „Der Geisterdämon!"

„Was hat er denn geflüstert, wenn ich fragen darf?", wollte Hausmann wissen.

„Wir haben es nicht verstanden. Aber ich hab gespürt, dass es nichts Gutes war."

„Haben Sie denn jemanden gesehen?"

„Nur einen Schatten, der vorbeigehuscht ist", sagte Reinhard.

„Und es war plötzlich eiskalt", meinte Renate. „Wir sind dann losgerannt, haben die Hälfte unserer Pilze verloren. Ich bin heilfroh, dass wir lebend aus dem Wald herausgekommen sind!"

Hausmann sah sie prüfend an. „Sie wissen, dass dort kürzlich jemand zu Tode kam?"

Die beiden nickten simultan.

„Ich möchte, dass Sie den Wald künftig meiden. Dort geht womöglich etwas Gefährliches vor sich. Ich werde mich sofort darum kümmern."

„Und unsere Pilze?", hakte Renate nach.

„Sie werden vorerst woanders suchen müssen. Ich lasse den Wald so bald wie möglich sperren."

Hausmann hatte zwar keinen blassen Schimmer, wie er das anstellen sollte, noch dazu, wenn der Wald in Privatbesitz war, aber er fand, es klang gut und beruhigend.

Reinhard und Renate erhoben sich zögernd. „Sie gehen der Sache nach?", fragte Reinhard.

„Ich bin schon dran", versicherte Hausmann und zeigte auf seinen Computer.

Die beigefarbenen Pilzsammler trotteten aus Hausmanns Büro und verschwanden im Gang.

Hausmann blickte wieder auf den Monitor. Er hatte zwei kurze Absätze geschrieben, die das Nötigste zum Fall zusammenfassten. Er speicherte die Datei und hängte sie an eine Mail an, die er an Birgit schickte. Er wusste, dass sie diese ausdrucken und dem Chef auf den Schreibtisch legen würde. Immer noch weigerte sich dieser, E-Mails zu lesen. Hausmann selbst war sicher nicht der modernste Mensch auf der Welt, aber dieser Typ war ein Ewiggestriger, nicht nur in dieser Hinsicht.

Der Kommissar schaltete den PC aus, schnappte sich seinen Mantel und stand auf. Er würde sich jetzt als Erstes noch einmal diesen windigen Rießling vorknöpfen. Der Mann hatte etwas zu verbergen und er würde ihm gründlich auf den Zahn fühlen. Bis Wagenhorst nachher auf die Wache käme, wäre er sicher wieder zurück.

**

Martina Wagenhorst spähte durch die matte Scheibe des Bauwagens ins Innere. Alles ruhig, alles finster. Sie konnte kaum etwas erkennen, so schmutzig war das Glas. Dennoch war sie sich sicher, dass sie ihren Verdächtigen aufgespürt hatte. Hier am Waldrand hatte er einen Fischteich gepachtet und einen Bauwagen aufgestellt, den er offenbar behauste. Sie befühlte den Ansatz des Ofen-

117

rohres an der Seite des Wagens, es war noch ein kleines bisschen warm, aber keinesfalls heiß. Oben kam kein Rauch mehr heraus. Marcus Weber musste vor Kurzem hier gewesen sein. Oder er war noch drin und schlief. Das wäre die beste Variante. Sie könnte hineingehen, den Kerl festsetzen und alles aus ihm herausquetschen.

Wagenhorst tastete sich zur Türklinke vor. Sie drückte sie sachte nach unten. Sie gab ein Knarzen von sich, das in der Stille der morgendlichen Landschaft wie ein Schrei widerhallte. Erschrocken zuckte sie zusammen. Das Überraschungsmoment war dahin. Einen Augenblick zögerte sie, dann legte sie die rechte Hand auf die Pistole und zog mit der linken kräftig am Griff. Doch die Tür rührte sich nicht. Sie war fest verschlossen.

Wagenhorst sah sich um und entschied sich dann, anzuklopfen. „Herr Weber?", rief sie.

Keine Reaktion. Er war entweder nicht zu Hause oder rührte sich bewusst nicht.

Wagenhorst begutachtete das Schloss. Es sah nicht allzu stabil aus. Sie haderte mit sich. Sollte sie es aufbrechen?

Marcus Weber schob einen Tannenzweig beiseite, um besser sehen zu können. Aus sicherer Entfernung vom anderen Ufer des Teiches aus beobachtete er eine Frau, die sich an seinem Bauwagen zu schaffen machte. Er hatte keine Sorge, entdeckt zu werden, er war in voller Tarnmontur und selbst aus wenigen Metern Entfernung kaum erkennbar. Und bei diesem dunstigen Wetter wäre es sogar noch schwerer. Er setzte seinen Feldstecher an und musterte die Frau am Bauwagen genau. Sie werkelte am Türschloss herum, ließ dann aber davon ab und ging auf die Rückseite des Bauwagens. Weber packte den Feldstecher wieder weg und verstaute ihn in seinem olivgrünen Armeerucksack. Die Frau erschien wieder neben dem Wagen und kam nun um den Teich herum. Das war gut, dachte Weber, so lief sie ihm direkt in die Falle.

Wagenhorst hatte sich dagegen entschieden, das Schloss aufzubrechen. Was, wenn der Typ sie anzeigte? Solche Scherereien konnte sie sich als Polizistin nicht leisten. Noch dazu, während sie sich offiziell krankgemeldet hatte.

Ein Trampelpfad führte am Teich vorbei in den vom Dunst verhangenen Wald. Sie folgte ihm. Nach wenigen Metern entdeckte sie ein paar zusammengeschraubte Holzplanken und eine Grube. Hier hatte sich jemand einen Donnerbalken gebaut. Es war logisch, auch Weber musste sich ja irgendwo erleichtern. Und Bauwagen waren nicht für ihre sanitären Einrichtungen bekannt. Wagenhorst sah sich um. Der Nebel schien dichter zu werden. Es behagte ihr nicht besonders, bei diesem Wetter den Wald nach dem Verdächtigen abzusuchen.

Da spürte sie, wie sich etwas in ihren Rücken bohrte. Es konnte der Lauf einer Pistole sein – oder nur ein Ast.

Eine Stimme raunte: „Keine Bewegung."

Sie spürte, wie jemand versuchte, ihre Dienstwaffe an sich zu nehmen. Martina Wagenhorst fuhr sofort herum. Es war Weber. Sie schnellte vor, fegte ihm seinen Schlagstock aus der Hand und versuchte, ihn mit einem Tritt zu Fall zu bringen. Ihre Waffe purzelte zu Boden.

Sie tastete nach der Pistole am Boden, doch Weber war schneller. Wagenhorst machte kehrt und rannte in den Wald, eine sanfte Steigung empor.

Weber war ihr auf den Fersen. Sie hörte sein Schnaufen hinter sich. Sie trieb sich an, noch schneller zu laufen. Doch sie wusste, sie würde das Nachsehen haben, denn der Kerl war extrem gut trainiert und kannte sich hier aus. Ihre Gedanken rasten. Sie würde sich eine List einfallen lassen müssen.

„Bleib stehen, ich tu dir nix, wir unterhalten uns nur ein wenig!", hörte sie ihn von hinten rufen.

Wenn ihr nicht bald die zündende Idee käme, wäre sie geliefert. Sie sprang über einen morschen Baumstamm und glitt bei der Landung in einer matschigen Pfütze aus. Sie fing sich wieder und hetzte weiter. Der Nebel wandelte sich in eine dicke Suppe. Vielleicht konnte sie ihn ja darin abhängen? Sie musste aber erst etwa mehr Abstand gewinnen.

Sie blickte sich kurz um. Wie nah war der Mistkerl? Die Bewegung brachte sie aus dem Tritt, sie strauchelte, rollte einen Abhang hinunter. Da muss ein Hindernis gelegen haben, dachte sie noch, während sie mit der Schläfe gegen einen aus dem Boden ragenden Stein knallte. Sie krümmte sich vor Schmerz zusammen. Tränen schossen ihr in die Augen. Wenige Augenblicke später sah sie Weber weiter oben am Weg auftauchen. Er trat wie in Zeitlupe aus dem Nebel, blieb stehen und ließ Pistole und Messer sinken.

Wagenhorst versuchte, den Schmerz zu unterdrücken und einen klaren Kopf zu bekommen. Was machte der Typ? Sie sah, dass sein Blick gen Boden gerichtet war. Mühsam rappelte sich Wagenhorst auf. Es musste das Hindernis gewesen sein, auf das er starrte.

„Weber, was ist da!?", rief sie. Wenn ihr die Sinne

keinen Streich spielten, lag dort am Boden etwas. Sie schüttelte sich und kroch ein paar Schritte näher. Dort lag ein Mann, er trug eine dunkle Uniform.

„Der ist hinüber. Ich glaube, das ist der Wachmann aus dem Rießling-Wald drüben."

„Haben Sie ihn umgebracht?", fragte Wagenhorst scharf.

„Sagen Sie, sind Sie eigentlich bekloppt? Schauen Sie sich den mal an." Er steckte sein Messer weg und legte Wagenhorsts Waffe neben den Toten. Dann entfernte er sich zügig.

„Hey, Moment! Sie sind verhaftet!", schrie Wagenhorst ihm nach und arbeitete sich schwankend zur Leiche hinauf. Derweil verschwand Weber lautlos im Wald.

12

Den Hauptsitz seines Unternehmens hatte sich Rießling einiges kosten lassen. „Geist & Kraft Events" residierte in einem perfekten Achteck mit einer Kantenlänge von jeweils zwölf Metern. Die reinweiße Fassade ohne jeden Makel wurde nur durch eine einzige goldene Doppelflügeltür unterbrochen, die in Richtung Parkplatz zeigte. Es gab sonst keine anderen Öffnungen nach außen, keine Fenster, keine Lüftung, sogar den Briefkastenschlitz hatte man sich gespart.

Hausmann beendete seine Musterung des architektonisch ungewöhnlichen Gebäudes. Er musste an Rießlings private Villa im Wald denken. Welch einen krassen Gegensatz dies doch darstellte. Er trat näher an die goldene Tür heran. Es fand sich keine Klingel, keine Hausnummer, nicht einmal ein Türklopfer. In die Tür jedoch war unübersehbar der Name der Firma eingraviert: Auf dem Flügel zur Linken stand „Geist" und auf dem rechten „Kraft". Hausmann hob eine Faust, um an die Tür zu pochen, doch bevor er ausholen konnte, tat sie sich lautlos auf und eine blonde Frau im Hosenanzug öffnete ihm. Langsam senkte er die Faust.

„Guten Morgen, Herr Kommissar, ich bin Judy March, die Assistentin von Herrn Rießling. Wollen Sie bitte hereinkommen?" Ohne seine Antwort abzuwarten, drehte sie sich um und ging zurück ins Gebäudeinnere.

Hausmann folgte ihr. Die goldene Tür hinter ihm glitt automatisch zu und ein leises Summen, gefolgt von einem mechanischen Klacken, verriet ihm, dass sie sich selbsttätig verriegelte. „Sie legen Wert auf Abschottung?", fragte er so beiläufig wie möglich.

Judy antwortete nicht. Stattdessen schwang sie ihren Hintern beim Laufen rhythmisch hin und her.

Ein wenig zu ausladend, um zur natürlichen Bewegung zu gehören, fand Hausmann. Das war sicherlich eine Frau, die ihre Reize für sich zu nutzen wusste.

Sie gingen den Flur entlang, der rund um einen großzügigen Innenhof durch das gesamte Gebäude führte. Mittendrin stand ein in Stein gemeißelter Brunnen, der von innen heraus zu leuchten schien, so als ob flüssiges Gold oder Honig darin fließen würde. Alles im Zentrum des Achtecks war hell erleuchtet und zu allen Seiten hin weit offen, ganz anders als die hermetisch abgeriegelte Außenhülle. Wie es schien, wollte man sich von der Umwelt distanzieren und ganz nach innen richten.

„So, wollen wir dann in mein Büro gehen? Möchten Sie einen Tee?", fragte March und lächelte Hausmann dabei an.

„In Ihr Büro? Ich wollte mit Herrn Rießling sprechen."

„Bedaure, er ist geschäftlich unterwegs. Neue Märkte erschließen, wissen Sie?"

Hausmann sog seine Unterlippe ein und kaute darauf herum. War er umsonst hergekommen? Was könnte ihm die Assistentin schon verraten? Sie wirkte durch und durch professionell und abgebrüht, sie würde kaum durch Zufall etwas Verfängliches sagen. Oder etwa doch? Hausmann seufzte hörbar, dann antwortete er: „Also schön, gehen wir in Ihr Büro."

Sie ließen sich am Rauchglas-Schreibtisch nieder und Hausmann kramte sein schwarzes Notizbuch heraus. „Frau March, ich weiß nicht, inwieweit Sie im Bilde sind, aber ich ermittle in einem Mordfall, der sich auf dem Grundstück Ihres Chefs zugetragen hat."

„Das ist mir bekannt. Eine tragische Sache, wirklich. Und PR-technisch nicht gerade angenehm. Aber wir müssen das ja nicht an die große Glocke hängen." Sie lächelte wieder.

Hausmann räusperte sich. „Nun, meinetwegen. Solange man nichts unter den Teppich kehrt, um in Ihrem Bild zu bleiben."

March nickte. „Natürlich. So war das sicher nicht gemeint. Welchen Tee wollten Sie, sagten Sie?"

„Ich möchte nichts, danke."

„Aber Sie erlauben, dass ich mir einen mache?" Sie stand auf und ging mit schwingenden Hüften hinüber zu einem Sideboard, auf dem ein dampfender Wasserkocher, einige Tassen und eine hölzerne Teekiste standen.

Hausmann beobachtete ihre Bewegungen. Sie öffnete die Teekiste, strich mit einem Finger über die Reihen und zupfte mit den Fingernägeln einen Beutel heraus. Schwungvoll goss March Wasser in die Tasse und kehrte zum Tisch zurück.

„Kommen wir mal zum Wesentlichen", sagte Hausmann. „Wo waren Sie in der Nacht, als der Mord geschehen ist?"

March schien überrascht. „Ich? Also ... da müsste ich kurz überlegen. Das war der 22.?"

Hausmann nickte. „Der Junge wurde am 22. morgens gefunden, der Mord muss in der Nacht davor passiert sein."

March suchte in einer der Schubladen und zog ihren Kalender heraus. Sie blätterte. „Da war ich sicher zu Hause mit einer guten Flasche Rotwein."

„Keine Überstunden?"

Sie sah Hausmann irritiert an, fing sich aber sofort wieder. „In meinem Job macht man permanent Überstunden und man ist auch immer erreichbar", sagte sie kühl.

„Aber nicht an diesem Abend, richtig? Da war es eher ruhig. Der Chef war verreist und Sie haben einfach mal früher Schluss gemacht."

„Ich weiß nicht, was diese Fragerei soll. Es ist doch wohl meine Sache, wann ich wie lange arbeite!"

„Ja, selbstverständlich.

Arbeiten Sie immer hier oder manchmal auch in Rießlings Villa? Sie kennen den Wald drumherum?"

„Ja, manchmal, aber selten. Wenn Theo, ich meine Herr Rießling, einen sehr engen Terminplan hat, haben wir auch dort Besprechungen."

„Besprechungen, verstehe. Manchmal auch mehr?"

„Ich weiß nicht, was Sie meinen, tut mir leid."

Hausmann wollte sie gerne aus der Reserve locken, denn er spürte, dass sie etwas verbarg, dass sie mehr wusste, als sie zugab. Aber sie war als PR-Frau so routiniert im Taktieren und Schönfärben, dass er sicher schwerere Geschütze auffahren musste, um sie in Bedrängnis zu bringen. Er wechselte das Thema. „Wann kommt Ihr Chef zurück? Ich muss wirklich noch einmal persönlich mit ihm sprechen. Der Wald muss gesperrt werden."

March sah ihn stirnrunzelnd an. „Gesperrt? Wieso das denn?"

„Gefahr im Verzug", sagte Hausmann.

„Eine schöne Floskel, aber da müssen Sie schon konkreter werden." March hatte ihre Fassung vollends wieder.

„Ich kann das anordnen lassen", drohte Hausmann.

„Versuchen Sie es, ich bin gespannt. Das ist ein Privatgrundstück. Aber mal im Ernst, Herr Kommissar. Wir haben schon alle Maßnahmen ergriffen, der Wald wird rund um die Uhr bewacht. Wir haben selbst ein Interesse daran, keine weiteren Zwischenfälle zu produzieren. Keine schlechte Presse, Sie wissen ja."

Bevor Hausmann etwas erwidern konnte, wurde er von seinem Handy unterbrochen. „Sie entschuldigen?", fragte er und zog es aus der Manteltasche. „Hausmann", sagte er barsch. Er hörte eine Weile stumm zu, dann hakte er nach: „In Rießlings Wald?"

Wieder eine Pause.

„Verstehe, ich komme hin." Er legte auf und wandte sich an Rießlings Assistentin. „Es sieht so aus, als wäre ihr Wald jetzt nicht mehr so gut gesichert. Ihr Wachmann ist tot."

***

Dörte fühlte sich mürbe. Das hätte nicht so sein dürfen. Es war kurz nach 9 Uhr morgens und sie hatte viel länger geschlafen als sonst. Doch sie fühlte sich alles andere als ausgeruht. Nicht einmal der Mandala-Morgentee half. Wahrscheinlich waren es die traumatischen Ereignisse der letzten Tage, der Sturz, die Bilder des toten Jungen, die immer wieder hochkamen. Und die wirren Träume, in denen sie im Körper einer anderen steckte, einem Kind oder einer Jugendlichen. Sie wandelte im Nebel durch Wälder, auf der Suche nach etwas. Was genau, konnte sie nicht sagen. Sie war jedes Mal aufgewacht, bevor es soweit war. Das setzte ihr offenbar mehr zu, als sie sich zunächst eingestehen wollte. Aber ewig konnte das so nicht weitergehen.

„Positiv bleiben, auf das Schöne konzentrieren", murmelte sie vor sich hin und goss sich eine weitere Tasse des strahlend gelben Tees ein. Sie warf zwei Stückchen Zucker hinein – das war entgegen ihren üblichen Gepflogenheiten, denn sie hatte seit Jahren keinen Zucker mehr in den Tee getan. Aber heute Morgen musste sie ihrer guten Laune damit etwas nachhelfen.

Es pochte an ihrer Tür. Dörte sah auf. Das war bestimmt wieder Hausmann, der noch ein paar Fragen hatte. Aber das war gut, dachte Dörte, er würde sie ablenken. Außerdem fand sie ihn irgendwie putzig. Und sie könnte ihm bei dieser Gelegenheit gleich von ihren Nachforschungen berichten.

Es pochte wieder. Dörte zog ihren Morgenmantel enger um sich und ging zur Tür. Sie schloss auf und öffnete sie einen Spalt.

„Guten Morgen", sagte eine sonore Stimme. Sie gehörte zu einem faltigen Gesicht, das wiederum zu einem gut 80-jährigen Mann in grauem Trenchcoat gehörte.

„Morgen", sagte Dörte knapp. „Entschuldige, ich hatte mit jemand anderem gerechnet."

„Mit Kommissar Hausmann?", fragte der Alte.

„Ja, tatsächlich."

„Sehen Sie, das ist kein Problem. Wir sind Kollegen. Brehm ist mein Name."

Dörte legte den Kopf schief. Der Mann müsste seit 20 Jahren in Rente sein, wie konnte er ein Kollege von Hausmann sein? „Du bist bei der Polizei?", fragte sie skeptisch.

Brehm lächelte schwach. „Ich war lange bei der Polizei. Jetzt bin ich natürlich im Ruhestand. Aber Hausmann führt einen Fall weiter, den ich seinerzeit begonnen habe. Und Sie scheinen darin auch eine Rolle zu spielen." Er machte eine kurze Pause, so als überlegte er, wie er sich ausdrücken sollte. „Wissen Sie, es ist nicht das erste Mal, dass etwas Mysteriöses im Fengerholz passiert."

Dörte nickte. „Ich weiß von Luis Fenger. Ich hab kürzlich mit ihm gesprochen, wenn man so will."

Brehm öffnete den Mund, als ob er etwas sagen wollte, aber mehr als ein leises „ach" kam nicht heraus.

„Na, komm erst mal rein", bat Dörte und öffnete die Tür weit genug, um ihm Einlass zu gewähren.

Brehm trat ein, nahm seinen Mantel ab, faltete ihn feinsäuberlich zusammen und legte ihn über die Lehne eines Korbstuhls. Er ignorierte Dörtes Einladung, sich zu ihr an den Tisch zu setzen, sondern machte sich stattdessen daran, ihr Heim in Augenschein zu nehmen.

„Dieser Fall war wohl niemals richtig abgeschlossen", sagte Brehm, während er Dörtes Bücherregal inspizierte. „Ich dachte das zwar – oder hatte es zumindest gehofft – aber nun ja ..."

„Willst du dich zu mir setzen? Ich hab noch Tee."

Brehm hob abwehrend eine Hand und schüttelte den Kopf. „Nein danke, Tee schlägt mir auf die Blase. In meinem Alter ist das keine gute Idee."

„Das sind Ermittlungen in Mordfällen vielleicht auch nicht?", fragte Dörte in süffisantem Ton.

Brehm lächelte milde, nahm eine Klangschale aus dem Regal und schlurfte damit durch den Raum in Richtung Küchenzeile. „Man muss beenden, was man begonnen hat. Ist sonst schlecht fürs Karma." Er drehte sich wieder um und zwinkerte ihr zu. „Aber jetzt genug philosophiert. Ich möchte gerne erfahren, was Sie wissen."

Dörte kannte den Mann erst seit wenigen Minuten und wusste auch nicht, inwieweit sie ihm trauen konnte, aber auf eine unerklärliche Weise strahlte er Ruhe und Weisheit aus, was ihn direkt vertrauenswürdig wirken ließ.

„Okay, gut. Unterhalten wir uns darüber, was ich weiß. Und dann bitte auch darüber, was du weißt. Aber zuallererst setz dich hin, dieses Herumgeschleiche macht mich wahnsinnig."

„Oh, Entschuldigung, das ist so eine alte Ermittlermarotte." Brehm nahm gegenüber Dörte am Tisch Platz. „Sie waren diejenige, die den Jungen gefunden hat?", fragte er.

„Ja, aber das hab ich Hausmann schon erzählt. Außerdem, dass ich mich an nicht viel erinnere, außer dass der Junge längst tot war – und fürchterlich zugerichtet."

„Die Haut?", hakte Brehm nach.

„Ja, die Haut. Irgendwie ganz runzlig und blass wie Asche."

„Und dieser andere Junge, den Sie im Krankenhaus gesehen haben?"

„Tobi – oder vielmehr Luis. Er lebt, aber er sah auch schwach und blass aus. Sonst geht es ihm gut."

„Wenn man davon absieht, dass er behauptet, Luis Fenger zu sein", warf Brehm ein, „ein Kind, das seit 40 Jahren als tot gilt." Er klang auf einmal misstrauisch und beinahe grimmig.

„Das ist die andere Sache. Ich glaube, dass womöglich zwei Seelen in ihm wohnen. Dass er sich den Körper mit Luis Fenger teilt. Ich weiß nicht, wie bewandert du in übersinnlichen Dingen bist, aber für mich klingt das alles ganz genau nach Seelentranszendenz."

Brehm atmete schwer. „Sagen wir es einmal so, ich musste mich in diesem Fall damals schon mit der Möglichkeit übernatürlichen Wirkens auseinandersetzen. Ich habe mich weit aus dem Fenster gelehnt mit meinen Ermittlungen. Und ich kann nur sagen: Ich stand da sprichwörtlich sehr allein auf weiter Flur."

Dörte beugte sich vor und sah Brehm direkt in die Augen. „Diese Dinge sind nicht weniger real als Strom oder Schwerkraft. Bloß weil man sie nicht sieht und weil nicht jeder versteht, wie sie zustande kommen, bedeutet es nicht, dass man sie ignorieren kann."

Nachdenklich wiegte Brehm den Kopf hin und her. „Ich hab es noch nicht so betrachtet, aber ich denke, ich habe schon schlimmere Vergleiche gehört."

„Siehst du, du hast Potenzial. Aber jetzt bist du dran, zu erzählen, was damals passiert ist. Vielleicht kommen wir den Dingen ja auf den Grund."

„Versuchen wir es. Wer weiß, wie lange ich noch

habe. Und das Wissen mit ins Grab zu nehmen, hat wenig Sinn."

„Oder ins Jenseits", sagte Dörte.

Brehm sah sie unentschlossen an. „Wie dem auch sei, kümmern wir uns erst mal um das Diesseits. Da haben wir genug zu tun, denke ich. Lehnen Sie sich zurück und trinken Sie Ihren Tee, während ich berichte." Bevor er fortfuhr räusperte Brehm sich umständlich, „Alles begann damals 1977. Das war das Jahr, in dem Luis Fenger verschwand. Er ging einfach in den Wald und kam nie wieder heraus. So könnte man es zusammenfassen. Aber das ist natürlich nicht die ganze Geschichte, sondern nur das, was die Polizei auf den Plan gerufen hat. Da war die Misere schon längst im Gange.

Soweit ich es ermitteln konnte, hat der arme Junge eine der Eichen im Baumkreis als Liebesbekundung benutzt. Er hat eine Botschaft hineingeritzt, mit Herzen und dergleichen. Er wollte ein romantisches Treffen dort vorbereiten. Doch irgendein teuflischer Fluch hat ihn heimgesucht. Eines Nachts ging er in den Wald und kam nie wieder heraus. Der Junge ist spurlos im Nebel verschwunden. Sein Vater, der alte Revierjäger Fenger, hat in seinem Wahn und seiner Wut den Baum gefällt und alles noch schlimmer gemacht. Er hat den Verlust nicht verkraftet, er murmelte ständig etwas von einem Fluch und den Geistern, die im Wald umhergingen und ihn heimsuchten.

Ich habe das damals zunächst als Humbug und Blödsinn abgetan, das ist wohl mein Versäumnis. Wir haben den ganzen Wald von vorne bis hinten abgesucht, mit Hunden und freiwilligen Helfern, aber eine ganze Woche lang lag derart dichter Nebel über allem, dass man kaum die Hand vor Augen sehen konnte. Die Hunde jaulten und winselten statt eine Fährte aufzunehmen, man musste sie an der Leine in den Wald zerren. Einige Helfer kamen wie paralysiert von der Suche zurück. Sie hätten Stimmen gehört, eisige Kälte gespürt oder Schatten vorbeihuschen sehen, berichteten sie. Es dauerte nicht lange und niemand wollte mehr zurück in den Wald.

Mir blieb nichts anderes übrig, als die Suche abzubrechen. Keine zwei Tage später hat sich der alte Jäger mit der Flinte erschossen. Der Fall war damit offiziell abgeschlossen. Nicht dass man sonderlich viele Erkenntnisse gewonnen hatte, man wollte den Fall einfach abschließen. Es sollte Ruhe einkehren und Gras über die Sache wachsen. Es war eine andere Zeit als heute." Brehm räusperte sich erneut und hustete. Er wirkte erschöpft nach der Erzählung. „Haben Sie vielleicht ein Glas Wasser? Die ganze Quasselei trocknet mir die Kehle aus", sagte er nach einer Pause.

„Aber natürlich." Dörte ging zur Küchenzeile hinüber und goss Wasser aus einer Karaffe in eine Teetasse. „Ich hab nur Tassen", sagte sie entschuldigend und stellte diese vor Brehm ab. „Weißt du, das ist schon ein starkes Stück. Ich hab nie von dieser Geschichte gehört, obwohl ich mich sehr für Spirituelles interessiere."

„Formulieren wir es so: Man war bemüht, alles möglichst nüchtern zu erklären. Und der Polizeichef kannte den Lokalredakteur der Tageszeitung schon seit dem Kindergarten. Mehr muss ich dazu wohl kaum erklären, oder?"

„Und du hast das einfach akzeptiert? Ich merke doch,

dass dich das geärgert hat, den Fall einfach auf sich beruhen zu lassen."

Brehm zuckte mit den Achseln. „Eine Weile. Aber mit der Zeit verdrängt man das. Es gibt neue Fälle. Und nach ein paar Jahren denkt man nicht mehr daran. Was hätte ich auch groß unternehmen sollen? Der Nebel verschwand, Jäger Fenger wurde beerdigt, aber die Leiche seines Sohnes ist nie aufgetaucht. So etwas ist natürlich in gewisser Weise unbefriedigend, aber, nun ja. Ich hab es verdrängt, doch jetzt kommt alles wieder hoch." Er sah Dörte nun direkt an. „Es tut mir leid, ich hatte nicht vor, Ihnen meine ganze Lebensgeschichte zu erzählen."

„Das ist schon in Ordnung, ich bin eine ausgezeichnete Zuhörerin." Sie lächelte ihn an.

„Offenbar", gab Brehm zu. „Oder es liegt daran, dass Sie mich schon die ganze Zeit duzen und ich das Gefühl habe, wir kennen uns seit Jahren."

„Ich duze alle, mein altgedienter Herr Polizeiveteran. Aber da wir uns gerade so offen und ehrlich austauschen, will ich dir auch noch ein bisschen was erzählen. Ich hab mich nämlich in der Szene umgehört."

„Szene?"

„Esoterik", stellte Dörte klar. „Da, wo Rießling seine Geschäfte macht oder besser gesagt, die Leute mit windigen Tricks ausnimmt."

Brehm sah sich noch einmal in Dörtes Hütte um.

Sie bemerkte seinen Blick. „Ja, ich weiß schon. Ich habe hier auch so manche Altlast herumstehen, aber glaub mir, auf einen aalglatten Betrüger wie den falle ich nicht rein. Wobei ... er hat womöglich durch Zufall tatsächlich etwas Echtes entdeckt, etwas Übernatürliches."

„Das wäre?", hakte Brehm nach.

„Was genau es ist, keine Ahnung, aber es scheint gefährlich zu sein, wenn ich den Teilnehmern einer sogenannten Engelsmeditation glauben kann. Und das tue ich durchaus. Es muss vor ein paar Wochen gewesen sein, als Rießling im Wald eine Session abgehalten hat. Genau in dem Baumkreis, in dem ich den Jungen gefunden hab. Irgendetwas muss schiefgegangen sein. Die Teilnehmer haben berichtet, dass Rießling sich auf einen Baumstumpf gestellt habe, der zu der Zeit noch in dem Loch verwurzelt war. Genau an der Stelle, wo später die Leiche lag. Er machte große theatralische Gesten, wollte Geister und Engel beschwören. Die Teilnehmer saßen im Baumkreis verteilt und konzentrierten sich auf die fließenden Energien. Daran ist auch nichts Falsches, ich mache das selbst und kann sagen, der Ort hat etwas Magisches, aber an diesem Abend muss dort eine Macht ausgebrochen sein, die nicht hätte ausbrechen sollen.

Rießling streckte die Hände in den Himmel, rief Geisterwesen an, stampfte mit den Füßen, beschwor mit aller Macht die unsichtbaren Kräfte. Und das muss funktioniert haben. Der Stumpf unter ihm begann zu summen. Ein Wind kam auf, trug weiße Schwaden heran und hüllte alles ein. Rießling war wie im Wahn, eine der Teilnehmerinnen sagte, er habe wie besessen gewirkt, als sei ein Geist in ihn gefahren. Er kreischte und stampfte weiter auf den Stumpf, bis plötzlich eine weiß-blaue Eruption aus Energie hervorbrach und ihn vom Baumstumpf fegte. Die Teilnehmer wurden umgerissen und von der Energie versengt. Zwei von ihnen mussten danach an den Augen operiert werden."

Brehm sah sie fasziniert und zugleich erschrocken an. Er beugte sich vor. „Wieso hat ihn niemand angezeigt, das Ganze der Polizei gemeldet?"

„Dreimal darfst du raten. Rießling hat allen eine hübsche Summe Geld gezahlt, wenn sie es für sich behalten, er hat auch die Arztrechnungen übernommen und lebenslang freien Eintritt zu seinen Veranstaltungen oben draufgelegt. Das hat gewirkt. Aber nun, da ein Junge gestorben ist, wollen die Leute nicht länger schweigen."

Brehm nickte. „Ich kann das nur zu gut verstehen. Und ich denke, dass diese Sache noch lange nicht ausgestanden ist."

„Ja, den armen Jungen nicht zu vergessen, der sagt, er sei Luis Fenger. Wenn man nur wüsste, wie das alles passiert ist. Meinst du, Rießling hat mit den Morden etwas zu tun?"

Brehm legte den Kopf schief und zog einen Mundwinkel hoch, so dass es ein schmatzendes Geräusch gab. „Tja, vielleicht nicht direkt, aber er ist sicher darin verwickelt. Auf die eine oder andere Weise."

„Und was machen wir jetzt?", fragte Dörte.

Brehm zog die Augenbrauen hoch und nickte zu Dörtes Tasse hinüber. „Abwarten und Tee trinken?" Er wartete keine Antwort ab und schob sofort nach: „Nein, Scherz beiseite. Wir ermitteln natürlich weiter. Kollege Hausmann wird das kaum alleine schaffen."

„Da haben Sie sicher recht, vor allem braucht er Nachhilfe in Spiritualität", meinte Dörte. „Also gut, wo fangen wir an?"

13

Rießling öffnete die Augen und starrte in das wabernde Grau über ihm. Er fühlte sich elend. Seine Glieder waren steif und er hatte das Gefühl, am Boden festgefroren zu sein. Wo zur Hölle war er? Was war geschehen? Mühsam rollte er sich zur Seite und erblickte Baumstämme. Dieser Ort kam ihm bekannt vor. Offenbar lag er im Baumkreis. Er bemerkte, dass er nur in seinen Kaschmir-Pyjama gekleidet war. Deshalb fror er so erbärmlich. Er hatte keine Ahnung, wie er hierhergekommen war. Wie spät war es? Das matte Licht um ihn herum machte es schwer, das abzuschätzen. Vermutlich dämmerte es gerade. Die Feuchtigkeit fühlte sich an wie Morgentau. Es war totenstill um ihn. Kein Vogel zwitscherte, kein Wind ging.

Er spürte Wut in sich aufsteigen.

Was hatte man mit ihm gemacht?

Wie zum Teufel war er hierhergekommen?

Allmählich kam sein Kreislauf in Schwung. Rießling bewegte vorsichtig seine Arme und Beine, um sie zu lockern. Das Letzte, an das er sich erinnern konnte, war, dass er zu Bett gehen wollte. Und dann? Es wurmte ihn, dass er sich nicht mehr erinnern konnte, was geschehen war, nachdem er sich schlafen gelegt hatte. Oder hatte er sich überhaupt nicht hingelegt? Seine Erinnerung war wie verschleiert. Er hatte sich womöglich noch einmal an den Schreibtisch gesetzt.

Es traf ihn wie ein Blitz. Das Holzstück!

Rießling dachte an die Schmerzen, die er letzte Nacht in der Hand gespürt hatte. Rasch hob er sie hoch. Es waren keine Verletzungen zu sehen.

Ein Schatten huschte durch sein Sichtfeld. Er drehte den Kopf, um ihn zu verfolgen, doch er war verschwunden. Man konnte in dem Dunst keine 15 Meter weit sehen.

„Hallo? Wer ist da?", rief er und merkte, dass seine Stimme ganz heiser klang. Rießling musste husten. Er würde sich hier draußen den Tod holen. Er richtete sich auf. Sein Körper war ausgekühlt und gehorchte nur widerwillig.

Wieder huschte der Schatten durch den Augenwinkel und verschwand. Rießling hörte ein Wispern, wie Wind in den Zweigen. Aber es war kein Wind. Es waren Worte. „Komm mit, folge mir. Wir gehören zusammen."

Rießling schüttelte den Kopf. „Verschwinde!", rief er.

„Folge mir. Oder ich komme dich holen!" Die Stimme klang jetzt hart und keuchend.

Ein Windstoß wirbelte den Nebel durcheinander und Rießling zuckte zusammen. Das musste ein ganz beschissener Alptraum sein! Er rannte los, so schnell seine müden Glieder ihn ließen.

***

Hausmann hatte eine gefühlte Ewigkeit gebraucht, um die Stelle im Wald zu finden, die Martina Wagenhorst ihm genannt hatte. Hätte es den Teich samt Bauwagen und den Trampelpfad nicht gegeben, er würde sicher noch stundenlang durch den nebligen Wald marschieren, ohne zu wissen, ob er jemals am Ziel ankäme.

Endlich sah er Wagenhorst, die ihm auf dem Waldweg entgegenkam. Sie sah mitgenommen aus, war schlammverschmiert, hatte trockenes Blut an der Schläfe und zerwühlte Haare.

„Was ist denn nur passiert, hat der Wachmann Sie etwa angegriffen?", fragte Hausmann, als sie etwas nähergekommen war.

Wagenhorst schüttelte den Kopf. „Nein, der war schon längst tot."

„Was haben Sie denn hier gemacht, verdammt?"

„Den Verdächtigen aufgespürt."

„Sind Sie wahnsinnig? Wir waren uns doch einig, dass wir die Sache vernünftig angehen!"

„Ich bin nicht wahnsinnig", sagte sie knapp.

Hausmann legte den Kopf schräg.

„Der Typ ist vielleicht wahnsinnig." Sie wies den Weg hinter sich entlang. „Schauen Sie sich an, was er mit dem Wachmann gemacht hat!"

Hausmann ging an ihr vorbei den ansteigenden Weg hinauf. Sie folgte ihm stumm. Mitten auf dem Pfad liegend fand er die Leiche. Der Mann hatte eine dunkelblaue Uniform an, wie sie private Wachleute häufig trugen. Er lag auf der Seite, zusammengekrümmt und steif. Sein Gesicht war aus dieser Perspektive nicht zu sehen.

„Ihr Verdächtiger hat ihn getötet? Wo ist er?"

„Verschwunden. Vielleicht wieder in seinen Bauwagen oder irgendwo im Wald."

„Und was ist mit Ihrem Kopf? War er das?"

„Nicht direkt. Ich bin gestürzt. Über ihn." Sie zeigte auf die Leiche.

Nun ging Hausmann um den Toten herum. Er sah aus wie ein Hundertjähriger, die Haut schrumpelig und dünn wie Papier. Der Kommissar schüttelte den Kopf. „Das hat doch niemals dieser Karpfenzüchter getan."

**

Marcus Weber schritt durchs Dickicht des Waldes und sortierte seine Gedanken. Das vorhin war höchstwahrscheinlich eine Polizistin gewesen. Im ersten Moment hatte er das nicht realisiert, aber als er die Waffe begutachtet hatte, war ihm klar geworden, dass diese eindeutig nach einer Dienstwaffe aussah. Gut, dass er sie abgelegt hatte. Daraus konnte man ihm keinen Strick drehen. Was wollte man eigentlich von ihm? Verdammt noch mal! Konnten sie ihn nicht in Ruhe lassen? Er hatte seine Strafe abgesessen. Wieso war diese Bullentante heimlich um seinen Bauwagen geschlichen?

Weber blieb stehen. Da war ein Geräusch gewesen. Verfolgte sie ihn? Hatte sie Verstärkung geholt? Seine Grübelei hatte ihn unaufmerksam werden lassen. Er spürte, wie sich seine Muskeln spannten. Er war bereit, sich jederzeit zu verteidigen. Nur gegen was? Man konnte in diesem Nebel die eigene Hand kaum vor Augen sehen. Noch nie war es hier so neblig gewesen. Zumindest nicht, seit er hier am Waldrand wohnte. Wieder ein Knacken, dann ein Keuchen. Weber griff zum Messer. Eine Gestalt kam aus dem Nebel gerannt, direkt auf ihn zu. Weber trat hinter einen Baum und fuhr blitzschnell den Arm aus, als sie vorüberhuschte. Er packte zu. Es war ein Mann, nur in einen dünnen Schlafanzug gehüllt. Er fuchtelte wild um sich und sein Blick ging wild umher.

„Ruhe, Mensch!", brüllte Weber ihn an und rang ihn zu Boden. Er verdrehte ihm den Arm auf den Rücken und kniete sich auf ihn. Der Mann kreischte. Weber holte ein Seil aus dem Rucksack und band ihm die Hände zusammen. „Gib Ruhe! Ich tu dir nichts", sagte er und der Mann hörte tatsächlich auf, sich wie wild zu winden.

„Helfen Sie mir", keuchte er. „Ich werde von jemandem verfolgt."

Weber sah auf. Er konnte keine Verfolger sehen oder hören. „Was ist denn nur heute in diesem Wald los?", murmelte er und zog den Gefesselten hoch. „Und wo kommst du Irrer eigentlich her?" Er stutzte und sah den schlammverschmierten und völlig durchnässten Mann genauer an. Er kannte diesen Kerl. „Rießling?", fragte er ungläubig.

**

Hausmann legte auf und steckte das Handy weg. „Die Kollegen sind unterwegs."

„Sie sollen den Wald nach Weber absuchen", sagte Wagenhorst. Sie deutete auf den Bauwagen neben sich. „Da drin ist er ja nicht."

Hausmann seufzte schwer.

„Man braucht mich nicht zu suchen", sagte eine Stimme von hinten. Als Hausmann und Wagenhorst sich umdrehten, sahen sie Weber, der aus dem Nebel kam – mit einem zweiten Mann an seiner Seite. Er trug Webers

Armeejacke, doch seine Beine waren nur von einer dünnen Stoffhose bedeckt. Und er ging barfuß.

Hausmann brauchte einige Sekunden, um den Anblick zu verdauen. „Herr Rießling, ich dachte, Sie sind auf Geschäftsreise? Was machen Sie denn hier in diesem schrägen Aufzug?"

„Lassen Sie mich bloß in Ruhe", sagte Rießling zerknirscht. „Bringen Sie mich lieber hier weg!"

„Wir fahren jetzt am besten alle zur Wache", sagte Wagenhorst und funkelte Weber an.

„Ich gehe nirgendwohin, schon gar nicht auf eine Polizeiwache. Ich habe nichts getan."

„Sie haben mich angegriffen und verfolgt!", sagte Wagenhorst aufgebracht.

„Weil Sie in meinen Bauwagen einbrechen wollten. Woher soll ich denn wissen, dass das jetzt zu den Aufgaben der Polizei gehört?"

Beschwichtigend hob Hausmann die Hände. „Wir beruhigen uns jetzt erst mal. Herr Rießling sollte ins Krankenhaus." Er sah Martina Wagenhorst eindringlich an. „Und wir zwei fahren auf die Wache. Herr Weber hält sich bitte für eine spätere Befragung bereit. Als Zeuge." Er wandte sich zu diesem um und nickte ihm zu.

Weber mahlte mit den Zähnen, so dass sich sein Unterkiefer hin und her schob. „Gut", sagte er schließlich und wandte sich um. „Sie wissen ja, wo Sie mich finden."

***

Es war bereits Nachmittag, als Hausmann und Wagenhorst auf den Parkplatz der Polizeiwache fuhren. Genauso gut hätte es jede andere Tageszeit sein können, so grau und trist war das Wetter. Von der heute Morgen noch erhofften herbstlichen Wärme war nichts mehr zu spüren. Es fühlte sich beinahe schon so kalt und klamm an wie im November. Das reihte sich perfekt ein in das Wetter des Jahres. Sie waren eben immer noch in Rehfelden – oder Klein-Sibiren wie es manch einer nannte.

Hausmann stellte seinen Mercedes auf dem Parkplatz ab und stieg aus. Wagenhorst tat es ihm gleich und sie gingen in Richtung Eingang. Wagenhorst wirkte immer noch griesgrämig, einerseits, weil sie Rießling ins Krankenhaus geschafft hatten, statt ihn ausgiebig zu verhören, und anderseits, weil Weber nach wie vor auf freiem Fuß war. Wenn es nach ihr gegangen wäre, hätten Rießling und Weber liebend gern Nachbarzellen bekommen können. Vor allem Weber hätte sie unerbittlich weichgekocht, bis er endlich alles gestanden hatte.

Doch das war mit Hausmann nicht zu machen gewesen. Und sie musste einsehen, dass sie in Teufels Küche gekommen wäre, wenn sie sich krankmeldete und dann, statt zu Hause im Bett zu liegen, zwei Bürger ohne dringenden Tatverdacht verhaften würde. Sie wusste das, aber gleichzeitig kochte die Wut in ihr. Vor allem war es Wut auf diese deprimierende Ohnmacht. Sie musste etwas tun, sie wollte das Schwein zur Rechenschaft ziehen, das ihren Sohn ... sie blieb unvermittelt stehen.

Sie sollte bei Tobi sein. Was tat sie hier, verdammt? Ihr Junge war in der Psychiatrie gelandet, weil man im Krankenhaus einfach keinen blassen Schimmer hatte, wie man mit ihm umgehen sollte. Sie würde ihn besuchen fahren – jetzt gleich.

142

„Ich …", setzte sie an. „Ich muss zu meinem Jungen."

Hausmann wandte sich ihr zu und sah sie fragend an. „Sind Sie sicher? Wollen Sie nicht erst mal zur Ruhe kommen? Trinken wir einen Kaffee zusammen, bitte."

„Nein, ich …"

„Kommen Sie, wir fahren nachher gemeinsam hin."

Sie zögerte und musterte Hausmann, der sich alle Mühe gab, freundlich und hoffnungsvoll auszusehen. Dann nickte sie schwach und gab sich geschlagen. Vielleicht hatte er recht. Hals über Kopf loszuziehen hatte sich heute schon einmal als Sackgasse erwiesen.

Aus Hausmanns Büro waren Stimmen zu hören, die dort nicht hingehörten. Der Kommissar griff seine Kollegin am Arm und bedeutete ihr, im Flur stehenzubleiben. „Da ist jemand drin", flüsterte er.

„Ja, und wenn schon? Das hier ist ne Polizeiwache, die werden kaum nen Auftragskiller reinlassen", sagte Wagenhorst.

Hausmann murmelte etwas Unverständliches und schritt zur Tür. Er drückte sie mit einem Ruck auf und blickte in zwei bekannte Gesichter. „Was zum Geier macht ihr hier in meinem Büro – noch dazu, wenn ich nicht da bin?", echauffierte er sich.

„Wir warten, Herr Kollege", sagte Brehm, der lässig hinter Hausmanns Schreibtisch saß und eine Akte aufgeschlagen hatte.

Dörte zuckte entschuldigend mit den Achseln. Sie hatte auf einem der Besucherstühle Platz genommen.

„Sie beiden zusammen? Wer hat Sie überhaupt reingelassen, ich muss schon sagen!"

„Jetzt regen wir uns mal nicht unnötig auf. Ich kenne hier noch den einen oder anderen Kollegen. Und da ich als ausgesprochen vertrauenswürdig in Erinnerung geblieben bin, hat man mich und diese Zeugin hier hereingelassen. Hier, das habe ich für Sie entgegengenommen." Er hielt Hausmann einen gelben Notizzettel hin.

Der Kommissar nahm ihn Brehm aus der Hand und las: „Ehepaar Pötsch zurückrufen wegen Geistererscheinung." Ihm kamen die beigefarbenen Pilzsucher von heute Morgen wieder in den Sinn. Hatte er ihnen nicht gesagt, dass er sich um alles kümmern würde? Die beiden würden warten müssen. Er klebte den Zettel auf den Schreibtisch und wandte sich wieder an Brehm. „Okay, nun da Sie sich extra herbemüht haben, muss es wohl wichtig sein. Worum geht es?"

Nun ergriff Dörte das Wort. „Mein lieber Herr Wachtmeister, wir haben so einiges herausgefunden – oder wie dein Kollege sagt: ermittelt. Wir haben auch schon eine Idee, wie wir weiter vorgehen sollten." Sie sah zu Martina Wagenhorst hinüber, die noch neben der Tür stand. „Komm doch rüber zu mir." Sie deutete auf den zweiten freien Stuhl neben sich. Derweil zog Hausmann grummelnd den Rollcontainer unter dem Schreibtisch hervor und setzte sich darauf.

„Das wird ja eine richtige Einsatzbesprechung, wie bei einer Taskforce. Oder wie das heutzutage heißt", sagte Brehm und schmunzelte. „Nicht übel nehmen Kollege, freuen Sie sich lieber über Hilfe. Ich weiß ja, dass man bei solchen Fällen gern alleingelassen wird. Sie behalten natürlich alles unter Kontrolle." Er zwinkerte Hausmann aufmunternd zu.

„Den Eindruck habe ich zwar nicht, aber fein, dann legt jetzt jeder mal die Karten auf den Tisch", murrte der Kommissar und patschte mit der flachen Hand auf den Schreibtisch.

***

„Renate!", brüllte Reinhard Pötsch in den Nebel. Das immer dichter werdende Grau verschluckte seine Worte, kaum sie aus seinem Mund waren. Pötsch drehte sich im Kreis. Sie war doch eben noch hier gewesen!

„Renate!", schrie er wieder. Nichts. Nur frostige Stille. Es war kalt geworden. Viel kälter als sonst zu dieser Jahreszeit.

Sie hätten nicht noch einmal in den Wald gehen sollen. Warum hatten sie nicht auf den Polizisten gehört? Verdammte Pilze!

Ein Schatten huschte durch Reinhard Pötschs Gesichtsfeld.

„Renate, wo bist du? Bitte lass uns heimfahren!"

Ein Wispern drang aus dem Nebel. „Folge mir. Du und ich werden eins sein."

Pötsch schüttelte den Kopf, als wollte er diese Stimme aus dem Gehörgang jagen. Was war das nur?

„Ich bin hier", wisperte die Stimme wieder.

Pötsch zögerte. „Renate?"

Ein sanfter Windhauch fegte durch den Nebel und ließ die Schwaden tanzen. Die Kälte, die er eben noch spürte, ließ nach. Ihm war mit einem Mal wohlig warm im Bauch, wie nach einem Kräuterschnaps. Pötsch ließ den Korb mit den Pilzen stehen und verschwand im Nebel.

14

Gegen 16 Uhr stellte Judy March ihr kirschrotes Cabrio auf dem Parkplatz des Krankenhauses ab und ging schnellen Schrittes zum Eingang. Schon von weitem sah sie Rießling in der Raucherecke unter dem Vordach stehen und paffen. Sie wusste, dass er vor drei Jahren aufgehört hatte. Dass er wieder angefangen hatte, war kein gutes Zeichen.

Schon als er sie aus dem Krankenhaus angerufen hatte, beschlich sie ein ungutes Gefühl. Sie solle ihn umgehend aus dem Krankenhaus abholen, hatte er ihr am Telefon gesagt – in einem Tonfall irgendwo zwischen Wut und Verzweiflung. Nun, da sie sah, dass er sogar wieder rauchte, wusste sie, dass etwas nicht stimmte. Sie hielt einen Kleidersack in die Höhe und kam auf Rießling zu.

„Wo hast du so lange gesteckt", sagte er missmutig und nahm ihr den Sack aus der Hand.

„Ich musste doch erst zur Reinigung, das Teil hier abholen", entgegnete sie. „Du hast darauf bestanden!"

Rießling schlug den Bademantel zur Seite und zeigte March den verdreckten Pyjama. „So kann ich ja schlecht in der Öffentlichkeit herumrennen oder in ein Taxi steigen."

Entschuldigend hob March die Hände.

Rießling seufzte. „Tut mir leid. Der Tag war beschis-

146

sen. Ich geh mich umziehen." Mit diesen Worten verschwand er durch die Schiebetür im Krankenhaus und steuerte auf die Toiletten zu. March blieb draußen zurück und versuchte, sich einen Reim auf sein Verhalten zu machen. Sie hatte ihn noch nie so angefressen erlebt, der knallharte Geschäftsmann wirkte fast dünnhäutig.

Eine knappe Viertelstunde später saßen sie in Judys Wagen und fuhren vom Parkplatz.

„Nach Hause?", fragte sie.

Rießling schüttelte den Kopf. „Büro", brummte er.

„Jetzt noch? Willst du dich nicht erst mal ausruhen? Du siehst mitgenommen aus."

„Fahr mich zur Firma, herrje noch mal!"

„Ist ja schon gut, mache ich ja."

„Und dann fahr zur Villa und hol mir ein paar Sachen, ich bleibe im Büro."

Judy March erwiderte nichts. Offenbar war alles, was sie heute sagte, verkehrt.

Die restlichen zehn Minuten Fahrt verbrachten sie schweigend. Judy ließ Rießling am Firmensitz von „Geist & Kraft Events" aussteigen und fuhr wie befohlen weiter zu seiner Waldvilla.

Was hatte Rießling so aufgewühlt? Wieso war er nur im Schlafanzug und mit Schürfwunden und Prellungen im Krankenhaus gelandet? Und wieso schwieg er darüber? Sie konnte sich nicht erklären, wie das zustande gekommen sein sollte. Aber seine Stimmung war unbestreitbar auf dem Tiefpunkt. Sie beschloss, ihm lieber erst morgen vom toten Wachmann im Wald zu berichten.

Rießlings Villa wirkte heute noch abgeschiedener und stiller als sonst. Wie der Wald drumherum lag auch das ganze Grundstück im Nebel. Vor dem Schlagbaum stellte March ihren Wagen ab und lief die restliche Strecke zum Haus. Man hätte sich auf dem Weg nicht einmal bei null Sicht verlaufen können, denn er führte nirgends hin als zur Villa. Und eine Gefahr konnte man auch nirgends ausmachen. Aber dennoch spürte sie ein wachsendes Unbehagen, so, als ob der Wald nach ihr greifen wollte.

An der Villa angekommen fand sie die Tür weit offen vor. Der Nebel kroch fast bis ins Haus. Sie sah sich um. Nichts Auffälliges war im Umkreis zu erkennen.

Wieso hatte Theo die Tür nicht zugemacht? War er etwa überfallen oder mitten in der Nacht entführt worden? Sie schüttelte den Kopf. Das hätte er doch der Polizei gemeldet. Oder nicht?

Ein Heulen war zu hören. Und ein hohles Wispern. Judy March blieb auf der Veranda stehen und lauschte. Irgendetwas war hier im Gange und es behagte ihr nicht. Sie würde schnellstens die Sachen holen und dann aus diesem Wald verschwinden.

***

Die Besprechung in Hausmanns Büro dauerte bereits eineinhalb Stunden und draußen ging das Grau allmählich in Schwarz über. Der Kommissar knüllte die letzte Schokoriegelverpackung zusammen und warf sie in den Abfallkorb neben sich. Endlich schien es, als hätten sie alle Informationen ausgetauscht, sofern nicht einer der anderen etwas für sich behalten hatte. Aber daran glaubte Hausmann momentan nicht.

Dörte kam mit drei Bechern Kaffee aus dem Automaten zurück. „Sag mal, mein Guter, warum habt ihr hier auf dieser Wache eigentlich keinen ordentlichen Tee?", fragte sie Hausmann.

„Polizisten trinken Kaffee", sagten Brehm und Hausmann wie aus einem Munde.

Dörte lachte. „Das war ja magisch, habt ihr euch telepathisch vereinigt?", scherzte sie und nahm wieder Platz.

„Sie sagten, Sie haben einen Plan?", fragte Martina Wagenhorst ohne den geringsten Anflug von Amüsement.

„Können wir uns nicht endlich alle duzen, das ist ja nicht auszuhalten!", forderte Dörte.

„Das ist mir eigentlich völlig egal, von mir aus geht das in Ordnung", sagte Wagenhorst.

Brehm und Hausmann blickten sich fragend an.

„Fein", sagte Brehm.

Hausmann seufzte. „Du machst es ja sowieso schon die ganze Zeit."

„Wunderbar!", sagte Dörte. „Wir sollten uns nämlich schon vertrauen, wenn wir hier weiterkommen wollen. Und diese künstlich aufgebaute Distanz bringt nur schlechte Schwingungen."

„Was ist nun mit diesem Plan?", erinnerte Wagenhorst Dörte.

„Ja, richtig. Also, mir geht nicht mehr aus dem Sinn, was dein armer Junge gesagt hat, dass er Luis Fenger sei. Ich bin daraus erst nicht schlau geworden, aber ich bin mir nun relativ sicher, dass dein Tobi dem gleichen Geistwesen begegnet ist wie Fenger damals. Das hat ihn irgendwie besetzt."

„Geistwesen, also ich weiß nicht", unterbrach sie Wagenhorst.

Doch Dörte ließ sie kaum zu Wort kommen. „Hör mal, wenn du eine Minute in Ruhe darüber nachdenkst, dann wird dir klar, dass das kein Mensch getan haben kann und dass wir es hier mit ganz anderen Mächten zu tun haben."

„Ich tue mir schwer mit solchen Dingen."

„Willkommen im Club", sagte Hausmann. „Aber andererseits, ich muss gestehen, dass es, so abwegig es auch klingt, die plausibelste Erklärung sein könnte."

Brehm nickte zustimmend. „Ich war schon damals hin- und hergerissen. Was soll ich von den Ereignissen halten, spielen mir meine Sinne einen Streich, wie kann ich ermitteln, wenn ich nicht verstehe, was vor sich geht? Ich habe lange mit mir gehadert."

Langsam wiegte Wagenhorst den Kopf hin und her, so als ob sie versuchte, die Gedanken dadurch in die richtigen Bahnen zu lenken. „Okay, nehmen wir an, hier ist irgendetwas Übersinnliches am Werk. Was sollen wir dann schon dagegen ausrichten?"

„Mit euren klassischen Polizeimethoden werdet ihr wohl nicht weit kommen, das steht fest", sagte Dörte. „Der Fall von 77 beweist das." Sie blickte zu Brehm, der entschuldigend mit den Achseln zuckte. „Also müssen wir andere Wege beschreiten. Und ich bitte euch, mir zu folgen."

„So viel zum Thema alles unter Kontrolle behalten", brummte Hausmann.

„Mein lieber Herr Wachtmeister, wenn du einen konkreten Vorschlag hast, was wir tun sollen, nur raus damit." Sie lächelte entwaffnend.

„Schon gut, rede erst mal weiter."

„Also, ich schlage vor, dass wir Tobi – oder Luis – in einen meditativen Zustand bringen, damit er zu den Ereignissen zurückgehen kann, um uns zu berichten. Wir müssen erfahren, was Luis zugestoßen ist, was Tobi zugestoßen ist und was wir tun können, damit nicht noch mehr Unheil geschieht."

Martina Wagenhorst schluckte schwer. „Er wurde in die Jugendpsychiatrie gebracht. Ich darf ihn dort natürlich besuchen, aber ob wir da zu viert reinkommen, um irgendeinen Geisterhokuspokus abzuhalten, ist fraglich. Vermutlich behalten sie uns dann alle gleich dort."

Dörte musste schmunzeln. „Wir müssen ihn rausholen. Das ist vielleicht nicht die feine dienstgemäße Art, aber wie du schon sagst, in der Psychiatrie stimmt das Feng Shui sicher nicht."

Hausmann sah aus dem Fenster und schüttelte stumm den Kopf. „Es wird dunkel und es war für alle ein langer Tag. Lasst uns morgen hinfahren. Erst einmal offiziell, um zu ermitteln und die Lage zu beurteilen. Und dann sehen wir, ob wir Dörtes Ritualvorschlag in Betracht ziehen. Was soll ich sonst nachher in meinen Bericht schreiben, wie ich ermittlungstechnisch vorgegangen bin?" Er machte eine Pause. „Ich bin davon alles andere als begeistert. Trotzdem, wenn es der einzige Weg ist, müssen wir ihn vielleicht gehen. Aber lasst uns das morgen entscheiden, wenn jeder einen klaren Kopf hat." Hausmann trank seinen Becher Kaffee aus und erhob sich vom Rollcontainer. „Dieses Ding ist höllisch unbequem. Ich muss wohl mehr Stühle beantragen."

Brehm erhob sich ebenfalls, holte seinen Mantel vom Kleiderhaken und ging in Richtung Tür. „Er hat recht, wir machen morgen weiter, ich muss nach Hause, meine Katze füttern." Mit diesen Worten verschwand er aus dem Büro.

„Komischer Kauz", sagte Wagenhorst, nachdem er gegangen war.

„So sind sie, die Alten", erwiderte Hausmann. „Aber er ist nach wie vor sehr scharfsinnig. Wir werden ihn beim Lösen des Falls brauchen können."

„Macht es dir etwas aus, mich zu meiner Wohnung zu fahren?", fragte Wagenhorst schließlich. „Mein Wagen steht noch irgendwo auf dem Feldweg."

„In Ordnung. Aber versprich mir bitte, dass du morgen wie verabredet hier erscheinst und nicht wieder halsbrecherische Alleingänge machst!"

Wagenhorst nickte. „Nein, ich komme morgen um 7 pünktlich zum Dienst."

Dörte lächelte Hausmann breit an.

„Was hast du denn?", hakte er nach.

„Ja, ich dachte nur eben, wenn du sowieso unterwegs bist, bringst du mich vielleicht auch schnell heim?"

„Na sicher, ich wollte schon immer ein Taxiunternehmen aufmachen."

***

Hausmanns Handy surrte auf dem Nachttischchen. Endlich hatte er herausgefunden, wie man es in den Vibrationsmodus stellte. Er konnte „Voyage, voyage" einfach nicht mehr hören. Grummelnd drehte er sich zur Seite und angelte mit den Fingern nach dem Mobiltelefon. Das Gerät rutschte weg und purzelte unters Bett.

„Scheißdreck", fluchte Hausmann und schlug die Bettdecke zur Seite. Das Handy brummte auf dem Laminatboden doppelt so laut weiter. Er blickte auf den Wecker. 7:00 Uhr. Sofort war er hellwach. Hatte er etwa verschlafen? Das war seit der Schulzeit nicht mehr vorgekommen. Er ging auf die Knie, holte das Handy zwischen den Fusselbergen hervor und nahm ab. „Hausmann", sagte er ruppig.

„Herr Kommissar, ich hab Sie auf der Wache nicht erreicht. Hier ist Pavel aus der Gerichtsmedizin. Es geht um den Wachmann, den man hergebracht hat."

Hausmann stöhnte, während er sich wieder hochhievte und aufs Bett setzte. „Ja, guten Morgen, ich bin noch unterwegs", log er. „Was haben Sie herausgefunden?"

„Nicht viel. Es ist fast wie bei dem Jungen. Er ist mittlerweile zu Asche zerfallen. Das Labor sagt, sie stammt mit 95-prozentiger Wahrscheinlichkeit von Eichenholz. Woran der Mann genau gestorben ist, nun, ich würde auf Herzinfarkt tippen. Eher ungewöhnlich bei einem laut Akte 43-Jährigen. Ich habe ihn noch obduzieren können, bevor er sich aufgelöst hat. Den Organen nach zu urteilen war er gesund und körperlich fit."

„Danke, lassen Sie den Bericht in mein Büro schicken. Ich sehe ihn mir nachher an. Und wenn es Ihnen nichts ausmacht, legen Sie etwas von der Asche dazu."

„Von der Asche? Also, ich weiß nicht, ob das den Vorschriften ..."

„Machen Sie einfach, ich übernehme die Verantwortung. Geben Sie sie in einen Plastikbeutel. Danke!" Hausmann legte auf, ohne eine weitere Antwort abzuwarten. Das war nicht gerade höflich gewesen, er wusste das, aber er hatte beim besten Willen keine Lust, am frühen Morgen ewig herumzudiskutieren. Und er musste dringend etwas essen, sein Blutzucker war im Keller, das schlug ihm immer merklich aufs Gemüt.

***

In einem diffusen Zustand irgendwo zwischen Schlafen und Wachsein wand sich Rießling auf der weißen Ledercouch in seinem Büro hin und her. Nachdem er Stunden zuvor aus einem beklemmenden Alptraum hochgeschreckt war und sich vergewissert hatte, dass er im Flur seines Firmengebäudes lag, war er die halbe Nacht herumgegeistert. Er hatte keine Ruhe gefunden, glaubte immer wieder, Stimmen würden ihn rufen, sich seiner bemächtigen und ihn auf finstere Pfade führen, wenn seine Wachsamkeit nachließ. Diese Beklemmung konnte er nicht abschütteln und der erlösende Schlaf blieb lange aus – obwohl er sich hundemüde fühlte. Dann endlich gegen 4 Uhr morgens war er auf der Couch niedergesunken und in einen nervösen Wachtraum geglitten, der ihn auf der Grenze zum Wahnsinn balancieren ließ. Irgendetwas rief auch im Traum nach ihm. Er konnte nicht sagen, was es war, aber es zeigte sich äußerst hartnäckig.

Plötzlich klopfte es am Türrahmen und Theo Rießling zuckte zusammen, so als ob man ihm Eiswasser in den Nacken geschüttet hätte. Er atmete flach und hektisch, rührte sich aber nicht vom Fleck.

Es klopfte noch einmal.

Nun schreckte Rießling von der Couch hoch und sah

sich panisch im Halbdunkel um. Da war eine Gestalt! Durch den Nebelschleier in seinem Sichtfeld konnte er sie nicht genau erkennen.

„Geh weg!", rief er. „Ich komme nicht mit."

Die Gestalt sagte etwas. Er hörte nur ein Wispern.

Rießling schüttelte den Kopf. Dann wurde es hell, Licht flutete den fensterlosen Büroraum. Rießling kniff die Augen zusammen.

„Theo, was ist los?", hörte er eine Stimme sagen.

Seine Augen gewöhnten sich allmählich an die Helligkeit und sein Blick klärte sich. Das war kein Geist.

Judy stand im Türrahmen und musterte ihn.

Es fiel ihm schwer, den Albtraum endgültig abzuschütteln. Doch er erkannte, dass er in seinem Büro war.

„Judy, was machst du denn hier? Mitten in der Nacht?", fragte er zögernd.

Judy sah hinter sich in den Innenhof, wo der goldene Brunnen im Tageslicht vor sich hin sprudelte. „Theo, es ist schon nach zehn", antwortete sie.

„Das kann nicht sein. Ich habe mich doch gerade erst hingelegt. Bist du ..." Er brach ab, stand vom Sofa auf und trat in den Raum, um durch die Tür sehen zu können.

„Warst du die ganze Nacht auf? Oder hast du wenigstens etwas geschlafen?", wollte Judy wissen.

„Ja, natürlich hab ich hier ... nun ja, geschlafen." Theo wirkte um Fassung bemüht. Er straffte sich. „Würdest du mir bitte einen Tee machen? Den grünen Pouchong vielleicht?"

Sie setzte ein Lächeln auf. „Ja, kein Problem, ich geh gleich Wasser kochen", sagte sie und verließ das Büro.

Derweil setzte sich Theo Rießling wieder aufs Sofa.

Irgendetwas stimmte mit ihm nicht, das war glasklar. Immer noch hörte er dieses Wispern in seinem Kopf. Er musste sich dringend ausruhen. Diese Nacht war fürchterlich gewesen, auch wenn er sich an vieles nur in Fetzen erinnerte. Er musste erst mal zu Kräften kommen und dann würde sich alles regeln.

Judy ging durch den Gang um den Innenhof zur Küche und dachte nach. Das Büro ihres Chefs war für seine Verhältnisse ausgesprochen unordentlich gewesen. Auf dem Boden hatten die Papiere gelegen, die sonst feinsäuberlich auf dem Schreibtisch sortiert lagen. Dazu eine umgestoßene Glaskaraffe und einige Klangschalen. Was hatte ihr Chef hier getrieben? Nach der entspannten Meditation, von der er gestern noch gesprochen hatte, sah es jedenfalls nicht aus. Musste sie sich ernsthaft Sorgen machen?

15

Am Empfang der gut 30 Kilometer außerhalb der Stadt gelegenen Kinder- und Jugendpsychiatrie in Bad Bromberg standen Kommissar Hausmann und Martina Wagenhorst in aller Frühe und warteten. Die Schwester hatte erklärt, dass sie erst mit dem Arzt sprechen müsste, bevor man sie zu Tobias lasse.

Hausmann hatte das stoisch zur Kenntnis genommen, doch Martina Wagenhorst war kurz vor einem Wutausbruch gewesen. So konnte man nicht mit ihr als Mutter umgehen, hatte sie sich erregt. Glücklicherweise hatte Hausmann sie relativ schnell beruhigen können. Wenn sie ausrasten würde, wäre der Besuch vorbei, bevor er überhaupt begonnen hatte.

Nach 15 langen Minuten kam der Arzt endlich. „Tut mir leid, dass Sie warten mussten, ich hatte noch einen Notfall. Ein versuchter Suizid", sagte der Mediziner, den sein Namensschild als Dr. Harald Horvath auswies. Er war etwa in Hausmanns Alter, Mitte 50, kurze dunkelblonde Haare, wache blaue Augen.

„Ein Suizid, hier im Haus?", fragte Wagenhorst kritisch nach.

„Nein, nein. Selbstverständlich nicht hier. Eine 15-Jährige wurde vom Krankenhaus hierher verlegt. Aber kommen wir zur Sache. Sie wollen wissen, wie es Tobi geht, nehme ich an."

„Darauf können Sie Gift nehmen", sagte Wagenhorst. „Ich meine, nicht im wörtlichen Sinne natürlich."

Der Arzt seufzte. „Diese Redewendung bekommt hier schnell einen bitteren Beigeschmack, ja." Er räusperte sich. „Nun, Ihr Junge leidet an einer schweren schizophrenen Störung. Es ist einigermaßen ungewöhnlich, aber es scheint, als ob er spontan eine multiple Persönlichkeit entwickelt hat." Er machte eine kurze Pause. „Oder andersherum gefragt: Gibt es dazu eine Krankheitsgeschichte, von der ich nichts weiß? Hatte er früher schon psychische Probleme?"

„Tobias ist nicht schizophren. War er nie", erregte sich Wagenhorst.

Der Arzt hob beschwichtigend die Hände. „Ich weiß, das muss schwer für Sie sein. Aber das ist nun mal das, was ich diagnostizieren konnte. Auch wenn ich zugebe, dass sein Fall nicht so ganz dem Lehrbuch entspricht."

„Inwiefern?", fragte Hausmann nach.

„Na, ganz einfach, weil sich bei multiplen Persönlichkeiten die verschiedenen Personen normalerweise in Intervallen abwechseln. Und das konnte ich bisher bei Tobias nicht beobachten. Aber das heißt nicht, dass es nicht noch kommen kann. Davon abgesehen macht mich stutzig, was Sie mir am Telefon erzählt haben, Herr Kommissar. Dass dieser Junge, der er vorgibt zu sein, tatsächlich vor über 40 Jahren gelebt hat. Das ist schon etwas seltsam. Ist es denkbar, dass er irgendwo diese Geschichte vom verschwundenen Luis Fenger gehört hat? Ich meine, in dem Fall könnte es sein, dass sich sein Unterbewusstsein diese neue Identität ausgesucht hat – ausgelöst durch ein wie auch immer geartetes Trauma."

Hausmann und Wagenhorst schüttelten beide die Köpfe. Der Kommissar ergriff zuerst das Wort. „Ich halte das für ausgesprochen unwahrscheinlich. Ich kann mich zwar erinnern, dass mir meine Großmutter damals in den 70ern von Luis erzählt hat, kurz nachdem er im Wald verschwunden ist, aber ich habe mich bis vor ein paar Tagen selbst nicht mehr daran erinnert. Ich denke, den meisten ist die Geschichte völlig unbekannt."

Martina Wagenhorst nickte. „Ich kann mir das auch nicht vorstellen, ich hatte zuvor nie etwas davon gehört. Woher sollte mein Sohn davon wissen?"

„Ja, es war nur eine vage Vermutung", sagte Dr. Horvath. „Selbst wenn die Geschichte eingebildet wäre, das Trauma ist sehr real. Ich muss Ihnen leider mitteilen, dass Ihr Sohn nur schlecht auf unsere Maßnahmen anspricht. Wir geben ihm abends eine Dosis Beruhigungsmittel, aber es wirkt nicht besonders gut. Vor allem nachts ist er sehr unruhig, schreit, kämpft gegen seine Erinnerungen. Ich wollte mit Ihnen daher auch über eine Erhöhung der Medikamentendosis sprechen."

„Nein", sagte Wagenhorst bestimmt. „Sie pumpen ihn nicht mit irgendwelchen Drogen voll."

„Frau Wagenhorst, ich versichere Ihnen, es kommen nur bewährte Präparate zum Einsatz."

„Ich sage es noch mal ganz deutlich: keine Psychopharmaka. Ich habe hier einen Zeugen für meine Anweisung." Sie deutete auf Hausmann.

Der Arzt nickte. „Ihre Entscheidung."

„Können wir jetzt zu ihm?", fragte Hausmann nun. „Wir müssen mit ihm über die Nacht sprechen, in der er verschwunden ist."

Horvath zuckte mit den Achseln. „Warum nicht? Ich bringe Sie zu ihm." Er gab der Dame am Empfang ein Zeichen und sie händigte den beiden Polizisten leuchtend violette Besucherausweise aus. Dann betätigte die Schwester den Türsummer und gewährte ihnen Einlass.

Die Wände der Station P1 hatte man in zartem Gelb gestrichen, wohl damit sie freundlich, aber nicht zu aufregend wirkten. Der Fußboden aus grau gesprenkeltem Laminat konnte ebenfalls kaum für Aufregung sorgen. Es war erstaunlich ruhig, ruhiger als man es in einer Psychiatrie erwartet hätte, noch dazu, wenn Kinder dort untergebracht waren. Aber wie Dr. Horvath erklärte, waren die Patienten gegenwärtig alle in ihren Zimmern und warteten auf die Visite, sprich auf ihn.

Tobias Wagenhorst lag in Zimmer P1-016, direkt neben dem Speiseraum, der – abgesehen von zwei Pflegern, die die Überreste des Frühstücks beseitigten – ebenfalls verwaist war.

Dr. Horvath klopfte kurz an, öffnete die Tür und ließ dann Hausmann und Wagenhorst den Vortritt. Sie betraten den Raum.

Tobias saß mit dem Rücken zu ihnen auf dem Bett und sah aus dem Fenster. Es war nicht vergittert, aber mit bruchsicherem Spezialglas und abschließbaren Griffen versehen. Eingerahmt wurde es von türkisgrünen Vorhängen mit Dinosauriern.

„Tobias?", fragte Martina Wagenhorst sanft und machte einen Schritt auf das Bett zu. „Wie geht es dir?"

Der Junge rührte sich nicht.

„Haben Sie ihm Medikamente gegeben?", fragte sie an den Arzt gerichtet.

„Nein, zuletzt gestern Abend."

Hausmann trat vor und ging um das Bett herum. „Hallo, junger Mann", sagte er freundlich und lächelte. Der Junge wandte sich ihm zu, blieb aber stumm.

„Du bist Luis, richtig?", fragte der Kommissar.

Der Junge nickte.

„Weißt du, Luis, ich bin von der Polizei und ich untersuche deinen Fall. Du kannst mir dabei helfen. Aber dazu musst du mit mir reden. Verstehst du das?"

Wieder nickte er und brachte ein lang gezogenes „Hmmm" heraus.

„Schön", sagte Hausmann und zog sich einen Stuhl heran. Dann zeigte er auf Martina Wagenhorst. „Bei mir ist meine Kollegin Martina. Du kennst sie ja."

Endlich drehte sich der Junge um. Mit skeptischem Blick musterte er seine Mutter. Dann sagte er knapp „Ja."

Hausmann sah Wagenhorst an, dass sie sich sehr beherrschen musste, um nicht in Tränen auszubrechen.

„Gut, gut", hakte Hausmann ein. „Kannst du mir die ganze Geschichte erzählen? Einfach alles, an das du dich erinnerst?"

„Ich bin schuld", sagte der Junge und schüttelte schwach den Kopf.

„Woran?"

„Dass der Geist uns holen kam. Ich war ungezogen, ich habe nicht gehört. Mein Vater ..." Er stockte.

„Rede bitte weiter", sagte Hausmann sanft.

„Er hat nicht an diese Dinge geglaubt. Und ich auch nicht. Aber er hatte mir verboten, zu dem Baumkreis zu gehen. Wegen der alten Geschichten. Dass es ein Ort des Teufels ist oder so etwas."

„Aber du bist hingegangen?"

„Ich war oft dort. Es gab nie irgendwelche Geister. Und ich fand den Platz – wie heißt das – romantisch? Ich war verknallt. In Clara. Und ich wollte mich dort mit ihr treffen und ihr das sagen, mit einer Zeichnung. Aber das war der dümmste Fehler meines Lebens. Ich habe einen Schwur in den Stamm der Eiche geritzt. Und sie besiegelte es mit einem Herz." Er hielt inne und schniefte.

Martina Wagenhorst kam näher und hielt ihm ein Taschentuch hin. Er nahm es zögerlich.

„Was ist dann passiert?"

„Der Dämon kam aus dem Baum mit Tosen und Heulen. Ich sah nur noch grelles Licht, ein Glühen wie eiskaltes Feuer. Mein Vater hat mich gerettet und wir sind nach Hause gerannt. Doch der Dämon hat ihn erwischt. Ich bin allein heimgerannt. Als mein Vater heimkam, konnte er sich an kaum etwas erinnern. Er hat nicht geschimpft, er hat mich nur mit diesem strafenden Blick angesehen. Der ganze Wald war kalt und neblig, unser Haus fühlte sich verlassen an, obwohl Vater und ich drin waren. Ich hatte Angst, dass der Dämon wiederkommt und mich holt. Vor allem nachts."

„Was war mit deiner Mutter?", fragte Hausmann.

„Mama ist schon vor Jahren gestorben. Mein Vater hat mich aufgezogen. Und jetzt redete er kaum mit mir. Er aß auch kaum. Ich hatte das Gefühl, dass ihn etwas plagte. Es war, als ob ihn etwas heimsuchte, als ob dieser Dämon ihn quälte. Und in der Nacht ..." Der Junge schüttelte sich. „Da waren immer diese Geräusche, dieses Heulen, das Wispern. Ich konnte es sogar in meinem Bett hören. Ich habe nach meinem Vater gerufen, aber er war nicht da. Und dann … dann hat er nach mir gerufen. Und ich bin ihm gefolgt, hinaus in den Wald. Vielleicht wollte ich ihn suchen, ich weiß nicht mehr. Überall war dieser Nebel … was dann passiert ist, kann ich nicht sagen. Ich weiß nur noch, dass da dieser brennende Schmerz in mir drin war." Der Junge schluchzte.

Martina Wagenhorst legte ihm eine Hand auf die Schulter und wollte ihn drücken. Doch er zuckte zusammen und drehte sich weg. Sie hielt in der Bewegung inne und begann plötzlich zu zittern. Dann stürmte sie aus dem Zimmer.

Gut zehn Minuten später fand Kommissar Hausmann seine Kollegin auf dem Weg zum Parkplatz. Sie saß auf einem großen Felsen am Rand und knetete ihre Hände. Wortlos trat Hausmann an sie heran und wartete. Es dauert eine gefühlte Ewigkeit, bis sie zu ihm aufsah. Ihr Blick war tränennass, aber gleichzeitig entschlossen.

„Versprich mir, dass wir ihn hier rausholen. Ich will meinen Sohn wiederhaben! Egal, wie schräg der Plan von Dörte vielleicht klingt, er gefällt mir zehnmal besser als die Vorstellung, mein Kind da drin mit irgendwelchen Medikamenten zudröhnen zu lassen."

Hausmann nickte. „Wir machen das", sagte er knapp und streckte eine Hand aus, um Wagenhorst hochzuhelfen. Sie stand auf und beide gingen in Richtung Auto.

Der Kommissar fuhr fort: „Wir werden ihm helfen, so gut es auf irgendeine Weise geht. Und wir müssen darauf hoffen, dass Dörtes komische Zeremonie mehr Informationen zutage fördert. Wir brauchen Anhaltspunkte, was genau hier vor sich geht. Und so seltsam das aus einem Polizistenmund klingen mag, wenn wir diese Infos mit

Hypnose und Geisterbeschwörung bekommen können, soll mir das Recht sein."

Martina Wagenhorst hatte sich die Tränen weggewischt und wirkte bereits wieder gefasst. „Ich habe gerade über das nachgedacht, was Tobi ... ich meine, was Luis gesagt hat. Das passt nicht so ganz zu dem, was Brehm in seinen Notizen hatte. Demnach soll doch zuerst der Junge verschwunden sein, was den Vater zum Selbstmord trieb. Jetzt sagt Luis aber, er sei in den Wald gegangen, um den Vater zu suchen."

Hausmann nickte. „Ja, so steht es da. Und in den anderen Dokumenten, die Brehm mir gegeben hat, ist es auch so vermerkt. Aber wie hätte er wissen sollen, was Luis in der Nacht widerfahren ist."

„Trotzdem merkwürdig, mein Gefühl sagt mir, dass da etwas nicht stimmt", meinte Wagenhorst. „Andererseits: Wie viel Glauben kann man jemandem schenken, der im Körper eines anderen steckt?"

„Ich weiß es nicht. Und ich zweifle auch daran, dass es gut ist, wenn du dich in diesen Fall einmischst. Vielleicht solltest du lieber ein paar Tage Urlaub nehmen."

„Den hab ich offiziell schon eingereicht. Aber ich werde den Teufel tun und mich zu Hause aufs Sofa setzen, während diese Sache ungeklärt ist."

„Das hatte ich befürchtet. Na schön. Dann nehmen wir alles gründlich unter die Lupe, am besten jetzt gleich", sagte Hausmann und machte Wagenhorst die Beifahrertür seines Mercedes auf. „Die Notizen von Brehm sind im Handschuhfach. Du kannst sie dir auf der Fahrt zur Wache noch mal ansehen." Er stieg auf der Fahrerseite ein und startete den Motor.

Sie verbrachten die Rückfahrt schweigend, Hausmann grübelte darüber nach, wie er die Methoden Dörtes möglichst unverdächtig in seinen Bericht aufnehmen könnte.

In der Zwischenzeit studierte Martina Wagenhorst die Sachen aus Brehms Karton. Auf ihrem Schoß lagen das Büchlein und der Abschiedsbrief des Jägers. Hausmann sah, dass seine Kollegin immer wieder zwischen beiden hin- und hersah. Sie schien alles mehrfach durchzulesen. Er wollte sie gerade fragen, ob sie etwas Bestimmtes suchte, da stieß sie ein lautes „Ha!" aus.

Sie begann, den Kopf zu schütteln. „Das ist ja unglaublich."

Hausmann fuhr rechts ran und hielt an einer Bushaltestelle. Er wandte sich Wagenhorst zu. „Es ist schon ein seltsamer und erschreckender Fall."

„Nein", wehrte sie ab. „Oder vielmehr, ja! Das ist er. Aber das meine ich gar nicht. Hast du dir die Schrift angesehen?"

„Nicht im Detail, nein", sagte Hausmann.

„Nun, ich hab es jetzt ein paarmal geprüft. Es sieht fast so aus, als hätte beides die gleiche Person geschrieben."

„Wie meinst du das?" Neugierig beugte er sich zu Wagenhorst hinüber.

„Das eine ist zwar mit einem Füller geschrieben und das andere mit einem Kugelschreiber, aber wer auch immer das verfasst hat, konnte seine Handschrift nicht ganz kaschieren. Schau dir das große M an und das L, die sind ziemlich geschwungen, wohingegen das S irgendwie gequetscht wirkt."

Jetzt sah es auch Hausmann. „Du hast recht. Wieso ist mir das nicht aufgefallen? Das hat tatsächlich die gleiche Person geschrieben. Saubere Arbeit, Frau Kollegin!"

„Ja, mir gefällt nur nicht, was das bedeutet."

Hausmann seufzte. „Mir auch nicht. Brehm verschweigt etwas."

„Es sieht ganz so aus."

„Aber wozu sollte er den Brief fälschen? Das ergibt doch keinen Sinn."

„Wir müssen ihn das selbst fragen."

„Und wie wir das tun werden. Aber zuerst gleichen wir alles noch einmal genau mit der Akte ab. Womöglich finden sich noch mehr Ungereimtheiten, zu denen wir den werten Kollegen befragen müssen."

***

Auf Kommissar Hausmanns Schreibtisch waren alle Dokumente verteilt, die entweder etwas mit dem aktuellen Fall oder mit den Geschehnissen von 1977 zu tun hatten. Vergilbte Notizen und Fotos lagen auf aufgeschlagenen Aktendeckeln, dazu gesellten sich die Materialien, die er aus Brehms Box genommen hatte, darunter das schwarze Notizbuch des Kollegen, die Polaroids und der Brief des Jägers Fenger. Er und Martina Wagenhorst sichteten die Akten, nicht zum ersten und wohl auch nicht zum letzten Mal. Sie waren sich einig, dass man alles penibel durchgehen musste, wenn man sicher sein wollte, nichts zu übersehen oder unglückliche Missverständnisse zu provozieren. Sorgfalt war schlicht notwendig, wenn sie Brehm nachher mit den neuen Erkenntnissen und vor allem den Widersprüchen konfrontieren wollten, die sich ergeben hatten. Zwischen all den Papieren lagen Verpackungen von Sahnekaramell und Schokolinsen, die Hausmann zur Erhöhung seines Blutzuckerspiegels in sich hinein gefuttert hatte. Für ein ordentliches Mittagessen hatte wieder die Zeit gefehlt. Martina Wagenhorst begnügte sich mit einem Kaffee aus dem Automaten.

Es klopfte an der Tür. Birgit steckte den Kopf ins Büro. Sie hielt ein kleines transparentes Plastiktütchen hoch. „Das hier wurde vorhin für dich abgegeben. Ich wusste ja gar nicht, dass du unter die Drogenfahnder gegangen bist", sagte sie und lächelte Bernhard Hausmann an. Dabei spielte sie mit dem Tütchen zwischen ihren Fingern. Ihre Fingernägel waren heute knallig bunt und mit Brombeeren und Himbeeren verziert. In der Tüte befand sich eine grau-weiße Substanz. Auf den ersten Blick hätte man das Pulver durchaus für eine Art Droge halten können.

Hausmann sah sie schief an. „Ich bin natürlich nicht bei der Drogenfahndung. Das ist ein Beweisstück. Würdest du es mir bitte geben?"

Birgit musterte ihn. „Was haben wir nur wieder für eine Laune heute? Das war doch nur ein Witz. Hier hast du deinen Stoff." Langsam kam sie herüber zum Schreibtisch und legte das Tütchen vor Kommissar Hausmann auf dem Tisch ab. Dann sah sie hinüber zu Wagenhorst, die neben dem Schreibtisch saß und sich bemühte, der Diskussion nicht zu folgen. „Na, hat unser Bernhardiner endlich Verstärkung bekommen? Wurde sein Flehen erhört?"

Wagenhorst sah auf und schüttelte den Kopf. „Nein,

nicht wirklich. Ich habe selbst ein besonderes ... nun, ein persönliches Interesse an diesem Fall." Dabei ließ sie es bewenden.

Hausmann ergriff wieder das Wort. „Du kannst dem Chef ausrichten, dass ich nachher noch einen weiteren Zwischenbericht schicken werde. Ich mache gute Fortschritte in dem Fall." Er deutete auf das Tütchen. „Ich nutze alle kriminaltechnischen Methoden, die mir zur Verfügung stehen."

„Das ist gut, da bin ich beruhigt. Er hat schon nach deinen Fortschritten gefragt", gab Birgit zurück. „Aber ich bin mir sicher, dass du alles zu seiner Zufriedenheit lösen wirst. Oder eben auch nicht. So recht man es dem alten Grantler eben machen kann." Sie grinste Hausmann noch einmal an, dann verschwand sie aus dem Büro.

Wagenhorst wandte sich an Hausmann. „Ich werde aus ihr nicht schlau. Ist sie nun auf der Seite des Chefs oder nicht? Manche meinen ja, sie ist eine Art Doppelagent."

Ungerührt zuckte Hausmann mit den Schultern. „Keine Ahnung, ich finde eigentlich, sie ist in Ordnung. Ich glaube nicht, dass unser Herr Chef sehr viele Freunde auf diesem Revier hat. Ich gehöre bestimmt nicht dazu. Also pass lieber auf, wie oft man dich hier mit mir zusammen sieht. Sonst könnte es sein, dass mein schlechtes Image auf dich abfärbt."

Sie lachte laut und herzlich. „Hach, das tat gut. Du bist wirklich ulkig."

Hausmann starrte sie verdutzt an. „Ähm, ja ..."

Sie wedelte mit einer Hand in der Luft. „Na egal, was ist denn so Bahnbrechendes in dem Tütchen?"

„Das war vielleicht ein bisschen zu dick aufgetragen. Es ist nur Asche – vom Wachmann, den du gefunden hast. Ich weiß selber noch nicht, was ich damit anstellen soll. Ich hatte nur so eine schwache Intuition, dass ..." Er räusperte sich. „Du weißt schon. Kann ja sein, dass sie vielleicht irgendeine Art Assoziation auslöst. Manchmal fügen sich A und B plötzlich zusammen."

„Auf magische Weise?"

„Ach, was weiß ich." Hausmann griff sich den letzten Schokoriegel aus der Schublade. „Jetzt lass uns die Akte noch mal durchgehen und dann fühlen wir Brehm auf den Zahn."

***

Abwesend starrte Theo Rießling in den dampfenden Tee auf seinem Schreibtisch. Die Tasse mit dem starken grünen Pouchong war halb leer, doch die erhoffte belebende Wirkung blieb aus. Er fühlte sich nach wie vor erschöpft und desorientiert. Rießling erinnerte sich genau an den Geschmack dieser Sorte, die er so liebte: blumig auf der Zunge, in der Konsistenz cremig und süß, im Abgang duftend. Doch nichts von alldem konnte er heute schmecken, ihm war, als würde er heißes grünliches Wasser trinken. Das war aber nicht sein dringlichstes Problem. So sehr er sich auch bemühte, er hatte keine klare Erinnerung an die letzte Nacht. Es war wie ein diffuser Albtraum, dessen Geschehnisse im Dunkel lagen und von dem nur noch ein beklemmendes Gefühl zurückgeblieben war. Sein Leben war seit dem Zeitpunkt, als er das Holzstück aus seinem Schreibtisch geholt hatte, nicht mehr unter seiner Kontrolle. Ihm kam zum ersten Mal ein bedrückender Gedanke. Möglicherweise war er tatsächlich besessen.

Besessen!

Wenn er sich nicht so niedergeschlagen und verwirrt gefühlt hätte, müsste er wohl lachen. Doch ihm war nicht nach Gelächter. So absurd es auch klingen mochte, er musste es als realistische Option ansehen. Was war, wenn an der Geschichte von damals mehr dran war als gedacht? Unterbewusst hatte er längst gespürt, dass er etwas aufgeweckt hatte, das man lieber hätte weiterschlafen lassen. Aber seine Gier war stärker gewesen, das wusste er jetzt. Die Angst davor, was passieren würde, wenn es wieder Nacht wurde, würde bald hervorbrechen. Rießling spürte eine eisige Kälte in sich. Ihm graute davor, dass ihn die Müdigkeit übermannte. Was zur Hölle sollte er jetzt nur tun? Zur Polizei gehen? Sich vorsorglich einsperren lassen, damit er nicht wieder im Wald landete? Sollte er nach Australien fliegen, so weit weg von diesem verfluchten Wald wie möglich?

Er wusste, dass das nichts bringen würde. Man konnte vor seinem eigenen Schatten nicht davonlaufen. Und dieses beklemmende, nagende Gefühl klebte an ihm wie ein Schatten.

16

Mit dem rechten Zeigefinger fuhr Hausmann an der langen Reihe Klingelknöpfe entlang und drückte dann in der zweitobersten auf jenen neben Gottfried Brehms Namen. Er stand zusammen mit Martina Wagenhorst am Hauseingang des Hochhauses und wartete. Nichts geschah.

„Vielleicht ist er nicht da?", fragte Wagenhorst und blickte an der Fassade des Plattenbaus empor.

Hausmann zuckte mit den Achseln und legte den Kopf schief. Dann klingelte er noch einmal.

Nach einer gefühlten Ewigkeit meldete sich Brehms Stimme. „Ja?", kam es kratzig aus dem Lautsprecher.

„Kollege Brehm, ich meine: Gottfried! Hier sind Bernhard und Martina, wir wollen über den Fall sprechen."

„Ich ... mir heute ... nicht gut", kam es abgehackt aus der Sprechanlage.

Offenbar hatte man sie noch nicht repariert.

„Wie bitte?", hakte Hausmann nach. „Man versteht dich nicht. Lass uns doch rein, dann reden wir oben."

„...nicht. Ich hab ... morgen."

Hausmann knallte mit der Faust auf die Abdeckung der Sprechanlage. „Dieses verfluchte Ding!", knurrte er. „Lass uns kurz hochkommen."

„Das ... wirklich ... mir leid. ... Arzt."

„Ich glaube, der will uns nicht reinlassen", raunte ihm Martina Wagenhorst zu.

Er nickte und rief überlaut in die Sprechanlage: „Ja, dann gute Besserung! Wir melden uns wieder."

Oben in der Wohnung hängte Gottfried Brehm den Hörer der Sprechanlage wieder in die Halterung neben der Eingangstür und ging zurück ins Wohnzimmer. Mitten im Raum blieb er stehen und sah zum Tisch, auf dem zwischen halb ausgetrunkenen Gläsern, Knabbergebäck und Medikamentenschachteln ein Foto in einem silbernen Rahmen stand. Es stand noch genau dort, wo er es eben abgestellt hatte, und doch betrachtete er es nun in einem ganz neuen Licht. Das Mädchen lächelte, die blonden Strähnchen hingen ihr frech ins Gesicht. Brehm spürte plötzlich einen dicken Kloß im Hals. Die Ereignisse der letzten Tage hatten ihn aufgewühlt. Alles, was er seit Jahrzehnten verdrängt hatte, kam wieder hoch. Er musste sich stellen! Doch zuvor musste er sie besuchen, sich mit ihr aussprechen. Er ging zum Tisch und berührte das Foto mit den Fingern. „Es tut mir so leid", flüsterte er kaum hörbar. Dann wandte er sich ab und verschwand aus dem Raum.

***

Hausmann und Wagenhorst spähten durch die Windschutzscheibe des Mercedes-Oldtimers. Der Kommissar hatte etwas abseits der Hochhäuser hinter einem Altglascontainer geparkt. Sein Wagen war eigentlich zu auffällig für eine Beschattung, aber so spontan war keine Alternative greifbar gewesen.

„Denkst du wirklich, dass er rauskommt?", fragte Wagenhorst.

„Intuition", brummte Hausmann. „Du weißt doch, was Dörte gesagt hat, wir sollten der Eingebung vertrauen." Er setzte ein schwaches Lächeln auf, zuckte dann aber unschlüssig mit den Schultern. „Wir können es ja zumindest mal damit versuchen."

Wenige Minuten später kam Gottfried Brehm in der Tat aus dem Hauseingang und ging schnurstracks zur Bushaltestelle gegenüber. Den Fahrplan musste er im Kopf haben. Denn kaum war er an der Haltestelle, fuhr bereits die Linie 9 vor. Brehm bestieg den um diese Zeit fast unbesetzten Bus.

„Die Linie fährt zum Rosengarten", sagte Hausmann und startete den Motor. Er ließ dem Bus einen kleinen Vorsprung und fuhr dann unauffällig hinter diesem her.

„Was will er denn dort oben?", wollte Wagenhorst wissen. „Er hat doch von einem Arzt geredet, wenn ich es richtig verstanden habe. Aber der Rosengarten ist ziemlich weit weg vom Zentrum."

„Gute Frage. Außer Einfamilienhäusern gibt es da nur das Pflegeheim. Vielleicht besucht er jemanden."

„Eine alte Liebe? Ist seine Frau dort?"

„Ich denke nicht", sagte Hausmann. „Wenn die Akte stimmt, ist Brehm schon ziemlich früh verwitwet gewesen und hat danach nicht mehr geheiratet."

„Und wie ein Romantiker wirkt der alte Haudegen auch nicht gerade."

Sie folgten dem Bus weiter bis zur Endstation am Rosengarten. Nach etwa zehn Minuten Fahrzeit sahen sie, wie Brehm dort ausstieg, sich nach links und rechts umsah und 30 Meter weiter hinten im Alten-Pflegeheim „Nobilis" verschwand.

„Treffer", sagte Hausmann und stellte seinen Wagen hinter einem Wohnmobil ab, das am Straßenrand parkte.

„Und was machen wir jetzt?", wollte Wagenhorst wissen. „Gehen wir ihm hinterher?"

„Ja, aber noch nicht gleich. Ich will nicht, dass er uns sieht. Noch nicht."

Wagenhorst nickte.

Sie warteten einen kurzen Augenblick und stiegen dann gemeinsam aus.

Das sterile Foyer des Heimes war menschenleer und frei von jeglicher Behaglichkeit: grauer Fliesenboden, bodentiefe Glasfronten, Wände mit weißem Strukturputz, überbreite silberne Aufzugtüren. Es gab keine Rezeption, keinen Pförtner oder sonst jemanden, der ihnen hätte Auskunft geben können. Es fand sich nur ein Aushang, auf dem die Zimmernummern aller Bewohner und deren Lage im Haus eingetragen waren. Zunächst inspizierten Hausmann und Wagenhorst ratlos den breitformatigen Plan. Dann zeigte Martina Wagenhorst auf einen Eintrag auf der Etage „Sonnenschein". Sie blickte zu Kommissar Hausmann hinüber. „Bist du sicher, dass seine Frau tot ist? Hier steht eine Clara Brehm bei Zimmer S-18."

„Merkwürdig. Vielleicht hat er eine Schwester?"

„Ja, und dann wäre es völlig legitim, wenn er sie besucht. Ich fürchte, unsere Beschattung ist nicht sehr ergiebig."

„Trotzdem hat er uns angelogen. Erstens, was seine Rolle in dem Fall von damals angeht und zweitens, was seinen Arztbesuch heute betrifft. Er hätte uns doch sagen können, dass er jemanden besuchen muss. Warum erzählt er stattdessen, dass er krank ist?"

„Wir haben doch kaum etwas verstanden, so schlecht war die Verbindung durch die Sprechanlage. Vielleicht ist seine Schwester krank und muss zum Arzt. Kann doch sein, dass wir völlig auf dem Holzweg sind."

Hausmann verzog das Gesicht zu einem schiefen Lächeln. „Möglich. Aber mein Instinkt sagt mir, dass da was faul ist."

„Wir sollten auf jeden Fall verschwinden. Wenn er uns hier sieht, weiß er gleich, dass etwas im Busch ist."

Gerade als sie sich zum Gehen wandten, öffneten sich mit einem „Ping" die Aufzugtüren rechts vom Plan und Gottfried Brehm hetzte heraus. In seiner Eile stieß er Martina Wagenhorst an, die gegen Hausmann prallte.

Brehm blieb verdutzt stehen. „Was macht ihr denn hier? Verfolgt ihr mich?"

„Die Frage ist: Was machst du hier?", fragte Hausmann ruhig. „Du sagtest, du bist fürchterlich krank."

Als wollte sie die Frage stumm unterstreichen, warf Wagenhorst dem alten Kommissar einen skeptischen Blick zu.

Einen Moment sah der unschlüssig zwischen den beiden hin und her. „Na schön. Ihr habt wohl etwas herausgefunden, nehme ich an", sagte er schließlich.

Hausmann nickte. „Und wir hätten da noch ein paar Fragen."

Brehm stieß einen tiefen Seufzer aus. „Ich hab jetzt keine Zeit dafür", erklärte er.

„Nimm sie dir lieber", sagte Hausmann streng.

Brehm knirschte mit den Zähnen, widersprach aber

nicht. Dann zeigte er auf einen Aufenthaltsbereich im Foyer, in dem mehrere Snack-Automaten und einige Sitzgarnituren standen. Sie gingen hinüber und ließen sich an einem der anthrazitgrauen Tische nieder.

„Wer ist Clara?", wollte Wagenhorst als Erstes wissen. „Wir haben den Namen auf dem Plan gesehen."

„Natürlich wollt ihr wissen, wer ist Clara ist", wiederholte Brehm. „Sie ist nichts weiter als meine Tochter."

„Deine Tochter?", setzte Hausmann nach. „Das hier ist doch ein Altenpflegeheim."

„Ich weiß, es ist schwer, zu verstehen. Sie ist ... nun ... sie ist auch alt. Sehr alt sogar. Vielleicht älter als ich."

Hausmann sah ihn an, als hätte er den Verstand verloren. „Tut mir leid, aber das ist biologisch unmöglich."

„Biologie hat damit wohl wenig zu tun", sagte Brehm knapp.

„Warum wolltest du eben so eilig davonlaufen?", fragte Wagenhorst.

„Weil sie verschwunden ist."

„Clara?"

„Ja. Dabei ist das total absurd. Sie ist nicht so gut zu Fuß. Und die Pfleger schwören, dass niemand sie hat rausgehen sehen."

„Sollen wir eine Vermisstenanzeige rausgeben?", fragte Hausmann.

„Sie haben es gerade schon auf der Wache gemeldet."

„Dann haben wir Zeit, uns zu unterhalten. Ich will jetzt, dass du uns alles offen und ehrlich erzählst. Wir wissen, dass du den Abschiedsbrief des Jägers gefälscht hast. Warum zum Teufel? Du warst doch Polizeibeamter, dir sollte klar sein, welche Folgen so etwas hat."

Ein Schatten huschte über Brehms Gesicht. „Ich hab ihn erschossen", sagte Brehm plötzlich. „Johann Fenger hat sich nicht selbst vor lauter Trauer umgebracht. Ich hab ihn getötet. Aber nur, um Schlimmeres zu verhindern."

„Bist du denn von allen guten Geistern verlassen!?", sagte Hausmann laut.

„Böse Geister", sagte Brehm matt. „Wenn überhaupt, waren böse Geister im Spiel. Clara ist meine Tochter und sie steckte mittendrin in dieser Sache. Ich habe getan, was jeder Vater tun würde. Ich habe mein Kind beschützt!"

„Vor Fenger?"

„Vor dem, was er aufgeweckt hat. Er und sein unglückseliger Sohn. Und ich dachte, es wäre ein für alle Mal Ruhe. Dass dieses Ding verschwunden ist in die Untiefen der Hölle, aus denen es emporgekrochen ist." Brehms Stimme zitterte.

„Von was genau redest du?", fragte Wagenhorst sanft.

Brehm stand auf und ging hinüber zu einer Wand, an der Gruppenbilder aller Wohngruppen hingen. Er nahm eines von der Wand und trug es zum Tisch. Mit dem Finger zeigte er auf eine dünne, weißhaarige Frau, geschätzt Mitte achtzig. „Das ist Clara. Sie ist letzten Monat 54 Jahre alt geworden. Dieses Ding hat ihr damals das Leben ausgesaugt. Und es hätte sie umgebracht, wenn ich nicht gehandelt hätte."

Ungläubig schüttelte Hausmann den Kopf. „Das ist ziemlich schwer zu glauben. Hast du deshalb die Akten frisiert?"

„Mir blieb praktisch nichts anderes übrig.
Und nun ist sie plötzlich verschwunden. Kurz, nach-

dem diese Unglücke im Wald passiert sind. Das ist wohl sicherlich kein Zufall", meinte Hausmann.

Auf einmal brach Martina Wagenhorst in Tränen aus. „Entschuldigt", schluchzte sie. „Ich musste an meinen Sohn denken. Das ist gerade alles zu viel."

Brehm sah sie mitfühlend an. „Ich weiß, wie schwer das ist. Aber ich kann nicht versprechen, dass alles wieder gut wird. Trotzdem müssen wir es versuchen. Wir müssen herausfinden, in wem dieser Geist nun steckt und was er will. Weißt du, der kleine Luis Fenger – der nun behauptet, in deinem Sohn zu stecken – war seinerzeit in Clara verliebt. Sie trafen sich im Wald und müssen dort etwas ganz und gar Törichtes angestellt haben."

Allmählich beruhigte Martina Wagenhorst sich wieder. Ihr Schluchzen wurde leiser und sie wischte sich mit den Händen über die Augen.

„Das zumindest deckt sich mit den Erzählungen des Jungen. Aber eines muss ich noch von dir wissen: Wieso hast du Fenger getötet?", hakte Hausmann nach.

„Er war besessen. Davon war ich felsenfest überzeugt. Von einem Dämon, einem Geist oder was auch immer. Ich sah einfach keine andere Möglichkeit. Luis war bereits verloren. Clara wollte ich aber unbedingt retten. Dazu musste ich verhindern, dass auch sie im Wald verschwindet und womöglich nie wieder herausfindet. Es war schon schlimm genug, dass die Seele eines Kindes nun in einem alten Körper steckte."

„Wie ist das denn überhaupt möglich?", wollte Wagenhorst wissen.

„Was weiß ich schon? Das ging alles über mein Verständnis hinaus. Ich fand sie eines Morgens im Wald, bei diesem verfluchten Baumkreis. Völlig ausgekühlt und ... plötzlich alt. Ich hab sie nur an den zerrissenen Kleidern und ihrem Amulett erkannt. Dieses Ding muss ihr die Lebensgeister ausgesaugt haben. Ganz fertig war es offenbar noch nicht. Und es hat sie nicht losgelassen. Clara hat seitdem kein Wort mehr gesagt, aber sie wollte immer wieder in den Wald. Einsperren musste ich sie! Doch selbst das hat nichts gebracht, sie war plötzlich aus dem Zimmer verschwunden, so als wäre sie selbst ein halber Geist. Irgendwann habe ich es nicht mehr ausgehalten." Brehm schnaufte schwer und krallte die Finger in die Tischdecke. „Erst als Fenger tot war, kehrte endlich Ruhe ein."

„Ist gut, das reicht mir erst mal", sagte Hausmann. „Ich fahr dich jetzt besser heim. Wir reden morgen weiter." Er zeigte in Richtung der großen Glasfront, hinter der die Dämmerung über die Stadt hereinbrach. „Ich kümmere mich auch um die Vermisstenanzeige für Clara. Sie scheint nach wie vor mit dem Fall verbunden zu sein", fügte er hinzu.

„Danke", sagte Brehm knapp. Er schien sich nun etwas zu entspannen.

„Aber wenn die ganze Sache vorbei ist, müssen wir die Geschehnisse von damals ins rechte Licht rücken, verstehst du?", ergänzte Hausmann und sah Brehm durchdringend an.

„Ich weiß. Und ich verspreche: Ich werde alles zugeben. Aber zuerst muss ich diesen Fall abschließen. Für immer."

***

179

Allmählich machte sich Judy March Sorgen. Den ganzen Tag hatte Theo Rießling sein Büro nicht verlassen. Seit sie ihm um halb elf den Tee gebracht hatte, hatte sie ihn nicht mehr gesehen. Er hatte nichts gegessen, nichts weiter getrunken und sich nicht einmal per Mail oder Telefon bei ihr gemeldet. Jetzt war es kurz vor 6 Uhr abends und Judy zögerte immer noch, nach Hause zu gehen. Dabei fand sie längst nicht mehr die nötige Konzentration für sinnvolles Arbeiten. Ebenso zögerte sie, ihren Chef in seinem Büro aufzusuchen. Sie musste sich eingestehen, dass er ihr zunehmend unheimlich wurde. Zweimal war sie kurz davor gewesen, an seiner Tür zu klopfen, aber beide Male hatte sie es gelassen, nachdem sie Stimmen aus dem Zimmer hörte. Rießlings Stimme – sie klang mal anklagend und dann wieder wütend. Erst dachte sie, er würde telefonieren, aber die Satzfetzen, die sie aufschnappen konnte, waren zu wirr und alles klang zu emotional, als dass es ein geschäftliches Gespräch hätte sein können.

Judy klappte das Notebook zu und begann, ihre Tasche zusammenzupacken. Es war sinnlos, noch länger hier herumzusitzen und sich verrückt zu machen. Sie zupfte eine kleine gelbe Haftnotiz vom Block und schrieb ein paar Zeilen darauf. Dann verließ sie ihr Büro und ging durch den Flur hinüber zu Rießlings Tür. Sie klebte den Zettel mitten darauf:

„Bin nach Hause gegangen. Ruf mich
im Notfall auf dem Handy an, wenn
etwas sein sollte – Judy."

Eine Weile blieb sie noch vor dem Büro ihres Chefs stehen und lauschte in den Raum hinein. Alles war still, totenstill. Sie zuckte mit den Schultern und ging weiter. Zu ihrer Verwunderung stand der Haupteingang weit offen. Judy überlegte, wie das überhaupt sein konnte. Eigentlich müsste sich die Tür automatisch schließen und verriegeln. Sie ging aus dem Gebäude hinaus, zog die Tür zu und verschloss sie wieder. Draußen war es eisig geworden. Der Nebel kroch zwischen den Bäumen hindurch auf die freie Fläche vor dem Haus. Es fröstelte sie. Sie hatte ein beklemmendes Gefühl – wie von drohendem Unheil. Schnellen Schrittes ging sie hinüber zum Parkplatz.

Nur flink ins Auto und nach Hause, ein heißes Bad nehmen, ein Glas Rotwein trinken. Dann würde alles wieder normal werden.

Mit einem Mal blieb sie stehen.

Da war jemand mitten im Nebel. Eine dunkle Silhouette stand im Dunst und verharrte regungslos.

„Hallo, wer ist da?" rief March.

Der Nebel verschluckte ihre Worte.

Dann erkannte sie die Umrisse. „Theo?", fragte sie vorsichtig.

Als Antwort bekam sie nur Heulen und Wispern.

„Was machst du denn hier draußen? Geh doch wieder rein. Oder soll ich dich nach Hause fahren?"

„Komm mit mir, wir gehen zusammen", hauchte eine kehlige Stimme.

Judy stellten sich die Nackenhaare auf. „Ich muss nach Hause, tut mir leid. Bin gleich verabredet", entschuldigte sie sich.

„Du musst mit mir kommen!", sagte die kehlige Stimme wieder.

Judy kramte in der Tasche nach dem Autoschlüssel. Ihre Gedanken rasten. Nur ein paar Schritte, dann wäre sie am Wagen. Schnell aufschließen, Rückwärtsgang einlegen und davonbrausen. Das alles hier ging nicht mit rechten Dingen zu. Sie sah noch einmal zu der Stelle, an der eben die dunkle Silhouette gestanden hatte. Nun war sie spurlos verschwunden. Judy drehte den Kopf nach links und rechts und suchte den Parkplatz ab. Weit und breit war nichts zu sehen.

„Du wirst jetzt mit mir kommen", hörte sie nun aus nächster Nähe direkt hinter ihr.

Judy ließ den Schlüssel fallen. „Bitte!", rief sie laut und wollte davonlaufen. Doch auf einmal fühlte sie einen eisigen Griff im Nacken. Sie stieß einen spitzen Schrei aus. Niemand war da, der ihn hören konnte. Der plötzliche Schmerz, der ihren Rücken hinabsauste, war so stark, dass er sie in die Knie zwang. Ihre Beine versagten einfach den Dienst. Ihr war, als ob man die Lebenskraft aus ihr heraussaugte. Sie wollte schreien, doch mehr als ein dumpfes Röcheln kam nicht heraus. Sie sackte zu Boden, ihr Kopf schlug hart auf dem Asphalt auf. Ihr ganzes Blickfeld war grau in grau – und dann nur noch schwarz.

17

Der Wind wisperte einen Namen. Dörte konnte ihn erst nicht verstehen, so zaghaft war der Laut. Dennoch spürte sie die fast magische Anziehungskraft, die davon ausging. War dies wieder ein Traum? Dörte konnte es nicht mit Sicherheit sagen. Alles schien immer mehr zu verschmelzen, Realität und Vision, Traum und Wachsein. Sie versuchte, sich zu orientieren. Überall war nur dieser weiße wabernde Nebel. Das musste ein Traum sein! Sie hoffte es zumindest inständig.

Wieder wisperte der Wind den Namen. Nun war er klar und deutlich zu verstehen: Clara. Aus dem Nebel tauchten Bäume auf, sie sah einen Baumkreis aus mächtigen Eichen. Eine davon trug eine frische Inschrift – mit dem Messer grob in die Rinde geschnitten. „Clara, du und ich. Für immer!"

Clara, so musste das Mädchen heißen, dem sie im Traum folgte. Das Kind, in dessen Körper sie steckte und das sich im Wald verirrte. Was war nur mit ihr geschehen?

Mit einem Mal spürte Dörte eine eisige Kälte. Sie merkte, dass sie zitterte und mit den Zähnen klapperte. Waren diese Gefühle echt oder träumte sie nur, dass sie erfrieren würde?

Sie musste aufwachen und sich sammeln! Dörte überlegte, wie sie sich befreien könnte. Es musste doch einen Weg geben, diese beklemmende Vision abzuschütteln.

„Clara!", schrie sie im Geiste, so, als könne sie dem Mädchen zurufen und es dazu bewegen, umzukehren. „Geh nach Hause, geh raus aus dem Wald!"

Das Mädchen rührte sich nicht. Der Nebel um sie wurde nur noch dichter, bis nicht der geringste Hauch von Kontur mehr sichtbar war.

„Clara!", schrie sie erneut.

Alles wurde zu diffusem Grau.

Dann merkte Dörte, dass sie die Augen geöffnet hatte. Sie starrte nach oben in den wolkenverhangenen Himmel. Nein, das waren keine Wolken. Der Nebel hatte sie in die Wirklichkeit verfolgt. Dörte spürte, dass ihr Rücken schmerzte. Ihr ganzer Körper war nass und kalt. Sie drehte den Kopf. Da waren Bäume, der Baumkreis. Sie war immer noch hier. Clara war verschwunden. War sie tatsächlich wieder im Wald? Aber wie sollte sie hierhergekommen sein?

Erneut hörte sie ein Wispern im Wind. Dieses Mal klang es näher. „Komm zu mir, wir gehören zusammen!", sagte eine kehlige Stimme.

Dörte schreckte hoch, ihr Herz schlug wie wild.

Dann die Erleichterung. Der Nebel war weg. Sie war nicht im Wald, sondern in ihrer Hütte. Ganz allmählich beruhigte sie sich. Dennoch spürte sie immer noch ein Gefühl von Grauen. War das hier nun real? Oder der nächste Traum im Traum? Hatte sie noch die Kontrolle über sich selbst? Oder hatte sich etwas ihres Geistes bemächtigt? Dörte wusste, das hier war kein Spaß mehr. Das war keine interessante übersinnliche Erfahrung, der man nachjagen konnte, nicht der übliche esoterische Klimbim. Sie spürte am eigenen Leib, dass sie sich mit etwas Gefährlichem eingelassen hatte. Und sie hoffte, dass sie die nötigen Mittel finden würde, um sich dagegen zu wehren.

Schwerfällig stand sie auf, zog die bunten Tücher beiseite, die ihr Bett einhüllten, und trottete zur Kochnische. Auf halbem Weg blieb sie stehen. Ganz langsam drehte sie den Kopf nach links.

Träumte sie immer noch? Falls nicht, saß da jemand an ihrem Tisch. Wie in Zeitlupe bewegte sich Dörte näher heran. In einem der Korbstühle saß eine alte Frau mit schneeweißen Haaren. Sie saß einfach nur da und beobachtete, wie Dörte auf sie zuging – stumm, aber mit einem merkwürdigen Glitzern in den Augen. Sie wirkte dieser Welt entrückt und doch fokussiert – und sie kam ihr vertraut vor. Dörte hatte plötzlich das Gefühl, diese Frau zu kennen.

***

Das hier konnte nicht Clara Brehm sein. So viel war Kommissar Hausmann sofort klar. Die Kollegen, die ihn in aller Frühe zum Fundort der Leiche gerufen hatten, irrten sich. Das äußere Erscheinungsbild entsprach durchaus dem Alter der Vermissten, aber die Haare waren zu dunkel. Wie auf dem Foto aus dem Pflegeheim zweifelsfrei erkennbar gewesen war, hatte Clara Brehm schneeweißes Haar. Die Frau, die hier auf dem Parkplatz von „Geist & Kraft Events" neben einem roten Cabrio lag, hatte hellblonde Haare. Ihm schwante sofort, wer die Tote war, auch wenn sie nun geschätzt 50 Jahre älter aussah als noch vor wenigen Tagen, als er sie hier in der

Firmenzentrale aufgesucht hatte. Das musste Rießlings Assistentin sein. Die offizielle Bestätigung stand aber noch aus, denn im Unternehmen öffnete heute niemand, das hatten die Kollegen schon versucht. Telefonisch war nur der Anrufbeantworter zu erreichen.

Hausmann ging in die Hocke und betrachtete die pergamentartige Haut der Frau. Die Worte Brehms vom gestrigen Abend klangen in seinem Kopf nach. Es habe seiner Tochter das Leben ausgesaugt. Ganz genauso sah es hier aus. So hatte es auch beim Wachmann ausgesehen und bei Milan Pravic. Der Kommissar erspähte etwas aus dem Augenwinkel. Unter dem Auto lag eine Handtasche. Er fischte sie hervor und sah hinein. Darin fand er Schminkutensilien, Notizen, Kaugummis, Blasenpflaster, ein Handy und eine kleine Lederbörse mit Bankkarten, einen Ausweis und einen Führerschein. Alle waren ausgestellt auf Judith Elisabeth March, geboren am 3.12.1981. Er rechnete im Kopf nach. Die Tote vor ihm war auf dem Papier erst 39 Jahre alt.

Hausmanns Handy surrte in der Hosentasche. Behäbig stand er auf, nahm es heraus und ging ran. Zum zweiten Mal an diesem Tag teilte man ihm mit, dass Clara Brehm gefunden wurde. Nun sogar lebend. Er legte auf und steckte das Telefon wieder ein.

„Kollege Springer!", rief er einen der Beamten zu sich, die gerade dabei waren, am Streifenwagen ein Schwätzchen zu halten.

Widerwillig trottete der Angesprochene herüber. Demonstrativ gelangweilt fuhr er sich durch die gegelten Haare.

„Die Leiche lassen Sie bitte in die Pathologie bringen. Und das hier ...", Hausmann drückte Springer die Handtasche in die Hand, „legen Sie zu den Beweisstücken. Die Tasche lag unter dem Auto. Da hätten Sie ruhig mal nachsehen können! Und wenn es nicht zu viel verlangt ist, geben Sie eine Fahndung nach Theo Rießling raus."

Springer zuckte fast unmerklich mit den Mundwinkeln, nahm die Tasche an sich und verdrehte stumm die Augen, als er sich auf den Rückweg zu den anderen machte.

Es war Hausmann klar, dass es Springer nicht schmeckte, Anweisungen von ihm entgegenzunehmen, und es war ihm mittlerweile herzlich egal, was die Kollegen auf der Wache von ihm und seinen Fällen hielten, er wollte nur, dass sie ihre Arbeit vernünftig erledigten. Springer war ein selten dummer Hund – und ein fauler noch dazu. Eine Schande für die Polizei, dachte Hausmann im Gehen. Aber es half nichts. Er stieg in seinen Mercedes und machte sich auf den Weg zu Dörte Wagner. In deren Gartenhäuschen sollte wie von übernatürlichen Kräften angezogen tatsächlich Clara Brehm aufgetaucht sein.

***

Dörte sah der alten Dame an ihrem Tisch tief in die Augen. Bisher hatte sie kein Wort gesprochen, sondern sie nur traurig angeblickt. Und doch wusste Dörte, dass dies hier das Mädchen aus ihrer Vision war. Hier saß jene Clara, deren Namen der Wind geflüstert hatte. Aber nun war sie kein Mädchen mehr, sondern eine alte Frau von geschätzten 80. Vor einer halben Stunde hatte Dörte ihr einen Tee hingestellt und war dann eilig zu ihrem Nachbarn Aribert gelaufen, um von dessen Handy aus die Polizei anzurufen.

Als sie zurückkam, saß Clara noch genauso da wie zuvor. Den Tee hatte sie nicht angerührt. Seitdem grübelte Dörte, wie sie in ihre Hütte gekommen war, so ganz allein und ohne den Weg zu wissen. Es musste eine übersinnliche Verbindung geben. Das war keine reine Eingebung aus der Vergangenheit, das war eine Vision, die ins Hier und Jetzt reichte und die sie mit dieser Frau verband. Doch wieso? Weil sie am Baumkreis meditiert hatte? Hatte sie ein geistiges Echo der dramatischen Ereignisse von damals aufgefangen?

Selbst wenn das so sein sollte, was wollte Clara nun ganz leibhaftig von ihr? Dörte fragte sich, ob Clara womöglich im Gegenzug das sah, was sie selbst im Wald erlebt hatte. Möglich wäre es.

„Trink doch einen Schluck Tee", schlug Dörte vor. „Es ist Zimt-Zeder-Zitrone, das gibt Kraft." Sie setzte ein Lächeln auf.

„Du musst mich zu ihm bringen", sagte Clara plötzlich. Ihre Stimme klang sanft, aber ungemein bestimmt.

Dörte merkte erst jetzt, dass sich Claras Lippen irritierenderweise nicht zu bewegen schienen. Sie sah sie einen Moment verwundert an, dann fragte sie: „Zu wem?"

„Du weißt, zu wem."

Dörte meinte, die Worte mehr in ihrem Geist zu hören als im Raum.

„Du weißt, zu wem", klang die Stimme nach.

Ein Bild aus der letzten Vision tauchte vor Dörtes innerem Auge auf: „Clara, du und ich. Für immer!", hatte jemand in den Stamm des Baumes geritzt. Das musste der kleine Luis Fenger getan haben. Dörte rutschte auf ihrem Stuhl hin und her und räusperte sich. „Weißt du, das ist kompliziert. Luis ist ... er ist nicht so ganz er selbst."

Clara sah Dörte unnachgiebig an. „Du musst es versuchen. Wir müssen zusammen sein. Wir müssen in den Wald gehen. Sonst endet es niemals."

Ein Pochen an der Eingangstür unterbrach die Unterhaltung.

„Komm nur rein, mein lieber Herr Wachtmeister!", rief Dörte und drehte sich zur Tür um.

Hausmann stapfte herein und sah sich um. „Wo steckt sie denn nun?"

Entgeistert sah Dörte ihn an. „Na, da sitzt sie ...". Sie wandte sich wieder dem Tisch zu, nur um augenblicklich zu verstummen. Nach einer Schrecksekunde fuhr sie fort: „Ich ... ich schwöre, sie saß eben noch auf diesem Stuhl."

Der Kommissar zog eine Kopie des Fotos aus dem Pflegeheim aus der Manteltasche und hielt es Dörte hin. „War es diese Frau?"

„Hundertprozentig, das ist sie", bestätigte Dörte. „Hab ich das etwa nur geträumt?" Sie sah zu der vollen Tasse Tee, die vor dem zweiten Stuhl stand. „Weißt du, was merkwürdig ist?", fragte sie plötzlich.

„So ziemlich alles?", entgegnete Hausmann.

„Ja, aber vor allem, dass die Tür vorhin abgeschlossen war, als ich zum Aribert rüber bin. Ich erinnere mich, dass ich sie erst aufschließen musste. Wie soll also Clara hier reingekommen sein?"

„Soviel ich weiß, gehen Geister durch Wände. Ich will nur hoffen, dass das nicht heißt, sie ist bereits tot."

„Das glaube ich nicht. Ich spüre es. Auf eine transzendente Weise bin ich mit ihr verbunden. In meinen Träumen begleite ich sie immer wieder in den Wald."

Hausmann kam zu ihr herüber und setzte sich auf den freien Stuhl. „Was wollte sie denn von dir?"

„Ich solle sie zu Luis bringen, hat sie gesagt."

„Zu Luis Fenger?"

Dörte nickte. „Ich hab ihr natürlich erklärt, dass das schwierig ist. Aber sie meinte, sie müssten zusammen in den Wald gehen, sonst würde das alles niemals enden."

„Dieser verfluchte Wald!", platzte es aus Hausmann heraus. „Man müsste ihn gründlich durchkämmen. Rießling ist nämlich auch verschwunden. Und ich wette, er ist im Wald. Seine Assistentin haben wir tot auf dem Parkplatz gefunden. Sie sah mindestens so alt aus wie Clara Brehm."

„Moment! Sagtest du Brehm?", fragte Dörte erstaunt.

Hausmann nickte. „Sie ist die Tochter von Gottfried. Und es wird noch besser. Er hat die Akten von 77 manipuliert, um zu verschleiern, dass er damals Jäger Fenger erschossen hat."

Ungläubig schüttelte Dörte den Kopf. „Warum?"

„Offenbar hat er sich nicht mehr anders zu helfen gewusst, Clara war wie magnetisch angezogen von dem Wald und er hatte Angst, sie zu verlieren. Ich glaube auch, er dachte, dass Fenger von dem Geist besessen war. Oder dem Dämon, was weiß ich. Da bist du besser als ich."

„So langsam wird mir einiges klar. Die Puzzleteile fügen sich zusammen. Ich denke, dass in dem Moment, als Luis Fenger diesen Liebesschwur in den Baum geritzt hat, dieser unumstößlich zu seinem Schicksal wurde. Und zu Claras Schicksal. Der Baumgeist versucht immer noch, diesen Wunsch zu erfüllen, nur vielleicht nicht so romantisch, wie sich die beiden das damals vorgestellt hatten. Sogar alles andere als das. Als Brehm den Jäger erschossen hat, ist der Geist vielleicht einfach nur in den Baum zurückgekehrt, weil es keinen anderen Ausweg für ihn gab. Aber nun, viele Jahre später, muss Rießling ihn erweckt haben und er erinnert sich immer noch an diesen Schwur."

„Und die Jungs? Tobi und Milan?"

„Die waren zur falschen Zeit am falschen Ort. Wobei das vielleicht unter Schicksal zu verbuchen ist."

„Wenn stimmt, was Milans Mutter Brehm erzählt hat, dann sind die beiden in die alte Fenger-Villa eingebrochen. Und dort sind sie auf den Geist getroffen. Oder auf Rießling."

„Sehr gut möglich", stimmte Dörte zu. „Rießling hatte den Baumstumpf aus dem Baumkreis entfernen lassen. Vielleicht hat er ihn in seine Villa gebracht. Es muss dafür einen Grund gegeben haben."

„Geldgier, wenn du mich fragst", sagte Hausmann. „Aber da hat er sich gründlich verrechnet."

„Ja, das glaube ich auch."

„Na schön, dann sollte ich Brehm jetzt erklären, dass das falscher Alarm war und wir weiter nach Clara suchen müssen."

„Sie ist im Wald. Da bin ich mir fast sicher."

„Ich hatte befürchtet, dass du das sagst. Eigentlich sollte ich eine Hundertschaft anfordern und sie suchen.

Aber dann steigt mir mein Chef aufs Dach. Der glaubt jetzt schon, ich würde Ressourcen verschwenden. Ich soll den Fall abschließen, wurde mir geraten. Aber das ist natürlich ein Witz!"

„Ich komme mit."

„Es ist sicher gefährlich dort drin."

Dörte zuckte mit den Achseln. „So, wie ich das sehe, ist das längst nicht mehr auf den Wald begrenzt. Wo wurde die Assistentin von Rießling getötet?"

„Vor der Firmenzentrale, fünf Kilometer vom Wald entfernt."

„Siehst du? Wenn wir nicht zu diesem Waldgeist kommen, kommt er raus."

„Eine schreckliche Vorstellung."

„Also, gehen wir? Kommt Martina auch mit?"

„Sie ist raus zur Klinik gefahren, um ihren Sohn zu besuchen."

„Und Brehm? Sollen wir ihn mitnehmen?"

„Ich denke, es reicht, wenn ein betagtes Mitglied dieser Familie im Wald herumstreunt. Mir ist nicht wohl bei der Sache, wenn ich einen 84-Jährigen durch den Wald scheuche. Er hat sich schon zu sehr in den Fall eingemischt. Und ich traue ihm immer noch nicht ganz über den Weg."

„Dann bleiben nur wir zwei." Sie setzte ein Lächeln auf. „Bekomme ich jetzt so etwas wie ein Hilfssheriff-Abzeichen?"

„Aber natürlich. Ich hab jede Menge davon im Wagen", sagte Hausmann in ironischem Tonfall und erhob sich aus dem Korbstuhl.

18

Martina Wagenhorst merkte gar nicht, dass sie stetig langsamer fuhr. Unbewusst nahm sie immer mehr den Fuß vom Gas, je näher sie der psychiatrischen Klinik kam, in der ihr Sohn lag. Heute Morgen hatte sie sich fest vorgenommen, ihn abzuholen. Doch nun graute es ihr vor dem Moment, wenn sie ihn wiedersehen würde. Würde seine Reaktion genauso abweisend und schroff ausfallen wie beim letzten Mal? Er erkannte sie offenbar nicht. Und das schmerzte sie am meisten. Aber dennoch wollte sie ihren Jungen nicht dort in der Klinik lassen, wo man ihn möglicherweise doch mit Medikamenten ruhigstellte. Zudem glaubte sie nicht, dass man ihm in der Psychiatrie auf andere Weise helfen konnte. Nicht, nachdem sie mehr erfahren hatte über diesen obskuren Fall. Innerlich war sie immer noch nicht davon überzeugt, dass ein uralter Geist aus dem Wald von ihm Besitz ergriffen hatte. Irgendetwas in ihr weigerte sich beharrlich, zu akzeptieren, dass es hier nicht mit rechten Dingen zuging.

Sie war ein zutiefst rationaler Mensch, eine Polizeibeamtin. Sie glaubte an Recht und Ordnung, an Dinge, die man anfassen konnte. Aber das hier war alles nicht greifbar. Diese Vorstellung verwirrte sie am meisten. Es macht ihr regelrecht Angst, absolut keine Kontrolle über die Geschehnisse zu haben. Aber das war noch ein Grund, ihren Sohn abzuholen. Sie musste den letzten Rest Kontrolle bewahren und sich der Situation stellen, so unangenehm sie sein mochte. Stark sein, lautete die Devise. Nur so konnte sie Tobi die Stütze sein, die er jetzt so dringend brauchte.

Martina Wagenhorst bog ab und fuhr auf den Parkplatz der Klinik. Unweit des Haupteingangs stellte sie ihren Kombi ab und sah hinüber zum Gebäude.

Jetzt war es soweit.

Sie raffte ihre Tasche, zog ihren Schlüssel aus dem Zündschloss und öffnete die Tür. Schnellen Schrittes ging sie auf den Eingang zu. Nur nicht zu lange zögern, nicht warten. Einfach durchziehen und machen. Sie wusste doch, wie das ging. Im Beruf musste sie das täglich machen. Vielleicht sollte sie sich genau diese professionelle Art jetzt auch angewöhnen – so sehr es ihr widerstrebte. Wagenhorst schritt durch die Türen in den Empfangsbereich und meldete sich an der Rezeption an.

Die Schwester sah sie verdutzt an. „So viel Besuch am frühen Morgen?"

„Wieso viel Besuch?", hakte Wagenhorst nach.

„Tobias' Oma ist schon oben. Seit ungefähr einer halben Stunde."

Wagenhorst zog die Stirn kraus. „Seine Oma? Aber die wohnt 500 Kilometer weit weg." Sie zögerte und überlegte kurz. „Haben Sie sie angerufen und informiert?"

„Nein, wir haben nichts dergleichen getan. Sie ist einfach aufgetaucht und wir dachten, vielleicht würde es dem Jungen helfen, wenn er noch jemanden aus seinem bekannten Umfeld um sich hat. Das weckt womöglich Erinnerungen und hilft ihm dabei, den Weg zurück in die Realität zu finden."

„Ja, das klingt natürlich gut, aber ich glaube dennoch nicht, dass seine Oma extra hergekommen ist. Sie hätte mit dem Zug fahren müssen und wie wäre sie dann bis hierhergekommen?", überlegte Wagenhorst laut.

„Also, das weiß ich leider auch nicht. Sie ist ganz normal durch die Tür hereingekommen. Aber lassen Sie uns doch gerne selbst nachsehen." Die Schwester entriegelte den Zugang zum Stationsbereich und führte Martina Wagenhorst hoch in das Zimmer von Tobias. Sie klopfte zweimal und öffnete dann die Tür.

Tobi saß auf dem Bett und sah aus dem Fenster. Ansonsten war das Zimmer leer. Es war weit und breit keine Großmutter zu sehen.

„Tobi? Ich meine ... Luis", sagte die Schwester. „Wo ist denn deine Oma hin?"

Langsam drehte sich Tobi um, setzte ein schwaches Lächeln auf und sagte: „Sie ist wieder gegangen."

„Aber ...", stutzte die Schwester, „dann hätte ich sie doch unten rausgehen sehen."

„Würden Sie uns vielleicht einen Moment allein lassen?", bat Wagenhorst.

Die Schwester sah sich noch einmal irritiert im Raum um, ging zum Badezimmer, warf einen kritischen Blick hinein und verließ dann Tobis Zimmer.

„War wirklich deine Oma hier?", fragte Wagenhorst und setzte sich neben den Jungen aufs Bett.

„Du würdest es nicht verstehen."

„Vielleicht ja doch? Wir haben schon einiges herausgefunden, weißt du?"

Tobi sah sie skeptisch an. „Ich möchte gerne gehen."

„Ja, das verstehe ich. Und ich bin hergekommen, um

dich abzuholen." Sie musterte ihren Sohn und versuchte, sich auszumalen, was in ihm vorging. Er wirkte zugänglicher als beim letzten Mal. Lag es an einem Medikament oder ging es ihm aus einem anderen Grund besser? „War Clara eben hier?", fragte sie plötzlich.

Für einen Moment spiegelten Tobis Augen einen Anflug von Traurigkeit, dann lächelte er wieder. „Ich fühle mich jetzt schon viel besser", sagte er. „Können wir nach Hause gehen?"

„Wir haben ja später noch Zeit, uns zu unterhalten." Martina Wagenhorst stand auf und klingelte nach der Schwester. „Pack deine Sachen, ich regle das mit dem Arzt."

Wenige Minuten später unterzeichnete sie alle notwendigen Papiere für die Entlassung auf eigene Gefahr.

„Sie sind sich bewusst, dass Sie die volle Verantwortung übernehmen?", fragte Dr. Horvath und sah Wagenhorst mit seinen stahlblauen Augen durchdringend an.

„Ich habe das doch schon gesagt. Und jetzt haben Sie es auch schriftlich." Sie übergab dem Arzt drei Blätter.

„Soll ich Ihnen wirklich keine Medikamente mitgeben, nur für den Notfall?"

„Nein, sicher nicht!"

„Aber Sie versprechen mir, einmal die Woche mit Tobi zur Therapie zu gehen, das ist der Deal!"

„So steht es dort auf dem Formular. Ich halte mich an Recht und Gesetz – und an Vereinbarungen", sagte Wagenhorst und nickte dem Arzt zu.

„Schön, dann wünsche ich Ihnen viel Glück und gute Besserung", erklärte Dr. Horvath und legte die Papiere in die Patientenakte.

„Können wir jetzt gehen?", fragte Tobi.

„Das können wir", bestätigte Wagenhorst und legte den Arm um seine Schulter.

Tobi ließ es geschehen. Er zeigte keine Spur mehr des abweisenden Verhaltens von vor ein paar Tagen.

Martina Wagenhorst fühlte Hoffnung in sich aufkeimen. Alles könnte gut werden, mit Geduld und Ruhe. Es war die richtige Entscheidung, ihn nach Hause zu holen, davon war sie nun absolut überzeugt.

Sie traten den Weg nach draußen an.

Dr. Horvath sah ihnen noch eine Weile nach, wie sie durch den Eingangsbereich hinaus auf den Parkplatz gingen. „Wenn das mal gut geht ...", murmelte er und schüttelte dabei den Kopf.

***

Dörte sah hinüber zu Kommissar Hausmann, der am Steuer saß und seinen Mercedes durch den immer dichter werdenden Nebel steuerte. Die graue Suppe war mittlerweile so dick geworden, dass man kaum zehn Meter weit sehen konnte. Der Kommissar schlich über die Landstraße und fluchte unentwegt. Das miese, klamme Wetter schlug ihm ganz schön aufs Gemüt. Dörte musste innerlich schmunzeln, wie der Polizist so mit den Zähnen mahlte und mit grimmigem Blick durch die Windschutzscheibe starrte, als könnte er damit den Nebel verscheuchen.

Vielleicht sollte sie ihn aufmuntern? Einfach weiter versuchen, ihre übliche Fröhlichkeit zu verbreiten. Dörte wusste wohl, dass der Anlass ihres Besuchs im Fengerholz alles andere als erfreulich war – und sie bemerkte längst an sich selbst, wie einem die Ereignisse der letzten Tage zu schaffen machen konnten. Aber es half nichts. Sie mussten vor Ort weiter ermitteln, wenn sie eine Chance haben wollten, diesen Fall abzuschließen. Bei diesem Gedanken spürte sie sogar eine gewisse Aufregung, einen latenten Nervenkitzel, in sich. Der Kommissar schien sie als Mitglied des Ermittlungstrupps endlich voll akzeptiert zu haben. Auch wenn er das sicher nicht direkt zugeben würde.

„Hier muss es doch irgendwo links abgehen, verflucht noch eins", brummte Hausmann und kniff die Augen halb zusammen. Mit einem Mal bremste er abrupt. Fast hätten sie die Abzweigung verpasst, die von der Landstraße zum Waldweg führte. Er setzte ein Stück zurück, kurbelte am Lenkrad und bog dann nach links auf den Feldweg ab, der zu Rießlings Villa führte.

Schlagloch um Schlagloch ließ den Oldtimer poltern und klappern. Nach wenigen hundert Metern gab es einen dumpfen Schlag, gefolgt von einem metallischen Quietschen, das immer weiter anschwoll und sich mit einem Schleifen mischte. Der Mercedes ruckelte und zog leicht nach rechts.

Hausmanns Gesicht wurde vollends zu Stein. „Scheiße!", knurrte er und ließ den Wagen ausrollen. Er versperrte nun komplett den Weg, aber Hausmann war es egal. Wer sollte hier schon durchwollen?

Dörte zwang sich zu einem Lächeln. Das würde ein hartes Stück Arbeit werden, ihm auch nur ein kleines bisschen Fröhlichkeit beizubringen. „Ach, ein kleiner Spaziergang ist auch gesund. Und viel länger kann das kaum dauern – bei dem Schneckentempo, in dem wir bisher gefahren sind", sagte sie.

Hausmann bedachte sie mit einem grimmigen Blick.

„Immer positiv bleiben!", mahnte Dörte.

Sie stiegen aus und folgten dem Waldweg tiefer ins Fengerholz hinein.

Nach ungefähr 20 Minuten Fußmarsch über den schlammigen Weg kamen sie am Schlagbaum an, der das Anwesen von Rießling abgesperrte. Man konnte von hier aus nicht einmal das eiserne Tor sehen, geschweige denn das Gebäude.

„Kommt es mir nur so vor oder wird es ständig nebliger, düsterer und kälter?", brummte Hausmann.

Dörte zuckte mit den Schultern. „Es wird eben Herbst."

Dafür erntete sie einen skeptischen Blick des Kommissars. „Es ist nicht mal Mittag und ich habe das Gefühl, die Sonne ist längst untergegangen."

„Ja, ein bisschen düster ist es vielleicht. Das stimmt schon", gab Dörte zu.

Hausmann ging seitlich am Schlagbaum vorbei in Richtung Villa. „Wir schleichen mal ums Haus und schauen, ob unser Hauptverdächtiger zu Hause ist. Du bleibst hinter mir, falls es gefährlich wird."

„Vielleicht solltest du doch Verstärkung rufen?"

„Wäre ziemlich sinnlos." Hausmann kramte kurz in seinen Jackentaschen. „Außerdem liegt das Handy im Wagen. Verdammt! "

„Na ja, die Dinger sind eh ungesund. Ich hatte noch nie eins und bin immer gut damit gefahren."

„Freut mich. Und jetzt müssen wir leise sein. Wir

wollen doch keine unnötige Aufmerksamkeit erregen."

Dörte nickte. „Alles klar, Boss."

***

Gottfried Brehm hatte sich geschworen, nie wieder einen Fuß in diesen Wald zu setzen. Und mehr als 40 Jahre war er diesem Schwur treu geblieben. Doch nun stand er hier am Waldrand und spürte, wie der feuchte Dunst seine Kleider langsam schwer werden ließ. Oder war es die Last auf seinen Schultern? Er fühlte sich wieder ins Jahr 1977 versetzt, als er beinahe mehr im verfluchten Fengerholz unterwegs gewesen war als zu Hause zu sein. Genau wie damals stand er hier, um nach seiner Tochter zu suchen. Sie konnte nirgendwo anders sein als in diesem Wald, in dem das Unglück seinen Anfang nahm.

Die Jahrzehnte über hatte das Unheil im Verborgenen geschlummert, so dass man sich in trügerischer Sicherheit wiegen konnte. Doch insgeheim hatte er gewusst, dass es noch da war. Und dass seine Tochter nie ein normales Leben führen könnte und immer ein Pflegefall bleiben würde. In lichten Momenten war sie kurz im Hier und Jetzt, sie schien ihn zu erkennen, aber gesprochen hatte sie nie mehr. Es war, als sei nur ihre körperliche Hülle aus dem Wald zurückgekehrt, als streife ihr Geist immer noch im Nebel umher, unfähig, je wieder daraus zu entkommen. Es war schmerzlich, sich das einzugestehen. Doch er musste erkennen, dass er nicht stark genug war, es zu verhindern. Dass er damals versagt hatte.

Ihm blieb nur noch eines zu tun: Er musste die Sache zu Ende bringen. Ganz gleich, wie dieses Ende aussehen

200

mochte. Brehm tat einen Schritt nach vorne, dann noch einen. Prompt war er vom Nebel verschluckt.

19

Die Villa Rießlings schien verlassen. Im Inneren brannte kein Licht, auf Klopfen und Klingeln reagierte niemand. Das musste freilich nicht bedeuten, dass Rießling nicht dort drinnen sein könnte und sich versteckte. Doch Hausmann glaubte im Grunde nicht daran. Er hoffte sogar, dass es nicht so wäre.

„Schau mal hier, ich glaube, die Kellerluke ist aufgebrochen worden!", rief Dörte zu Hausmann herüber. „Die haben nur ein Brett drübergelegt."

Hausmann kam zu ihr und sah sich die Platte an. „Ich wette, Milan und Tobi sind hier eingestiegen."

„Gehen wir auch rein?", fragte Dörte.

„Dürften wir eigentlich nicht."

„Aber?"

„Machen wir trotzdem", sagte Hausmann grimmig.

„Meinst du denn, der Kerl ist da drin?"

„Nein, würde mich eher wundern. Ich hoffe, dass wir stattdessen ein paar Anhaltspunkte finden, was hier passiert ist. Pack mal mit an." Er griff auf der linken Seite unter die Holzplatte und Dörte nahm die rechte Seite.

Sie zogen sie langsam nach oben. Die Schrauben und Nägel, mit der die Platte nur provisorisch befestigt worden war, rutschten aus dem morschen Holz der Luke darunter. Der Zugang zum Keller war frei.

Als Erster ging Hausmann hinunter. Das wenige Licht, das sich durch Bäume und Nebel quälte, reichte kaum aus, um die Umrisse des Gewölbekellers zu erkennen. Er hörte, wie Dörte die Stufen hinabstieg und hinter ihm herkam. Auf der Suche nach einem Lichtschalter bahnte er sich seinen Weg durch chaotisch abgestellte und teilweise umgestoßene Kartons und Umzugskisten.

Mit einem Mal tauchten Neonröhren alles in ein grelles kaltweißes Licht. Hausmann fuhr herum.

Dörte zwinkerte ihm zu. Sie hatte den Schalter gefunden.

Mit einem anerkennenden bedankte sich Hausmann und wandte sich dann wieder dem Kellerbereich vor sich zu. Am hinteren Ende eines Gangs sah er eine Kammer, deren Tür offenbar aus den Angeln gerissen worden war. Holzsplitter und Schmutz lagen verstreut herum.

„Hier ist irgendwas passiert", murmelte er und ging näher heran. Er drückte auf einen Schalter rechts des Durchgangs und eine Funzel erhellte den Verschlag, der seinerzeit vielleicht einmal ein Lagerraum für Kartoffeln oder Ähnliches gewesen sein mochte. Jetzt befand sich darin nur Asche – in der Mitte ein größerer Haufen und drumherum eine dichte Schicht, die mehr oder weniger den ganzen Boden bedeckte. Es waren Fußspuren darin zu sehen. Vom Eingang aus inspizierte sie Hausmann. Drei Personen hatten sich hier drin aufgehalten, allem Anschein nach zwei Männer mit Schuhgrößen um die 45 bis 46 und eine Frau mit Stöckelschuhen, deren Größe schlecht abzuschätzen war.

„Interessant", sagte Hausmann.

„Ja, keine Abdrücke, die zu Kindern oder Jugend-

lichen passen", stimmte Dörte zu, die neben Hausmann
getreten war und ebenfalls die Spuren in Augenschein
nahm.

„Sehr gut", lobte Hausmann. „Das bedeutet entweder, dass die Jungs nicht hier drin waren oder dass die
Asche später entstanden ist."

„Asche von was?", fragte Dörte.

„Wenn ich raten müsste, würde ich sagen, Asche von
dem Wurzelstock des Baumes, den Rießling aus dem
Baumkreis entfernt hat."

„Das wäre schlecht", meinte Dörte.

„Wieso das?"

„Nun, ich hatte gehofft, wir könnten den Baumstumpf benutzen, um den Geist anzulocken und ihn
wieder darin einzuschließen."

„Ach, und wie hätten wir das machen sollen?"

Dörte zuckte mit den Schultern. „So weit war ich
noch nicht."

„Wir brauchen einen Plan mit etwas mehr Substanz,
fürchte ich", sagte Hausmann und wandte sich von dem
Verschlag ab. „Vielleicht sollten wir oben nachsehen, ob
es weitere Hinweise gibt."

Da der Weg aus dem Keller in den Wohnbereich von
einer dicken Stahltür versperrt war und oben alle nach
außen führenden Türen und Fenster ebenfalls fest verschlossen waren, blieb ihnen nichts anderes übrig, als die
Innenräume durch die Fenster in Augenschein zu
nehmen. Drinnen sah alles relativ normal aus. Hausmann
bemerkte jedoch, dass eine der großen goldenen Vasen,
die er bei seinem ersten Besuch hier gesehen hatte, vom
Sockel gestoßen und zerschlagen worden war. Der Couch-

tisch weiter vorne, an dem er Tee getrunken hatte, war abgeräumt worden. Schälchen, Kerzen und Tassen lagen verstreut herum. Es sah aus, als hätte jemand mit roher Gewalt etwas ins Glas geritzt.

Hausmann kniff die Augen halb zusammen. „Knochen und Blut ... an der Seele Abgrund", entzifferte er.

„Was sagst du?", hakte Dörte nach, die derweil auf der Veranda herumging und nach Spuren suchte.

„Der hat was in den Tisch gekratzt", antwortete Hausmann.

„Rießling?"

„Ich schätze schon", vermutete der Kommissar. „Doch was meint er damit? Knochen und Blut an der Seele Abgrund?"

„Schwer zu sagen. Ich denke, die Seele ist wohl das, hinter dem dieser Geist her ist."

„Und Blut und Knochen?"

„Das steht wohl für das Körperliche, das Gegenstück zur ätherischen Seele."

„Aber wieso Abgrund?"

„Ich könnte mir höchstens vorstellen, dass damit irgendwie der Moment gemeint ist, wenn beide voneinander getrennt werden", erklärte Dörte ihre Theorie.

„Hmmm ...", brummte Hausmann. „Und wenn das passiert, zerfällt der Leib bald darauf zu Asche. Das haben wir ja an Milan und dem Wachmann gesehen. Ich vermute, mit dem Körper von Judy March wird bald das Gleiche geschehen. Wahrscheinlich ist deshalb die Leiche des kleinen Luis Fenger damals nie gefunden worden."

„Sofern Brehm das im Bericht nicht auch verschwiegen hat", warf Dörte ein.

„Richtig, das ist eine weitere Option. Aber warum sollte er?"

Dörte zuckte mit den Schultern. „Nur so ein Gedanke. Bisher hat er immer nur Details offenbart, wenn es aussichtslos war, sie weiter geheim zu halten. Viel wichtiger ist aber: Was machen wir jetzt?"

„Guter Punkt. Wir haben geschätzt noch drei bis vier Stunden Licht, sofern man das hier Licht nennen kann." Er zeigte zum grauen Himmel, der sich kaum vom nebligen Dunst abhob. „Die Zeit sollten wir nutzen, um Clara Brehm zu suchen – für den Fall, dass sie sich im Wald aufhält."

Dörte setzte ein Lächeln auf. „Darf ich es versuchen?"

„Was meinst du damit?"

Sie griff in ihre Jackentasche und holte ihre goldene Wünschelrute heraus. „Ich denke, wenn sie hier ist, dann könnte das vielleicht der einzige Weg sein, sie aufzuspüren. Es sei denn, du hast einen besseren Vorschlag."

Hausmann seufzte schwer, deutete dann vom Haus weg in Richtung Wald. „Bitte, nach dir!"

***

Martina Wagenhorst schreckte auf der Couch in ihrem Wohnzimmer hoch. Einen Moment lang hatte sie Schwierigkeiten, zu erkennen, wo sie war. Sie hatte einen fürchterlich beklemmenden Albtraum gehabt, aus dem sie eben noch glaubte, sich nicht mehr befreien zu können. Doch es war ihr gelungen. Und nun begann schon die Erinnerung daran zu verblassen. Sie wusste nur noch eines mit Sicherheit: In dem Traum war sie uralt gewesen, so alt, dass sie beinahe ihr eigenes Spiegelbild nicht erkannt hätte. Der Rest des Traums lag hinter einem Schleier. Das klamme Gefühl aber hockte noch in ihrer Brust.

Wagenhorst schüttelte sich, sie wollte einen klaren Kopf bekommen. Wie lange hatte sie geschlafen? Ein Blick hinüber zur Uhr über der Tür verriet, dass es schon 16 Uhr war. Das hieß, sie musste mehr als 3 Stunden hier gelegen haben. Konnte das stimmen?

Ein Gedanke schoss ihr in den Sinn: Was war mit Tobi? War er wieder wach? Sie stand ruckartig auf. Nach dem Mittagessen hatte sie ihn ins Bett geschickt und war danach offenbar selbst weggenickt. Sie lauschte. Alles war still, dann ein merkwürdig lautes Klappern, das offenbar aus dem Treppenhaus kam. Irritiert ging sie in den Flur und sah die Wohnungstür offen stehen. Gegenüber trug gerade Gertrud Mayer ihre Einkäufe in die Wohnung.

„Scheiße!", rief sie aus, so dass es im Flur laut nachhallte. Irritiert fuhr Frau Mayer herum.

Wagenhorst kümmerte sich nicht darum und hetzte in Tobis Zimmer. Sie fand es leer. Das Bett war längst kalt. Ihr Blick fiel auf einen Zettel auf dem Schreibtisch. Eilig schritt sie hinüber und las.

„Ich danke Ihnen für alles. Aber ich kann hier nicht bleiben. Tut mir leid."

„Verdammt!", brüllte sie und sank in die Hocke. Das hätte ihr nicht passieren dürfen. Wieso hatte sie die verfluchte Tür nicht abgeschlossen? Wie konnte sie so dämlich sein, einfach einzuschlafen?

Das Handy surrte in der Hosentasche. Wagenhorst

reagierte erst nicht, aber das Gerät ließ nicht locker. Sie ging ran.

„Ja?", fragte sie abwesend.

„Kollegin Wagenhorst? Hier ist Birgit aus der Wache."

„Es passt gerade nicht besonders."

„Muss aber sein."

„Ich bin im Urlaub."

„Das weiß ich, aber ich muss wissen, wo Hausmann steckt. Der Chef macht mir die Hölle heiß. Er war seit gestern nicht in seinem Büro, er geht nicht an sein Handy und zu Hause scheint er auch nicht zu sein."

„Ja, aber was wollen Sie von mir? Hier ist er nicht. Hier ist überhaupt niemand!", sagte sie zunehmend gereizt.

„Hören Sie, wir haben drei neue Vermisstenmeldungen, alle sollen im Zusammenhang mit dem Wald stehen, in dem Hausmann ermittelt."

„Ich bin nicht zuständig."

„Lassen Sie den Blödsinn. Sie stecken da mit drin, Sie mischen sich in den Fall ein, obwohl das gar nicht Ihr Bereich ist. Wir alle wissen das."

Martina Wagenhorst schwieg.

„Treiben Sie ihn auf. Es ist besser für Sie, für ihn. Und für mich, verdammt noch mal. Sie wissen doch, was für ein Gipskopf unser Herr Chef ist!"

„Ich gehe ihn suchen", sagte Wagenhorst. „Aber vielleicht wäre es besser, wenn er etwas Unterstützung in dem Fall bekäme. Wenn nun weitere Leute verschwunden sind, dann kann er das unmöglich allein regeln."

„Er hat doch Sie", meinte Birgit.

„Na schön. Aber tun Sie mir auch einen Gefallen. Setzen Sie Tobias Wagenhorst auf die Vermisstenliste, er ist mein Sohn, Sie haben alle Daten im Computer." Wagenhorst nahm das Handy vom Ohr. Nachdem sie aufgelegt hatte, starrte sie es noch eine Weile an. „Gipskopf", hallte es in ihren Ohren nach. Das waren doch mehr oder weniger alles Gipsköpfe auf dieser Dienststelle.

Sie stand auf und ging hinüber ins Schlafzimmer. Aus dem Schrank holte sie alles an Outdoor-Kleidung und Ausrüstung, was sie finden konnte. Dann packte sie einen Rucksack mit Proviant, Erste-Hilfe-Set, Jagdmesser, Dienstwaffe, Feuerzeug, Seil und allem anderen, was sie potenziell für nützlich hielt. Wenn sie schon in den Wald musste, dann wollte sie wenigstens bestmöglich vorbereitet sein. Dass Hausmann dort sein würde, daran zweifelte sie keinen Augenblick. Aber warum nahm der Idiot nicht mal sein Handy mit? Sie steckte ihr Smartphone in den Rucksack, schnürte ihn zur und verließ ihre Wohnung. Draußen dämmerte es bereits. Es war selten dämlich, jetzt in den Wald zu fahren, aber ihr blieb keine Wahl. Sie konnte unmöglich zu Hause herumsitzen und Däumchen drehen, während ihr Sohn sich dort herumtrieb und womöglich in höchster Gefahr schwebte.

***

Dass es hier nicht mit rechten Dingen zuging, davon war Kommissar Hausmann nun endgültig überzeugt. Dörtes Wünschelrute hatte sie sehr zuverlässig zum Baumkreis geführt, an dem der tote Milan vor etwa einer Woche gefunden worden war. Doch ebenso zuverlässig schien sie auch nirgendwo anders hinführen zu wollen. Sie hatten bereits zweimal versucht, dem Wald zu entkommen, aber sie landeten immer wieder hier. Sosehr sie sich bemühten, einfach stur geradeaus in eine Richtung zu laufen, alle Wege schienen im Kreis zu führen. Früher oder später kamen sie immer wieder hier an.

Der Baumkreis war immer noch völlig verlassen, er lag schweigend im Nebel, so als wartete er auf eine bevorstehende magische Zusammenkunft oder ein Ritual. Zumindest kam es Hausmann so vor, während das graue Licht des Tages allmählich verschwand und die Nacht hereinbrach. In die sich ausbreitende Finsternis mischten sich immer wieder zaghafte Leuchtspuren. Hausmann musste an die Nacht denken, als er von seinem Auto aus den Wald beobachtet hatte und meinte, Nordlichter über den Wipfeln der Bäume tanzen zu sehen. Sein Gefühl sagte ihm, dass es wohl weniger Nordlichter als Irrlichter gewesen sein dürften, die hier umherstreiften. Auch ein immer wieder anschwellendes Säuseln oder Flüstern, das aus keiner bestimmten Richtung zu kommen schien, beunruhigte ihn.

Von den übernatürlichen Phänomenen abgesehen hatten sie aber auch handfeste Probleme. Es wurde kalt und dunkel und sie fanden sich praktisch ohne adäquate Ausrüstung in einer potenziell bedrohlichen Situation wieder. Hausmann fluchte innerlich, dass er sich nicht besser vorbereitet hatte. Am meisten ärgerte ihn der Gedanke, dass er nicht einmal einen Schokoriegel in der Tasche hatte, der seinen quälend niedrigen Blutzuckerspiegel anheben konnte.

Sogar Dörte schien die Situation sichtlich aufs Gemüt zu schlagen. Ihm war schon zuvor aufgefallen, dass ihre fröhliche Fassade Risse bekommen hatte. Und es war kein Wunder bei der Entwicklung, die dieser Fall genommen hatte. Nun spiegelte ihr Gesicht unverhohlene Besorgnis wider.

Wie aufs Stichwort brach Dörte plötzlich das Schweigen. „Ich habe nachgedacht", sagte sie und blieb genau vor dem Loch stehen, in dem früher einmal der fehlende Baumstumpf verwurzelt gewesen war. „Es hat alles mit diesem Baumkreis zu tun. Es ist kein Zufall, dass es uns immer wieder hierherzieht."

„Das scheint offensichtlich", stimmte Hausmann zu und lehnte sich an einen der Bäume.

„Wenn wir mal alle Indizien und Erkenntnisse zusammenfügen, von 1977 bis heute, dann ist es doch immer schlimmer geworden, je mehr Schaden der Baum genommen hat. Der kleine Luis Fenger hatte seinen Liebesschwur für Clara Brehm in den Stamm geritzt und damit den Baumgeist erweckt, der uns noch heute verfolgt. Dann hat sein Vater den Baum gefällt und den Geist endgültig entfesselt und die Lage ist eskaliert."

„Richtig, so weit ist der Ablauf wohl klar, wenn man die offiziellen Akten, die Aussagen Brehms und die des Jungen zusammensetzt."

„Und als Brehm den Jäger getötet hat, von welchem der Geist mutmaßlich Besitz ergriffen hatte, war erst einmal Ruhe. Bis Rießling den Geist durch einen dummen Zufall wieder erweckt hat. Vielleicht war es auch kein Zufall, sondern eine kosmische Koinzidenz, die wir nicht ergründen können. Der Tag jedenfalls, an dem die Jungs dem Geist zum Opfer fielen, war ein besonderer. Das herbstliche Äquinoktium, die Tagundnachtgleiche. Hinzu kommt eine sehr seltene Planetenkonstellation, wenn ich das anfügen darf."

„Sicher, ja. Aber vielleicht beschränken wir uns auf die Fakten."

Dörte verzog den Mund zu einer Schnute. „Das sind Fakten. Aber okay, ich weiß schon, was du meinst. Fakt ist, dass Rießling den Baumstumpf ausgegraben hat. Und dann hat er ihn in seine Villa geschafft, womöglich, um damit esoterisches Schindluder zu treiben. Aber er hat unterschätzt, welche Macht der Baum hat und welches Unheil er in Gang setzt."

„Gut möglich. Klingt auf jeden Fall plausibel. Ich denke, er wollte ein Geschäft daraus machen. Doch bevor er das in die Tat umsetzen konnte, sind die Jungs bei ihm eingestiegen. Nur was haben sie da getan? Haben sie den Geist erzürnt oder so was in der Art?"

„Vielleicht. Ich denke, in dem Stamm war neben dem Baumgeist auch die unsterbliche Seele von Luis Fenger eingeschlossen. Denk mal an die Inschrift, die er einge- ritzt hatte: Clara, du und ich. Für immer!"

„Du meinst, der Geist wollte tatsächlich diesen Wunsch erfüllen? Indem er den beiden die Seelen aus- saugt und mit in den Baum nimmt?"

„Bingo. Aber er konnte das nicht vollenden. Clara entzog sich ihm noch immer. Und das ist bis heute so. Ich denke, der einzige Weg, diesen Spuk zu beenden, ist dem Geist bei seinem Werk zu helfen", erklärte Dörte.

„Bist du jetzt übergeschnappt? Wir sollen ihm helfen?"

„Was könnten wir sonst tun? Sollen wir es machen wie Brehm? Rießling über den Haufen schießen und hoffen, dass es damit endet?"

„Das hat nachweislich nicht funktioniert", gab Hausmann zu.

„Und denk bitte an Tobias Wagenhorst, in dessen Körper immer noch die Seele von Luis steckt. Wir wissen nicht, was mit ihm passiert."

„Du hast recht. Wir müssen Martina mit einbeziehen. Aber wie sollen wir das machen? Ich könnte mir in den Allerwertesten beißen, dass ich das Handy im Auto hab liegen lassen. Ich hoffe nur, dass sie nicht so dumm ist, in den Wald zu kommen."

„Sie wird früher oder später kommen müssen. Und Luis auch."

„Und was zur Hölle hast du dann vor?"

„Sie zusammenbringen. Hier, an diesem Ort."

„Und weiter?"

„Keine Ahnung. Dann lassen wir geschehen, was auch immer geschehen muss."

„Das ist total irre."

„Wenn du einen besseren Plan hast, nur raus damit. Aber ich denke, dass wir sowieso keine Wahl haben. Es wird passieren, irgendwann, irgendwie – wir können höchstens versuchen, es so wenig schmerzvoll wie möglich zu gestalten."

Hausmann machte ein zerknirschtes Gesicht, schwieg aber. Er hasste diesen Fall – zwar nicht erst seit heute, dafür aber immer mehr. Einen besseren Plan – das musste er sich eingestehen – hatte er nicht. Er hatte überhaupt keinen Plan, wenn er ehrlich war.

***

Martina Wagenhorst stellte ihren schwarzen Opel-Kombi hinter Hausmanns Mercedes ab und stieg aus. Aufmerksam sah sie sich in der näheren Umgebung um. So deplatziert wie der Wagen mitten auf dem Weg stand, wirkte es verdächtig auf sie. Der Weg nach vorne war frei. Warum hatte der Kollege seinen Oldtimer hiergelassen? Hatte er eine Panne gehabt? Aber wieso hatte er dann nicht um Hilfe gerufen? Sie spähte durch die Scheibe, konnte aber kaum etwas erkennen, so düster war es mittlerweile. Sie rüttelte am Griff. Das Auto war abgesperrt. Aus dem Rucksack holte sie die Taschenlampe und leuchtete ins Innere. Hausmanns Handy lag in der mittleren Ablage. Hatte er es in der Eile liegen lassen? Womöglich war er einer heißen Spur gefolgt und tat das noch. Nun war jedenfalls klar, warum man ihn nicht erreichen konnte.

Martina Wagenhorst holte ihr eigenes Handy aus der Tasche und wählte die Nummer Birgits auf der Wache. Sie sprach ihr den Standort von Hausmanns Wagen und alle bisherigen Erkenntnisse auf den Anrufbeantworter, nur für den Fall, dass ihr etwas zustoßen sollte. Das war leider nicht auszuschließen. Skeptisch betrachtete sie das Display. Nur noch drei Prozent Akku, sie hatte bei ihrem eiligen Aufbruch von zu Hause vergessen, das Handy aufzuladen. Sie schaltete es ganz aus und verstaute es im Rucksack. Dann folgte sie dem Weg in den Wald hinein.

20

Gottfried Brehm kannte diesen Klang, diese tonlose, kehlige Stimme, die man nie mehr vergaß, sobald man sie einmal gehört hatte. Brehm wusste, sie rief nach ihm. Noch konnte er widerstehen. Das hatte er immer geschafft – sich gezwungen, ihr nicht zu folgen, nicht der Versuchung zu erliegen. Doch es war schwer und erforderte seine ganze Konzentration. Er brauchte Ablenkung. Doch die gab es praktisch nicht in diesem düsteren Grau, das ihn rundherum einhüllte. Brehm schüttelte sich. Es war kalt geworden, sicher kaum mehr als acht Grad. Und bei dieser Feuchte fühlten sie sich an wie drei.

Baumstämme tauchten vor ihm auf und verschwanden hinter ihm wieder im Nebel, Felsen ragten aus dem Boden wie Drachenköpfe, Wurzeln krochen über den Weg. Nichts von alldem kam ihm bekannt vor. Der Wald hatte sich verändert. Oder seine Erinnerung war einfach nicht mehr die beste. Wer konnte das schon sagen bei diesem Wetter?

Dann sah er einen Schatten vor sich. Eine Silhouette kauerte vor ihm auf dem Boden. War das Clara?

Brehm beschleunigte seinen Schritt.

Schnell merkte er, dass die Gestalt zu groß war. Das konnte nicht Clara sein. Er ging nun wieder langsamer, vorsichtiger. War das der Besessene, derjenige, den sich der Geist als Medium gewählt hatte? Er erkannte, dass hinter der ersten Silhouette eine zweite lag, reglos auf dem Boden. Beugte sich der Dämon über sein Opfer?

„Clara!", schrie Brehm und wunderte sich, wie viel vom Nebel sofort verschluckt wurde. „Clara!", schrie er erneut, seine Stimme überschlug sich. Er tastete nach der Pistole in seiner Jacke.

Die hockende Gestalt richtete sich langsam auf.

Brehm zog die Waffe und richtete sie auf sie.

Es war ein Mann. Behäbig drehte er sich herum.

Brehm blieb stehen. Er war nun nah genug, um zu erkennen, dass dies sicher nicht Rießling war. Und die zweite Person am Boden war nicht Clara. Eine tote, ausgezehrte Frau lag dort. Sie wirkte noch älter als der Mann, der vor ihm stand und ihn wortlos anstarrte.

Brehm ließ die Pistole sinken und steckte sie weg. „Wer sind Sie?", fragte er.

„Reinhard Pötsch", presste er hervor. „Meine Frau ..." Er zeigte zu der Toten hinter sich. „Renate ist von diesem Dämon ..." Er brach ab und schüttelte den Kopf. „Ich ... sie war doch erst ... ach, ich weiß nicht mehr ...", stammelte er und schwieg dann erneut.

Brehm trat zu ihm und legte ihm eine Hand auf die Schulter. „Wir können nichts mehr für sie tun. Kommen Sie mit. Sie können doch laufen, oder?"

Pötsch nickte schwach, blickte noch einmal zur toten Renate und folgte dann Brehm in den Nebel.

***

Dieses Gefühl war lähmend und aufwühlend zugleich. Theo Rießling wusste, er war nicht mehr Herr über seinen eigenen Körper. Zwar nahm er sehr wohl wahr, was dort draußen um ihn herum geschah. Bekam mit, was er tat. Doch er war bloß noch ein Zuschauer und konnte nicht eingreifen. Er konnte nichts tun, als diese fremde Macht, die ihn ergriffen und wieder in den Wald geführt hatte, auszuhalten. Auch konnte er nicht verhindern, dass dieses Wesen seinen unbändigen Hunger nach Lebenskraft stillte. Nun sah er, wie die junge Frau vor ihm binnen Sekunden um Jahrzehnte alterte, wie sie schwach wurde, wie sie zusammensackte und starb. Gleichzeitig spürte er, wie das Leben ihn durchströmte, wie es die Macht des Geistes, der in ihm wohnte, immer weiter stärkte. Dann ließ er von der Frau ab, deren greiser Körper in der figurbetonten Sportkleidung grotesk fehl am Platz wirkte.

Rießling spürte, dass sich allmählich etwas änderte, dass dieses Wesen seinem Ziel näher kam. Es war ihm unmöglich, zu sagen, woher er es wusste, aber ein Gedanke bohrte sich in seinen Geist: Die Seelen würden vereint werden.

Er selbst hatte kaum mehr Hoffnung, die eigene Seele zu retten. Er fand kein Mittel gegen das Monster in ihm, so sehr er auch innerlich tobte und auszubrechen versuchte. Er fühlte sich wie von einer unerbittlichen Stahlkralle umklammert. Bei jeder Bewegung packte sie noch fester zu, als wolle sie sein Leben ausquetschen wie eine leere Tube Zahnpasta. Rießling hatte keine Wahl, er musste geschehen lassen, was immer dieser Geist vorhatte.

***

Martina Wagenhorst bahnte sich ihren Weg durch den schummrigen, nebelverhangenen Wald. Abwechselnd rief sie die Namen Tobi und Luis – dann auch nach Kommissar Hausmann. Lange Zeit bekam sie nichts als dumpfes Blätterrauschen als Antwort, hin und wieder hörte sie aber ein Wispern, das ihr jedes Mal Gänsehaut bescherte. Sie hatte längst die Orientierung verloren und stapfte mehr oder weniger planlos durch die Bäume.

Sie machte Rast und holte kurz ihr Handy aus dem Rucksack. Sie schaltete es ein. Die Uhr zeigte 21 Uhr. Konnte es wirklich sein, dass sie schon stundenlang hier herumirrte? Inzwischen hatte sie jegliches Zeitgefühl verloren. Der Akkustand meldete nur noch zwei Prozent. Wenn sie Hilfe holen wollte, dann musste sie es jetzt tun, bevor dem Gerät endgültig der Strom ausging. Doch wen sollte sie anrufen? Brehm? Dörte? Sollte sie auf der Wache um Verstärkung bitten? Die Kollegen würden sie wohl für durchgeknallt halten, wenn sie berichtete, was hier los war. Wenn, dann müsste sie ihnen eine Lügengeschichte auftischen, um sie herzulocken. Ihr war nicht wohl bei der Sache, aber sie musste es versuchen. Allein kam sie nicht weiter, so viel war mittlerweile klar. Wagenhorst wählte die Nummer der Dienststelle.

„Hier ist Martina Wagenhorst, Dienstnummer 13579B. Auf mich wurde geschossen! Ich bin im Fengerholz und werde verfolgt. Schickt Verstärkung. Kommissar Hausmann wird auch im Wald vermisst. Ich weiß nicht, wie lange ..."

Noch bevor der Kollege am anderen Ende antworten konnte, brach die Verbindung ab. Der Akku war leer.

„Fuck!", rief Wagenhorst und stopfte das Handy in

den Rucksack. Hoffentlich nahmen die ihren Hilferuf ernst und schickten Verstärkung.

„Komm zu mir“, hörte sie auf einmal ein Wispern von hinten. Sie erstarrte. Die Stimme klang hohl und weit weg, aber dennoch so unerbittlich und flehend, dass man sich ihr kaum entziehen konnte. Langsam sah sie sich um, leuchtete mit der Taschenlampe die Bäume ab. Dazwischen war nichts außer grauen Nebelschwaden.

„Wir gehören zusammen“, wisperte es wieder und Wagenhorst war, als wäre die Stimme nun näher gekommen und klarer zu hören – als sei das die Stimme eines Kindes.

„Komm zu mir!“, wisperte sie wieder.

„Tobi?“, rief sie in den Wald hinaus.

„Ich bin hier“, antwortete die Stimme.

Martina Wagenhorst stand auf und lief los. Das musste er sein. „Tobi!“, rief sie erneut.

„Ich warte auf dich. Wir müssen zusammen sein!“

Wo kam diese Stimme her? Lief sie in die richtige Richtung? Wagenhorst versuchte die Quelle auszumachen, sie blickte sich immer wieder um, doch außer Nebel und schwachen Lichtspuren war nichts zu erkennen. Die Stimme wisperte wieder. Wagenhorst bog nach links ab, stolperte, wäre beinahe gestürzt, fing sich aber wieder. „Tobi, wo soll ich hin?“

Da sah sie mit einem Mal eine schwarze Silhouette aus dem Nebel kommen.

„Bist du das?“, rief sie.

Doch die Gestalt war zu groß.

„Scheiße!“, entfuhr es ihr. Sie setzte den Rucksack ab, tastete nach ihrer Waffe darin. War das dort vorne der

Dämon? „Rießling?!", schrie sie. „Stehen bleiben, ich hab eine Waffe!"

In dem Moment wisperte es aus der anderen Richtung. „Hier drüben, komm schnell!"

Wagenhorst wandte den Kopf und leuchtete mit der Taschenlampe in die Richtung, aus der sie Tobis Stimme hörte. Nichts. Nur dieses bläuliche Glimmen. Wieder drehte sie sich wieder um. Die Silhouette war verschwunden.

„Rießling?!", schrie sie.

Jemand packte sie von hinten und riss ihr die Waffe aus der Hand. Die Taschenlampe fiel ins Moos und wurde zu einem kleinen grünen Lichtfleck. Wagenhorst versuchte, sich zu wehren, aber schon hatte man sie auf die Knie gezwungen und die Arme auf den Rücken verdreht.

„Lass los!", brüllte sie.

„Pssst!", zischte eine Stimme, die sie nicht zuordnen konnte. „Ich will dir helfen."

Zögerlich hörte Wagenhorst auf, sich losreißen zu wollen. „Lass mich los", wiederholte sie.

„Gleich. Erst musst du mir zuhören. Hör nicht auf diese Stimme im Wald, sie führt dich in die Irre. Du wirst sterben, wenn du ihr folgst."

Wagenhorst dämmerte nun, wer der Kerl war. „Weber!", sagte sie erstaunt.

„Richtig, Weber. Dein krimineller Mitbürger. Und dein bester Freund in diesem Wald."

„Lass mich los, ich muss zu meinem Sohn."

„Das ist nicht dein Sohn, er lässt dich das glauben, aber er ist es nicht. Du musst die Stimme ignorieren."

Allmählich löste sich Wagenhorst aus dem Bann des Wisperns. Je mehr sie mit Weber sprach, desto weniger spürte sie das Verlangen, diesem geisterhaften Wispern zu folgen. Es konnte wahr sein, was er behauptete. Das war vielleicht wirklich nicht Tobis Stimme, sie hatte das nur glauben wollen. „Okay", sagte sie schließlich. „Was machen wir jetzt?"

„Wir brauchen Ablenkung. Immer wenn es zu schlimm wird mit der Versuchung, nehme ich das hier." Weber setzte Wagenhorst einen Kopfhörer auf und startete einen MP3-Player.

Ohrenbetäubendes Geschepper und Geschrei wüteten in Wagenhorsts Gehörgängen. „Was zur Hölle ist das?!", rief sie laut.

Weber stoppte die Musik. „Slayer natürlich. „Reign in Blood", feinster Thrash Metal", sagte er ruhig.

„Das ist doch irre! Thrash Metal gegen Dämonen? Müsste man die damit nicht eher anlocken?"

„Alberne Klischees. Und jetzt komm mit." Er half Wagenhorst hoch und hob ihre Taschenlampe auf. „Bitte, die wirst du noch brauchen."

„Und du, hast du denn keine?"

Weber holte ein Nachtsichtgerät von seinem Gürtel. „Ich bin bestens ausgerüstet, danke."

„Was treibst du eigentlich noch hier im Wald? Warum machst du dich nicht vom Acker, wenn es hier spukt?"

„Du bist ja lustig. Offenbar hast du noch nicht versucht, aus dem Wald wieder rauszukommen. Ich bemühe mich schon seit zwei Tagen darum."

„Scheiße", sagte Wagenhorst.

„Grob zusammengefasst, ja."

„Jetzt weiß ich auch, warum Hausmann nicht mehr aufgetaucht ist. Hast du ihn gesehen?"

„Den dicken Kommissar? Nein. Ich habe tagsüber nur ein paar Pilzsucher und eine Joggerin gesehen. Ich wollte sie warnen, aber sie sind alle vor mir geflohen."

„Kein Wunder, du Aushilfsrambo."

„Mal schön vorsichtig, Du bist hier in meiner Welt, Sheriff."

„Okay, John. Dann schließen wir Frieden. Hilfst du mir, meinen Sohn zu finden? Er muss trotzdem hier im Wald sein, auch wenn das vorhin nicht seine Stimme war."

„So wie ich das sehe, bleibt uns gar nichts anderes übrig, als uns gegenseitig aus der Scheiße zu ziehen. Bleib hinter mir. Und wenn die Stimmen wiederkommen, sag Bescheid, dann geb ich dir ne Prise Slayer."

21

Auch die letzte Runde durch den nächtlichen Wald führte für Hausmann und Dörte nirgendwo anders hin, als zurück zum Baumkreis. Doch sie waren jetzt nicht mehr allein dort. Clara Brehm stand zwischen den Bäumen wie eine Geistererscheinung. In ein langes weißes Nachthemd gekleidet, mit wehenden schneeweißen Haaren und grellen grünen Augen, in denen sich die eisigen Irrlichter des Waldes spiegelten.

Dörtes Wünschelrute zuckte wild herum. Sie blieb stehen und packte Hausmann am Arm. „Warte mal. Vielleicht passiert gleich was."

Stumm warteten sie eine Weile, doch Clara Brehm rührte sich nicht.

„Ist sie echt? Oder wieder nur ein Geist?", fragte Hausmann.

Dörte machte ein unentschlossenes Gesicht und zog die Schultern hoch.

„Frau Brehm?", rief Hausmann in den Baumkreis hinein. „Clara Brehm?"

Statt einer Antwort von Clara wehte ein sanfter Wind um die Bäume, das Wispern aus dem Wald schwoll an. Dann legte sich der Wind wieder.

Dörte trat in den Baumkreis und näherte sich Clara. Sie sah ihr direkt in die Augen. „Clara, wir sind bei dir. Du musst das nicht allein durchstehen." Behutsam ergriff

Dörte ihre Hand und hob sie an. Sie hatte vermutet, dass die Frau vom Wetter ausgekühlt und schwach sein müsste, aber die Hand war warm – wärmer als Dörtes eigene. Dörte setzte ein Lächeln auf. „Wir wollen dir helfen", versicherte sie ihr.

Derweil trat Hausmann unruhig von einem Bein aufs andere. „Dörte, das ist Irrsinn. Wenn du mich fragst, sollten wir sie von hier wegschaffen."

Sofort fegte ein heftiger Windstoß durch die Bäume und zerzauste Hausmanns Haare. Ein Heulen kam aus dem Nebel.

„Er wird es nicht zulassen", sagte Dörte knapp.

„Was sollen wir jetzt bitte machen? Hier warten, bis er sie holt?"

„Ich habe es doch erklärt, wir brauchen dazu Luis. Sie müssen vereint werden."

„Dann sollte ich ihn suchen gehen! Dieses Warten macht mich wahnsinnig. Aber kann ich dich hier mit ihr allein lassen?" Hausmann sah Dörte skeptisch an.

„Sie ist keine Gefahr. Sie weiß, warum sie hier ist. Nicht wahr, Clara?"

Hausmann sah zwischen der stummen weißen Frau und Dörte hin und her. Dann wandte er sich um. Doch bevor er in den Wald hinaustreten konnte, sah er ein Glimmen zwischen den Bäumen. Davor regte sich eine Gestalt. Offenbar bekamen sie Besuch. Instinktiv griff Hausmann an seinen Gürtel und legte die Hand auf die Pistole.

***

Marcus Weber blieb stehen und setzte seinen Kopfhörer ab. Sachte hob er die Hand und bedeutete Wagenhorst, ebenfalls anzuhalten. Dann flüsterte er ihr zu: „Mach die Taschenlampe aus, da vorne sind welche." Er verstellte die Verstärkung an seinem Nachtsichtgerät und beobachtete die Personen, die sich in kurzer Entfernung durch den Wald bewegten.

„Wer ist da vorne?", hauchte Wagenhorst. „Rießling?"

„Ich weiß nicht. Es sind zwei. Sie gehen ziemlich langsam und haben eine Lampe dabei. Ich glaube, es sind zwei alte Opas."

„Opas?"

„Was weiß ich, alte Männer auf jeden Fall."

Sie pirschten sich langsam an die beiden Fremden heran, die nebeneinander durch den Wald trotteten.

Nun sah sie auch Wagenhorst ohne Nachtsichtgerät. Weber hatte recht, sie bewegten sich wie alte Menschen. Ihr kam bereits ein leiser Verdacht, um wen es sich handeln könnte – zumindest bei einem von ihnen.

Als sie auf etwa zehn Meter an die beiden herangekommen waren, blieb einer der beiden Alten plötzlich stehen und fuhr herum. „Ich bin bewaffnet!", schrie er in den Nebel. „Also unterstehen Sie sich, uns anzugreifen!"

„Ich bin auch bewaffnet, Kollege Brehm!", antwortete Wagenhorst und schritt weiter auf die beiden zu.

Brehm leuchtete ihr direkt ins Gesicht und betrachtete sie skeptisch.

„Was soll denn das? Man sieht hier doch schon schlecht genug!", erregte sich Wagenhorst.

„Ich wollte sichergehen, dass das wirklich Sie sind."

„Waren wir nicht längst beim Du?"

„Richtig. Entschuldige."

„Wer ist denn dein Kumpel, ein Bekannter aus dem Pflegeheim?" Wagenhorst deutete auf Pötsch.

Der Angesprochene räusperte sich. „Reinhard Pötsch. Ich hab mich ... verlaufen. Und dann ..."

„Seine Frau wurde Opfer dieses Dämons", kürzte Brehm die Sache ab. „Ich hab ihn gefunden und mitgenommen. Und jetzt verrate du mir, wer dein seltsamer Begleiter ist." Brehm zeigte auf Weber, der sich lässig an einen Baum lehnte und gerade eine Zigarette anzündete.

„Das ist Marcus Weber. Wir ... wir hatten hier im Wald schon miteinander zu tun. Er kennt sich im Fengerholz und den angrenzenden Wäldern sehr gut aus. Er hilft mir, Tobi zu finden", erklärte Martina Wagenhorst.

Brehm bedachte Weber mit einem skeptischen Blick. „Interessant", sagte er knapp und leuchtete ihn mit der Taschenlampe von oben bis unten ab. Weber war komplett in Tarnkleidung gehüllt, am Gürtel baumelten Schlagstock, Nachtsichtgerät, Messer sowie allerhand andere Ausrüstungsgegenstände. „Komischer Typ. Aber wenigstens scheint er halbwegs gut vorbereitet."

„Ich bin immer gut vorbereitet, Opa", sagte Weber und blies den Rauch in Brehms Richtung. „Und du warst ganz sicher auch mal ein Bulle, richtig?"

„Gut, dann haben wir uns ja jetzt alle beschnuppert und kennengelernt", sagte Wagenhorst. „Ich denke, wir sollten von nun an zusammenbleiben oder wie seht ihr das? Das verschafft uns eine bessere Position."

Wie als Untermalung schwoll das Wispern an und mischte sich mit einem entfernt klingenden Heulen.

„Kommt ganz drauf an, was ihr vorhabt", sagte Brehm. „Ich suche Clara und dann verschwinde ich aus diesem verfluchten Wald."

„Das will ich sehen", meinte Weber und drückte seine Zigarette auf der Baumrinde aus.

„Ich war schon in diesem Wald unterwegs, da haben Sie noch in die Windeln geschissen!", erregte sich Brehm.

„Schluss jetzt, das ist das Letzte, was wir gebrauchen können", sagte Wagenhorst scharf. „Ich will nur meinen Sohn holen. Der Rest des Plans deckt sich mit dem von Gottfried. Wir sollten hier verschwinden. Wenn es irgendwie geht, nehmen wir den Kollegen Hausmann mit – und alle anderen, die wir sonst noch finden."

Brehm rang sich ein zustimmendes Nicken ab.

Weber schnaufte verächtlich. „Okay, wenn ihr Bullen meint, dass ihr nen Spezialtrick auf Lager habt, wie man hier wieder rauskommt, meinetwegen, aber ich sage euch gleich, das ist Bullshit. Man kommt nicht aus diesem Wald raus, bevor dieser Geist oder Dämon oder was auch immer hat, was er will."

Ein besorgtes Stirnrunzeln schlich sich auf Wagenhorsts Stirn, dann schüttelte sie den Kopf. „Abwarten", sagte sie. „Ich gebe nicht so schnell auf."

„Also, wo soll es denn nun langgehen?", fragte Weber in sarkastischem Ton.

Noch bevor Wagenhorst oder Brehm antworten konnten, tat sich etwas im Wald. Das Wispern verstummte und wich vollständig einem Wehklagen, das von weit her zu kommen schien. Die Irrlichter und Nebelfetzen gerieten in Bewegung. Das gespenstische Leuchten schien nicht mehr willkürlich zu allen Seiten durch den Wald zu jagen, sondern konzentrierte sich zunehmend in einer Richtung.

„Tja, seht ihr?", fragte Weber. „Was ist euer feiner Plan jetzt noch wert? Gehen wir dorthin? Oder gehen wir gerade nicht dorthin?"

„Ich bin mir ziemlich sicher, was dort ist", meinte Brehm. „Der Baumkreis. Wir sind vielleicht schon zu spät."

„Zu spät für was?", fragte Wagenhorst.

Brehm zuckte mit den Schultern, drehte sich wortlos um und ging schnellen Schrittes davon.

„Zu spät für was, Gottfried? Ist Tobi etwa dort?" Sie eilte ihm hinterher.

„Prima", ätzte Weber. „Es geht also in Richtung des gespenstischen Heulens, warum auch nicht? Ich dachte mir schon, dass die Polizei mal wieder die richtige Entscheidung trifft." Er wandte sich an Pötsch, der unglücklich dreinblickte. „Willst du auch mit, Kumpel? Oder lass ich dich einfach hier?"

Energisch schüttelte Pötsch den Kopf.

„Dann mal los, bevor die Show vorbei ist. Magst du zufällig Thrash Metal?"

Was da aus dem Nebel auf sie zukam, konnte nicht Rießling sein, dafür war die Gestalt viel zu klein. Das musste ein Kind sein.

Hausmann nahm die Hand von der Waffe. „Tobias?", rief er. Dann besann er sich. „Luis, bist du das?", legte er nach.

Der Junge ging einfach weiter direkt auf den Baumkreis zu, in dessen Mitte immer noch Clara Brehm stand.

„Luis, komm am besten zu mir", sagte Hausmann.

„Wir kümmern uns um dich."

Doch der Junge hörte nicht auf ihn. Er schritt zwischen den dicken Eichenstämmen hindurch.

Ein Heulen schwoll an, das aus den Bäumen selbst zu kommen schien. Das diffuse energetische Leuchten verdichtete sich ganz allmählich um den Baumkreis.

Nun regte sich auch Clara. Sie wandte sich dem Jungen zu, der nun vor ihr stand und sah ihn eine Weile stumm an. Dann strich sie mit einer Hand über sein Gesicht und brach ihr jahrzehntelanges Schweigen. „Du bist gekommen! Endlich." Ein Lächeln stahl sich auf ihr Gesicht und wurde immer breiter, so dass sich die Falten um die Augen nur so kräuselten.

„Ich bin wegen dir zurückgekommen", sagte Luis. „Aber frag mich nicht, wo ich gewesen bin."

„Es ist gleichgültig."

Außerhalb des Baumkreises beugte sich Hausmann zu Dörte hinüber. „Verrückt", flüsterte er ihr zu. „Eigentlich treffen die sich doch zum ersten Mal. An dieser Seelenwanderung ist wohl doch etwas dran."

„Schön, dass du es einsiehst", sagte Dörte. „Jetzt müssen wir nur warten, dass alles ein gutes Ende nimmt."

„So einfach?"

„Vielleicht."

„Aber müsste jetzt nicht der Geist auftauchen und sie aussaugen oder so etwas?"

Dörte runzelte die Stirn. Hausmann hatte recht. Wo war der Baumgeist? Er müsste doch nun, da er der Erfüllung des Schwures so nahe war, längst aufgetaucht sein.

„Es fehlt noch etwas", sagte Clara so leise, dass es über das Heulen hinweg kaum zu hören war.

Dörte und Hausmann gingen näher heran.

Nun wiederholte Luis die Botschaft noch einmal lauter. „Es ist nicht vollendet, es fehlt noch etwas."

„Was fehlt?", fragte Dörte. „Was sollen wir tun?"

Aus dem geisterhaften Heulen formten sich Worte: „Knochen und Blut an der Seele Abgrund!"

Dörte und Hausmann tauschten wissende Blicke untereinander aus.

„Körper und Geist?", fragte der Kommissar.

„Ja, das muss es sein!", meinte Dörte. „Die Seelen von Luis und Clara sind hier, aber statt zweier nur ein Körper. Wo sind die sterblichen Überreste von Luis?"

„Er ist doch nie gefunden worden", sagte Hausmann. „Und wenn, dann ist sein Körper zu Asche zerfallen. Die ist bestimmt längst im Boden versickert."

„Ist sie nicht", sagte Clara. „Er hat sie vergraben."

„Wer hat sie vergraben?", fragte Hausmann.

Clara zeigte knapp an Hausmann vorbei in den Wald.

Alle Anwesenden wandten sich um und sahen, wie Gottfried Brehm zusammen mit Martina Wagenhorst, Marcus Weber und Reinhard Pötsch aus dem Nebel kam.

„Er hat sie vergraben. Er weiß, wo die Asche liegt!", wiederholte Clara.

Brehm sank auf die Knie und sah seine Tochter mit Tränen in den Augen an. „Du sprichst! Aber wie?" Seine Stimme klang brüchig.

„Du musst sie holen, Vater", sagte Clara. „Wenn du mich liebst, dann wirst du mir diesen Wunsch erfüllen."

Doch Brehm schüttelte heftig den Kopf. „Ich kann nicht. Das werde ich nicht tun!"

„Was ist hier eigentlich los?", fragte Wagenhorst und

trat vor an den Baumkreis. „Tobias, komm da raus, ich flehe dich an!"

„Luis muss hierbleiben", sagte Clara.

„Das lasse ich nicht zu!" Wagenhorst wollte vorschnellen und in den Baumkreis laufen, doch sie wurde von einer Energieladung zurückgeworfen und gut fünf Meter weit in den Wald geschleudert. Die Irrlichter hatten sich sogleich fest um den Baumkreis geschnürt wie ein Schutzschild.

„Wir können hier nicht weg. Und ihr müsst meine Asche holen, bevor der Geist erscheint", sagte Luis.

Dörte und Hausmann liefen zu Wagenhorst hinüber, die benommen am Boden kauerte. „Alles in Ordnung?", fragte Dörte.

Ein Stöhnen verriet, dass sie bei Bewusstsein war. Sie schüttelte sich und richtete ihren Oberkörper langsam auf, bis sie aufrecht vor Dörte kniete. „Was zur Hölle war das?", murmelte sie. „Ich fühl mich wie vom Laster angefahren."

Hausmann zog Wagenhorst hoch und ein paar Meter bis zum nächsten Baum. „Lehn dich hier an und komm erst mal zu dir."

Dörte schritt hinüber zu Brehm. „Du musst uns verraten, wo Luis Asche ist. Wir müssen dem Treiben ein Ende setzen", forderte sie.

„Ich kann mich nicht erinnern", sagte Brehm abweisend.

„Du alter Trottel, hast du immer noch nicht verstanden, dass du hier rein gar nichts tun kannst außer diesen Schwur zu erfüllen?", fuhr ihn Dörte an.

Brehm funkelte sie aus seinen eisblauen Augen an.

Mit einem Mal wirkte der alte Mann bedrohlich und hart.

Dörte ließ von ihm ab und wandte sich Clara und Luis zu. „Was kann ich tun?"

„Komm näher", sagte Clara und trat zusammen mit Luis an die Energiebarriere um die Bäume heran. Als Dörte näher kam, öffnete sich ein armgroßes Loch darin. Clara zeigte auf Dörtes Gürtel.

„Ach, ja! Jetzt verstehe ich." Sie nahm die Wünschelrute hoch und reichte sie durch das Loch.

Clara und Luis berührten sie und gaben sie zurück.

Das Metall wirkte nun eiskalt zwischen Dörtes Fingern. Sie sah sich in der Runde um. „Wer kommt mit? Ich will nicht allein in den Wald hinaus."

„Das ist wohl ein Fall für das Sondereinsatzkommando", sagte Weber und trat vor. „Auf geht's!"

„Ich bleibe bei Martina", sagte Hausmann. „Und ich passe auf, dass Brehm nichts Unvernünftiges anstellt." Er bedachte den abseitsstehenden Kollegen mit einem argwöhnischen Blick.

„Gut, dann wir zwei. Wie heißt du eigentlich?", fragte Dörte an Weber gewandt.

„In diesen Wäldern nennt man mich Rambo." Er nickte Wagenhorst zu, die sich ein schwaches Lächeln abrang.

Dörtes Wünschelrute zuckte heftig. „Wir beeilen uns besser", sagte sie.

Weber gab Dörte eine Stirnlampe aus seinem Rucksack, dann ließen sie den Baumkreis hinter sich.

Wagenhorst winkte Hausmann zu sich. „Seid ihr total übergeschnappt? Was habt ihr vor?"

„Ich bin der Letzte, dem das hier gefällt, aber Dörte

hat recht. Wir können nichts anderes tun. Wir müssen hoffen, dass es gut ausgeht."

„Das reicht mir aber nicht. Es geht hier um meinen Sohn. Vorhin habe ich Verstärkung gerufen. Ich verstehe gar nicht, warum niemand kommt!"

„Wenn sie ausgerückt sind, irren sie vielleicht noch orientierungslos im Wald umher. Oder der Notruf ging nicht durch."

Wagenhorst lehnte sich nach vorne und nahm ihren Rucksack ab. Sie tastete nach dem Handy darin und holte es heraus. Das Gerät zeigte kurz den Startbildschirm, doch dann nur ein großes rot blinkendes Akku-Warnsymbol. „Scheiße! Hat denn keiner in diesem verfluchten Wald ein Handy, das funktioniert?" Sie ließ sich wieder nach hinten an den Baum fallen und schleuderte das Telefon von sich.

Weiter vorne am Baumkreis flehte Brehm seine Tochter an. „Clara, ich bitte dich! Komm doch heraus, es wird alles wieder gut."

„Du weißt, dass das nicht stimmt. Sieh mich an! Du hast mich in diesem Heim eingesperrt. Dort warten die Leute auf den Tod."

„Ich wollte nur, dass man dir hilft. Du hast ja nicht einmal gesprochen, keiner wusste, was mit dir los ist."

„Du wusstest es. Du hast das immer gewusst."

Brehm spürte, wie es ihm die Kehle zuschnürte. Er wollte antworten, doch er brachte kein Wort mehr heraus. Er ging in kleinen Schritten rückwärts und spürte, wie sich seine Augen mit Tränen füllten. Die Szenerie vor ihm verschwamm hinter dicken Schlieren.

22

Die Wünschelrute führte Dörte und Weber geradewegs ins Dickicht des Waldes. Abseits der sichtbaren Trampelpfade durchschritten sie eine flache Kuhle und stiegen dann einen felsigen Hügel hinauf. Das vom Nebel glitschige Moos auf den Steinen machte das Vorwärtskommen für Dörte nun schwerer. Webers Armeestiefel hatten ausreichend Profil, um auch in diesem Gelände guten Halt zu bieten. Mehrfach ging er voraus und zog Dörte ein Stück hinauf. Sie orientierten sich neu mit der Wünschelrute und gingen weiter in die Richtung, die sie ihnen wies.

„Schon irre, wie dieser Quatsch funktioniert", sagte Weber und zeigte auf den goldenen Draht, der sich in Dörtes Händen bog und immer wieder zuckte. „Sofern es denn funktioniert", schob er nach.

Dörte verzog die Mundwinkel zu einem milden Lächeln. Sie wusste, dass es wenig Sinn hatte, einem solchen Kerl das Wünschelrutengehen erklären zu wollen.

Schweigend gingen sie weiter den felsigen Hang hinauf.

„Wir müssen schon in der Nähe sein", sagte Dörte, deren Rute heftig ausschlug. Sie wollte ihren Schritt beschleunigen, um zu Weber aufzuschließen, der ein paar Meter vor ihr ging, doch sie glitt auf dem Moos aus und rutschte nach hinten. Die Wünschelrute flog in hohem

Bogen davon und prallte hangabwärts klimpernd von den Felsen ab.

„Oh, nein!", schrie Dörte und leuchtete wild mit der Taschenlampe umher. Keine Spur von der Rute.

„Komm hier hoch, wir brauchen das dämliche Teil nicht."

„Was heißt hier dämliches Teil?!", erregte sich Dörte und krabbelte auf allen vieren den Hang hinauf. Sie fand Weber unter einem großen überhängenden Felsen.

Gerade war er dabei, diesen in Augenschein zu nehmen. „Na also!", rief er aus. „Schau mal hier." Er deutete auf eine verwitterte Inschrift, die in den Stein geritzt worden war.

Dörte kam zu ihm und fuhr die Gravierungen mit den Fingern nach. L.F. 77 stand dort geschrieben.

„Das steht hundertprozentig für Luis Fenger und das Jahr 1977. Du hast sicher eine Schaufel, nehme ich an."

„Für wen hältst du mich? Einen Anfänger?" Weber holte seinen Rucksack hervor und machte den seitlich angeschnallten Klappspaten los. Er setzte ihn zusammen und stach in die Erde unter der Inschrift.

Sie mussten nur gut 30 Zentimeter Waldboden abtragen, schon stießen sie auf etwas Blechernes.

Weber hebelte das Objekt mit dem Spaten heraus und gab es Dörte.

Mit einer Hand strich sie die lose Erde beiseite. Es war eine rostige Keksdose. „Wahnsinn", hauchte sie.

„Und jetzt? Aufmachen?", fragte Weber.

„Ich bin mir eigentlich sicher, es ist genau das, was wir suchen. Aber werfen wir besser einen Blick hinein." Dörte öffnete den Deckel und legte den Inhalt frei.

Die Dose war fast randvoll mit Asche, mittig darin lag eine einzelne Eichel wie in einem Bett.

„Was soll das denn sein?", fragte Weber. „Hat dieser alte Grantler sie dort hineingetan?"

„Kann ich mir nicht vorstellen", meinte Dörte.

„Aber wie soll sie dann in eine verbuddelte Kiste gekommen sein?"

„Machen wir es kurz und schmerzlos, Rambo. Das ist Magie! Ich glaube allerdings nicht, dass die Welt des Übersinnlichen was für dich ist." Dörte zwinkerte und verschloss die Dose wieder.

***

„Hilf mir hoch, Bernhard", sagte Martina Wagenhorst und streckte die rechte Hand aus.

„Vielleicht bleibst du besser noch sitzen."

„Jetzt mach! Ich hab lange genug herumgesessen."

Hausmann ergriff Wagenhorsts Hand und brachte seine Kollegin wieder auf die Beine. „Was machen wir eigentlich mit dem Kerl da drüben?", fragte er und zeigte auf Reinhard Pötsch, der schwankend neben einem Baum stand und geistesabwesend in die Gegend starrte.

„Er sollte eigentlich nicht hier sein, da hast du recht. Wir sollten alle nicht hier sein!", meinte Wagenhorst.

„Ich erinnere mich jetzt wieder an ihn, er war mit seiner Frau bei mir auf der Wache und hat etwas von einem Dämon erzählt, der sie im Wald verfolgt hat. Ich habe das damals noch nicht so richtig ernst genommen, ihnen aber verboten, wieder in den Wald zu gehen. Ganz offensichtlich haben sie sich nicht daran gehalten."

„Er sagte vorhin, seine Frau wurde von dem Geist ausgesaugt. Wahrscheinlich passiert uns das allen noch. Was habt ihr euch bei diesem bescheuerten Plan gedacht? Es geht hier um meinen Sohn!"

„Das kann man kaum Plan nennen. Wir haben gar nichts gemacht, außer hier herumzuirren. Sie sind von ganz alleine hier aufgetaucht. Und klar, Dörte hatte diese fixe Idee, die Seelen zusammenzuführen, aber weißt du was? Ich sehe immer noch keine Alternative."

„Und Tobi?"

„Ich hoffe, dass Luis seinen Körper verlässt und alles wieder beim Alten ist."

„Beim Alten?! Ja, treffend formuliert! Was, wenn er ihm auch die Lebenskraft aussaugt? Wenn sein Körper zu Asche zerfällt?" Wagenhorst packte Hausmann mit beiden Händen an der Jacke und schüttelte ihn heftig, so dass sie beinahe das Gleichgewicht verloren hätte.

„Ist gut, jetzt beruhige dich! Wir müssen das Beste hoffen."

„Es ist Irrsinn!", rief Brehm herüber. „Ich habe es euch gesagt. Man darf diesem Dämon nicht geben, was er verlangt. Er wird uns alle vernichten, wenn wir es nicht verhindern."

Wagenhorst ließ von Hausmann ab und sank wieder an dem Baumstamm nieder. „Ich hab keine Kraft mehr", sagte sie matt.

Das Heulen um die Stämme des Baumkreises wurde immer lauter und durchdringender, es klang wie ein ganzer Chor aus schmerzgeplagten Seelen, die unablässig um die Eichen sausten.

Ein gleißendes Licht brach aus dem Wald. Die Schatten der Zweige spannen ein dichtes Netz im Nebel, das umhertanzte, während das Licht immer näher kam. Im Zentrum des Strahlens befand sich eine Figur. Sie wirkte fast durchsichtig und schwerelos, wie sie in pure Energie gehüllt heranschwebte.

„Ist das Rießling?", fragte Hausmann ungläubig, erhielt aber von niemandem eine Antwort.

Man konnte die Gestalt für die eines mittelgroßen Mannes halten, aber außer der blassen Kontur war nichts zu erkennen.

Es formte sich ein wilder Strudel aus Wind und Energie um den Baumkreis. Er züngelte immer wieder heraus in Richtung der nahenden Geistererscheinung. Das gleißende Licht war beinahe unerträglich hell. Clara und Luis waren kaum mehr darin zu erkennen.

Hausmann und Wagenhorst kniffen die Augen zusammen, Reinhard Pötsch ging auf die Knie und krabbelte davon.

Noch während sich der Geist allmählich immer mehr mit der Energie des Baumkreises verband, kamen Dörte und Weber aus dem Wald gehetzt.

Brehm schrie über das anschwellende Heulen hinweg. „Ich lasse es nicht geschehen!" Er ging vor in Richtung des Geistes, zog seine Pistole und schoss.

Für einen kurzen Moment mischte sich ein Kreischen in den Chor der Seelen. Der Geist zögerte, dann züngelte die Energie in Brehms Richtung.

„Lass den Scheiß!", schrie Hausmann.

Brehm zielte wieder. Er drückte ab, doch die Pistole versagte. Er schlug auf sie ein, die Blockade löste sich und Brehm schoss zwei weitere Mal.

„Brehm!", konnte Hausmann noch brüllen und begann, auf ihn zuzulaufen. Doch er erreichte ihn nicht.

Das Energiefeld um den Geist breitete sich aus. Als es Brehm einhüllte, stieß er einen Schrei aus, so spitz in den Ohren wie eine glühende Nadel. Dann sackte er zusammen, sein Körper war vom Hunger des Geistes ausgezehrt. Binnen Sekunden zerfiel er zu Asche und wurde von den Winden zerstreut.

Der Geist verschmolz nun endgültig mit den Energiewirbeln des Baumkreises.

Dörte löste sich aus der Starre, die sie befallen hatte, und schritt vor. „Wir haben, was noch gefehlt hat!", rief sie laut. „Wir geben es dir."

Das Heulen verwandelte sich in eine traurige Harmonie, wie ein Dutzend Moll-Akkorde, die gleichzeitig erklangen. Am Baumkreis bildete sich eine Art Portal an genau jener Stelle, an der eine Eiche im Kreis fehlte.

„Dorthin?", fragte Dörte und ging, ohne auf eine Antwort zu warten, auf die Stelle zu.

Hausmann eilte zu ihr und wollte sie zurückhalten. „Bist du wirklich sicher? Was ist mit dem Jungen?"

Entschlossen schüttelte Dörte den Kopf. „Wir müssen es tun. Es geht gar nicht anders. Oder willst du, dass deine Asche in alle Winde zerstreut wird?"

Einen Augenblick sah Hausmann sie stumm an, dann nickte er.

Dörte öffnete die Dose und trat an die Öffnung. Die Energien zerzausten ihre Haare, die Lichtblitze fühlten sich eiskalt an. Im Baumkreis sah sie Clara und Luis, die von innen auf die Öffnung zukamen. Sie streckte die Hand mit der Dose aus.

Luis nahm sie entgegen. „Danke", hauchte er. Die Öffnung schloss sich und Dörte ging langsam rückwärts. Sie erkannte, wie Luis und Clara gemeinsam die Dose ergriffen und den Inhalt in die Wunde im Boden gaben.

„Wir sollten abhauen!", schrie Weber von weiter hinten.

Dörte konnte sich nicht von dem Anblick lösen. Mit jeder Sekunde schien Clara zu altern, und Luis streckte die Arme nach oben, so als bitte er darum, aus dem Körper befreit zu werden, den er in Besitz genommen hatte.

Der Nebel aus dem ganzen Wald schien nun in den Baumkreis zu strömen und sich darin zu verdichten, bis nichts mehr erkennbar war.

Endlich konnte sich Dörte aus der Faszination befreien, sie drehte sich um und sah in die kreidebleichen Gesichter von Hausmann, Wagenhorst und Weber. Dann verstummte das Heulen.

Eine Sekunde später verging alles in einer Explosion aus reinem Weiß, das die Sinne raubte.

***

Die Kälte wich allmählich einer zaghaften Wärme. Der dicke Vorhang, der über der Welt lag, hob sich. Zuerst nur ein kleines bisschen, dann ein gutes Stück.

Dörte fühlte sich, als würde sie aus einem hundertjährigen Schlaf erwachen und alles völlig verändert vorfinden. Ihre Glieder waren steif und es schmerzte sie an jeder erdenklichen Stelle. Aber das musste bedeuten, dass sie lebte. Sie blinzelte und erkannte das Blätterdach über sich, durch das einzelne Sonnenstrahlen brachen.

Sie lebte! Es musste so sein.

Dann hörte sie zum ersten Mal seit langer Zeit Vogelgezwitscher in diesem Wald. Es war ihr vorher nicht direkt aufgefallen, aber es hatte gefehlt. Und wie es gefehlt hatte.

Sie hörte Hecheln, Getrampel, Gerede in der Entfernung.

Mühsam drehte sie den Kopf und sah Martina Wagenhorst an einem Baum liegen. Daneben kniete ihr Sohn und strich ihr übers Haar. Dörte sah zur anderen Seite.

Zwei Schäferhunde rannten auf den ebenfalls noch bewusstlos auf dem Boden liegenden Hausmann zu. Sie stürzten sich auf ihn und leckten ihm über das Gesicht.

Prompt fuchtelte er mit den Armen und rief: „Was zum Teufel?!"

Dörte musste plötzlich lachen. Es war nicht nur diese komische Szene, sondern auch die Erleichterung, dass sie offenbar heil aus der ganzen Sache herausgekommen waren.

Ein Polizeibeamter näherte sich ihr und ging in die Hocke. „Geht es Ihnen gut? Soll ich Ihnen aufhelfen."

„Aber ja doch, mein Lieber", sagte Dörte.

Der Beamte zog sie langsam auf die Füße und ging dann zu Wagenhorst hinüber.

Dörte sah sich um.

Auch Hausmann war nun aufgestanden und orientierte sich. „Heilige Scheiße, das hat geklappt!", rief er aus und zeigte auf Dörte. „Du hattest recht."

„Hier drüben!", rief ein Polizist aus dem Baumkreis. „Die Sanitäter sollen mit einer Trage kommen."

Dörte drehte sich um und ging langsam zum Baumkreis. Hausmann folgte ihr.

Sanitäter kamen herbeigeeilt und stellten eine Trage mitten im Baumkreis ab. Sie luden einen Mann darauf.

„Rießling!", sagte Hausmann.

„Schusswunde im Knie und in der Hand", sagte einer der Sanitäter und ergänzte: „Prellungen, Abschürfungen, vielleicht gebrochene Rippen, aber sonst stabil."

„Dachte nicht, dass er das überlebt", sagte Dörte.

„Er hatte verdammtes Glück, dass Brehm ihn nicht tödlich getroffen hat. Wer weiß, wie sonst alles verlaufen wäre", sagte Hausmann.

„Es musste so kommen, das war vom Schicksal sicher so vorherbestimmt. Nun ist der Schwur erfüllt."

„Wenn du es sagst", meinte Hausmann und zuckte mit den Schultern.

„Ich bin fest davon überzeugt. Schau dir doch den Baumkreis an."

Hausmann schritt an den Bäumen entlang bis zu der Stelle, an der vor Kurzem noch ein Loch prangte. Er berührte den Stamm einer offenbar im Eiltempo neu gewachsenen Eiche. Sie war erst ein paar Meter hoch, aber kräftig und gesund. „Verrückt, der Kreis ist wieder komplett. Wie ist das nur möglich?"

„Ich habe es Weber gestern schon erklärt. Das ist eben Magie."

Hausmann nickte. Sicher würde dieser Baum schon bald ebenso groß und stark sein, wie die anderen Eichen, die hier schon seit vielen Jahrzehnten Wind und Wetter trotzten. Er sah sich weiter in der Umgebung um. „Weber! Wo ist der Kerl eigentlich hin?" Er ging zu zwei

Kollegen, die bei Martina Wagenhorst und ihrem Sohn standen. „Habt ihr noch jemanden hier gesehen? Habt ihr einen Mann festgenommen?"

„Einen Mann? Oder vielleicht doch einen Geist?", scherzte einer der Beamten.

Hausmann winkte ab. „Blödmann, nein!"

„Wir haben fünfzig Meter weiter südlich einen älteren Herrn aufgelesen. Er ist schon auf dem Weg ins Krankenhaus", sagte der zweite Polizist.

„Das muss Pötsch gewesen sein", sagte Hausmann und beugte sich zu Martina Wagenhorst hinunter, die allmählich das Bewusstsein wiedererlangte.

Tobi wich ihr nicht von der Seite.

„Martina? Wie geht es dir? Kannst du mich verstehen?"

Sie blinzelte ein paarmal, erkannte offenbar ihren Sohn und schreckte hoch. „Tobi!"

„Ja, Mama! Es tut mir alles so leid."

Sie schloss die Arme um ihn und klammerte sich an ihm fest.

Hausmann stand auf und ließ die beiden allein.

Dörte gesellte sich zu ihm und strahlte ihn an. „Na, Lust auf einen Waldspaziergang?"

„Lass mich bloß in Ruhe!", grummelte er. „Ich nehme nur Vorschläge an, in denen Kaffee, Croissants und Schmerztabletten vorkommen."

Dörte lachte laut und herzlich. „Frühstück für Champions, verstehe."

243

23

Ganze zwei Tage hatte es Hausmann zu Hause ausgehalten, um sich von den Strapazen zu erholen, dann hatte ihn sein Pflichtgefühl wieder ins Büro getrieben. Es war wider Erwarten alles halbwegs glimpflich ausgegangen. Dörte war wohlauf und ging nun ganz ihrer Rolle als neue Besitzerin von Brehms Katze auf. Hausmann war froh, dass nicht er das eigensinnige Tier zu sich nehmen musste.

Martina und Tobias Wagenhorst schienen ebenfalls allmählich in ihr gewohntes Leben zurückkehren zu können, was ihn persönlich am meisten freute.

Theo Rießling war bereits aus dem Krankenhaus entlassen worden. Offiziell war seine Beteiligung an den Vorfällen, vor allem am Tod seiner Assistentin Judy March noch zu untersuchen, aber Hausmann bezweifelte, dass man ihn dafür anklagen konnte. Natürlich hatte es weitere Opfer gegeben, aber die waren wohl unvermeidlich gewesen und zudem mittlerweile spurlos verschwunden – ebenso wie Marcus Weber, dessen Bauwagen verlassen am Teich stand. Hausmann war sich aber sicher, dass sich dieser Überlebenskünstler nun eben woanders durchschlagen würde.

Der Kommissar saß noch keine zehn Minuten an seinem Schreibtisch, um den Papierkram zu sichten und Formulare auszufüllen, da platzte der Dienststellenleiter

Hermann Bröckle in sein Büro. Der Chef war ein Choleriker mit Glatzkopf – das Haar schütter, das Gesicht immer glühend wie eine rote Glühbirne, die Warnsignale abgab. Und die Stimme war schroff wie ein Güterzug.

Hausmann straffte sich, als er ihn erblickte. Bröckle war noch nie hier unten gewesen. Genau genommen bekam man ihn so gut wie nie zu Gesicht, denn er verließ sein Büro selten. Meist gab er nur bräsige bis unfreundliche Anweisungen per Telefon. Oder aber er ließ gleich Birgit das machen.

Eine Weile sah Hausmann seinen Chef fragend an, während dieser argwöhnisch das Büro in Augenschein nahm.

Sollte er als Erster etwas sagen? Besser, er hielt den Mund. Es konnte wahrlich nichts Gutes bedeuten, wenn er sich höchstpersönlich zu ihm bemühte. Was zur Hölle wollte er hier? Ihn rauswerfen?

„Hausmann, ich habe gute Nachrichten!", sagte Bröckle nun mit seiner Rumpelstimme.

„Oh Gott, jetzt kommt's!", dachte Hausmann. „Bitte lass es Vorruhestand sein." Er wollte gerade nachfragen, worum es ging, da hob der Chef die rechte Hand und fuhr fort.

„Ich weiß, welchen Einsatz Sie in diesen schwierigen Zeiten gezeigt haben und ich darf verkünden, dass wir das angemessen zu würdigen wissen."

Hausmann lehnte sich verwirrt in seinem Stuhl zurück. Mit Lob hatte er als Allerletztes gerechnet.

„Deshalb werde ich Sie auch befördern – zum Abteilungsleiter mit überregionalen Kompetenzen", dröhnte Bröckle.

„Ich verstehe nicht, welche Abteilung?", hakte Hausmann nach.

„Na, diese hier. Was Sie eben so machen. Ich habe mich dafür eingesetzt, dass man Ihre wichtige Arbeit sogar von Landesebene unterstützt."

„Landesebene? Sie meinen damit wohl, ich liege der Dienststelle endlich nicht mehr auf der Tasche?"

Hausmanns Chef brach in donnerndes Gelächter aus. „Sie sind ein scharfsinniger Hund, das muss man Ihnen lassen!"

„Schön und gut, aber Abteilungsleiter? Was soll ich denn leiten? Bekomme ich eine Mannschaft?"

Der Chef legte den Kopf schief und schwieg eine Weile. Dann setzte er ein Lächeln auf. „Birgit wird Sie unterstützen. Als Ihre persönliche Mitarbeiterin. Ich weiß ja, dass Sie beide sich verstehen. Und ich wollte sowieso Anastasia zu mir holen."

Hausmann vergrub den Kopf in den Händen. „Sonst bleibt alles beim Alten?", fragte er.

„Selbstverständlich, Sie können nach wie vor auf meine volle Unterstützung zählen." Wieder donnerte das Lachen durch Hausmanns Büro. Dann verschwand die rote Glühbirne durch die Tür.

Stumm zog Hausmann die Schublade auf und holte eine ganze Handvoll Schokoriegel heraus. Noch bevor er einen davon anbeißen konnte, erschien Birgit im Türrahmen.

„Na, na, na, mein guter Bernhardiner! Da werde ich ab sofort ein Auge drauf haben müssen, dass du nicht so viel Ungesundes isst!" Sie lächelte Hausmann an. „Wo soll ich sitzen? Auf deinem Schoß?"

Hausmann stieß ein Seufzen aus und sah sich in seinem engen Büro um. „Wir werden schon ein Plätzchen für dich finden."

„Ach, weißt du was? Lass mich das machen. Hier müssen wir sowieso mal gründlich ausmisten."

„Hab ich befürchtet." Hausmann biss in den ersten Schokoriegel. Von wegen weniger Ungesundes! Mit Birgit an seiner Seite würde er sicher noch mehr Süßigkeiten brauchen als bisher.

ENDE

Danksagung

Zuallererst danke ich meiner Familie und meinen Freunden sowie natürlich allen Lesern, Bloggern und Autorenkollegen, die mich bei diesem Buch und auch allen anderen bisherigen Veröffentlichungen unterstützt haben. Euer positives Feedback ist die beste Triebfeder für jedes neue Romanprojekt.

Wenn ihr zu diesem Buch Kommentare, Kritik oder Fragen habt, meldet euch gerne via Mail, über Facebook, Instagram oder einem anderen Kanal bei mir.

An dieser Stelle weise ich auch noch einmal auf meinen monatlichen Newsletter hin, den ihr unter www.mikael-lundt.de/newsletter abonnieren könnt.

Über eine Rezension auf den einschlägigen Portalen würde ich mich natürlich ebenso freuen. Bis zum Nächten Buch!

Mikael Lundt, September 2021

Hausmanns erster Fall: FRESSFEIND

In der Reihe „Hausmanns krude Fälle" ebenfalls erschienen ist der Roman FRESSFEIND, der als E-Book, Taschenbuch und Hardcover verfügbar ist. Nachfolgend findet sich eine Leseprobe aus dem Buch.

Es stank nach Iltis. Oder nach Yak. So genau konnte man es nicht sagen. Es war ein beißender Gestank, wie eine Mischung aus Urinstein und Rattenkot, aus Erbrochenem und faulem Fleisch. Nichts von dem war im zittrigen Licht der Neonröhre zu erkennen, welche die Unterführung spärlich erhellte. Aber es war gewiss da, in den vielen Ritzen und Ecken, die im Schutz der Dunkelheit blieben. Dort lag sicher auch der eine oder andere Kadaver und rottete seit Wochen vor sich hin. Kaum einer wollte diesen verseuchten Gang unter den alten Gleisanlagen freiwillig benutzen, aber es war der einzige halbwegs kurze Weg zur anderen Seite des Bahnhofs.

Jacky hatte an diesem Morgen ebenfalls keine Zeit für zweieinhalb Kilometer Umweg. Höchstens für ein paar letzte saubere Atemzüge. Sie stand vor der Treppe zur Unterführung und atmete mehrmals tief ein und aus, bevor sie die Luft anhielt. Dann trat sie den Weg nach unten an. Er kam ihr jedes Mal vor, als täte sich vor ihr der Schlund eines Monsters auf. Und es war ein Monster mit wüstem Mundgeruch.

Sie tauchte hinab in die feuchte Röhre aus Beton und ging, so schnell es ihr möglich war, die 87 Schritte bis zum hinteren Ende. Sie zählte immer mit. Mal waren es 84, mal 92 Schritte, aber im Durchschnitt 87. Sie zählte sie, um sich von der Luftnot abzulenken. Es wirkte. Doch gegen Ende spürte sie trotzdem, wie ihre Lunge brannte. Sie hastete die Treppen hinauf und streckte gierig den Kopf in den Wind – er trieb den üblen Geruch fort. Am schwarzgrauen Himmel bekamen die Wolkenfetzen einen ersten Hauch von Kontur. Jacky nahm sich eine Minute, um Luft zu holen. Vor ihr schwang sich die marode Stahlbrücke in 20 Metern Höhe über zwei Dutzend Gleise. Es war nur noch die Hälfte in Betrieb. Jenseits der Brücke wartete der Güterbahnhof. Und der größte Supermarkt der Stadt – mit den besten Sonderangeboten. Jacky wäre rechtzeitig dort, wenn er um 7:00 Uhr öffnete. Und wenn sie sich beeilte, wäre sie zurück, bevor Jens aufwachte. Das war das Wichtigste, denn ohne sein Morgenbier wäre er wahnsinnig mies drauf. Jacky rieb sich die knochige Schulter und erinnerte sich an gestern Abend, als das Bier ausgegangen war. Er bekam schnell schlechte Laune.

Sie hatte die Brücke fast überquert. Am Containerterminal ragten die Frachtcontainer vier Etagen hoch – eine rostige Häuserzeile aus Stahlblech und losem Lack. Noch war kein Betrieb. Außer dem Säuseln des Windes in den Containerschluchten hörte man kaum etwas.

Mit einem Mal stellten sich ihr am ganzen Körper die Haare auf. Jacky blieb stehen. Energetisches Knistern und Summen durchbrach die Stille. Das Brückengerüst vibrierte, als wollte es abheben.

Was zum Henker?

Dann sauste ein Kugelblitz am Himmel entlang. Jacky riss den Kopf herum und verfolgte seinen Weg. Der grelle Lichtfleck steuerte genau auf die Häuser der Bahnhofsstraße jenseits der Unterführung zu. Sie wusste nicht, warum, aber sie war sich sicher, das Ding würde genau in ihr Haus einschlagen. Ihr passierte immer die dümmste Scheiße. Sonderangebote hin oder her, Jacky machte kehrt und rannte über die Brücke zurück – und durch den Kadavertunnel.

Der Dachstuhl qualmte. Es war tatsächlich ihr Haus. Nummer 63. Sie stürmte durch die Tür und hetzte die Treppen hoch, bis ganz nach oben. Ihre Wohnung lag direkt unter dem Dachboden. Alles war dunkel und voller Nebel, der Strom schien ausgefallen. Ihre Wohnungstür stand offen. Sie rieb sich die Augen. Träumte sie? Sie hätte fliehen müssen. Das war genau der richtige Zeitpunkt, um sich auf und davon zu machen, alles stehen und liegen zu lassen. Aber trotz allem drängte sie etwas, nachzusehen.

Was war mit Jens?

Ohne weiter zu zögern, schlich sie hinein. Aus dem Schlafzimmer hörte sie Gurgeln und Grunzen. Die Tür war halb geöffnet. Jackys Körper wurde steif. Vor dem Bett stand mit dem Rücken zu ihr ein schuppiges, hünenhaftes Biest mit langen Klauen. Dahinter lag Jens. Es hatte ihn aufgeschlitzt, seinen ganzen fetten Wanst. Die Augen quollen heraus.

Jacky schrie nicht, sie weinte nicht. Der groteske Anblick bereitete ihr auf eine merkwürdige Art sogar ein wenig Befriedigung. Dann traf sie die Erkenntnis, dass ihr womöglich das Gleiche drohte, sobald sich das Ungetüm umdrehte. Sie stolperte rückwärts ins Wohnzimmer und stürzte über den Couchtisch. Im Fallen räumte sie noch Dutzende Bierflaschen und übervolle Aschenbecher vom Tisch ab.

Das Ungetüm drehte ruckartig den Kopf herum und riss die restlichen Eingeweide aus Jens' Bierbauch, Blut und andere Flüssigkeiten flossen heraus. Dann kam es ihr nach. Das Monstrum gab ein nasales „Griggelgriggel" von sich und wedelte mit einem überlangen Saugrüssel in

Jackys Richtung. Es warf die Gedärme zur Seite und machte einen Satz auf sie zu.

Jacky versuchte, sich zur Seite zu rollen, aber sie war zwischen Bierkästen und Couch eingeklemmt. Das schuppige Biest begrub sie unter sich. Das Letzte, was sie wahrnahm, war ein ätzender Gestank – übler, als jener in der Unterführung jemals gewesen war. Dann senkte sich alles in Schwärze.

∗∗∗

Stahlgraues Licht sickerte durch die Gitter des Kellerfensters und quälte sich durch die dichten Spinnweben, die es rundherum einrahmten. Die Hälfte seiner kläglichen Leuchtkraft blieb darin hängen. Die letzten Strahlen ließen die Umrisse von durchgebogenen Blechregalen erkennen, die sich bis unter die Decke des gut drei Meter hohen Raums erstreckten. Darin stapelten sich Elektronikschrott, Plastikkanister, Blumenkübel, Umzugskartons, vergilbte Zeitschriften und allerhand anderer Kram, den man einst hier herunter verbannt hatte. Hinter den Regalreihen brannte eine Funzel. Sie schuf eine rot-orangene Insel auf dem vom Chaos überfluteten Werkstatttisch. Die Wand dahinter war zugekleistert mit Zeitungsausschnitten, Fotos und vor allem Titelseiten alter Comic-Hefte.

Henry steckte den Lötkolben in die Halterung der zugehörigen Station und pustete den Dampf des Lötfetts weg. Er begutachtete sein Werk.

„Warum musst du ausgerechnet jetzt den Geist aufgeben? Gerade als zum ersten Mal ein klares Signal reinkommt!", tadelte er den schuhkartongroßen Apparat vor sich. ALIEN DETEKTOR stand in Großbuchstaben auf der Vorderseite des Gehäuses. Den Deckel hatte Henry abgenommen, um an den elektrischen Eingeweiden herumbasteln zu können. Unschlüssig warf er einen Blick auf den mehrfach kopierten und in Teilen fast unleserlichen Schaltplan im Din-A3-Format. Er schüttelte den Kopf. Er war sich im Grunde recht sicher, dass er den Detektor richtig zusammengebaut hatte. Aber bei der Qualität der Anleitung konnte man ein gewisses Restrisiko nicht ausschließen.

Rauschen und Gluckern sausten über Henrys Kopf hinweg. Er sah hoch zu den Abwasserrohren, die offen an der Decke verliefen, genau über seinem Arbeitsplatz. Er konnte sich einfach nicht an dieses Geräusch gewöhnen, das jedes Mal seine Gedanken unterbrach, wenn oben jemand spülte.

Henry schüttelte den Gedanken an das Abwassersystem ab und kramte weiter in einer Kiste mit den elektronischen Bauteilen. Irgendwo musste eine Ersatzspule liegen. Die Letzte war eindeutig durchgebrannt. Vermutlich, weil der Detektor überlastet wurde. Und das hieße, die Aliens wären ganz in der Nähe. Henry genoss den Gedanken. Wenn das stimmte, wäre der Moment, auf den er so lange gewartet hatte, gekommen.

Oder das Gerät war einfach nur Schrott, wie seine Frau immer sagte. Doch die hielt ohnehin alles, was er baute, für Schrott. Er weigerte sich, das zu akzeptieren. Der Detektor hatte funktioniert, wenn auch nur kurz. Henry zog die Lampe heran und wühlte in der Kiste, bis er eine passende Spule zwischen die Finger bekam.

Mit einem Quieken öffnete sich die dicke Stahltür, die am anderen Ende des Kellers oberhalb einer rostigen Metalltreppe in die Betonwand eingebaut war.

„Papa?", fragte eine Jungenstimme. „Bist du wieder im Loch?"

Die Bezeichnung musste er von seiner Mutter haben. „Ich bin hier unten, Jonas", rief Henry zurück und nahm den Lötkolben erneut aus der Halterung.

„Wir wollten doch in den Zoo. Heute ist Familientag!" „Noch fünf Minuten, dann hab ich den Detektor repariert."

„Jetzt lass den Monster-Quatsch und zieh dich gefälligst um!", rief eine ungehaltene Frauenstimme in den Keller. „Du siehst bestimmt wieder aus wie der letzte Heuler." Anke hatte diesen fürchterlich ungeduldigen Ton angeschlagen.

Henry sah an sich hinunter. Was sollte an seinem Outfit nicht stimmen? Zugegeben, der Aufdruck des Ghostbusters-Shirts war etwas rissig und ausgebleicht, aber Löcher hatte es keine. Daran gab es rein gar nichts auszusetzen. Jogginghose und Filzpantoffeln könnte er ja ausziehen.

Henry gab sich Mühe, seinem Namensfluch zu entkommen, auch mit Hilfe der Kleidung. Eigentlich hieß er Heinrich, wie schon sein Vater. Aber er fand, dass Heinrich nach altem Mann klang, nach Bismarck-Ära und Pickelhaube. Heinrich Roesler, das hatte nichts, das klang nach Eigenheim und Rasensprenger. Henry wirkte da viel moderner, aufregender. Und er war er gerade einmal 39, da konnte man ruhig in einem bunt bedruckten T-Shirt herumlaufen.

Seine Frau war in diesem Punkt anderer Ansicht. Er sollte beim Ausflug mehr nach einem anständigen Familienvater aussehen als nach einem erfolglosen Alienforscher, der im Keller seiner Reinigung obskure Apparate zusammenbaute.

Henry setzte die neue Spule ein und lötete sie an beiden Enden fest. Dann schloss er den integrierten Blei-Akku an und setzte den Deckel auf. Die Lichter des Detektors gingen an. Die Nadeln der Messinstrumente schwangen wie Pendel hin und her, bevor sie sich in der Nullposition einpegelten. Der Detektor lief wieder und war kalibriert.

Henry würde ihn im Kofferraum verstauen, so dass Anke nichts zu meckern hatte. Darauf musste er Rücksicht nehmen. Es war Montag und laut ihrer Vereinbarung blieb die Reinigung da geschlossen, damit sie etwas zusammen unternehmen konnten. Aber Henry war gleichermaßen überzeugt: Wenn sich wirklich ein Außerirdischer in der Stadt aufhalten sollte, dann müsse man einen entsprechenden Detektor griffbereit haben, Familiennachmittag hin oder her. Auf eine solche Gelegenheit wartete er schon Jahre. Henry legte eine Wolldecke über den Apparat, klemmte ihn sich unter den Arm und stieg damit die Treppe hoch.

„Ich geh mich umziehen, bin in fünf Minuten fertig!", rief er nach oben.

Niemand hörte ihn, Anke und Jonas standen schon am Auto und genossen die schüchterne Wärme des letzten schönen Tages im Herbst. Der Morgen war kalt und klamm gewesen, aber nun hellte sich der Himmel auf: perfektes Zoo-Wetter, nicht zu heiß, kein Regen in Sicht.

***

Kommissar Bernhard Hausmann starrte auf den gelben Notizzettel auf der Akte, die vor ihm auf dem Schreibtisch lag. Er mochte sie nicht öffnen. Immer, wenn die Kollegen keinen Ansatz fanden oder keine Lust hatten, sich einem Fall zu widmen, schickte man solche Akten zu ihm.

„Das ist was für unseren Bernhardiner", hatte die Assistentin des Chefs in zuckersüßem Tonfall geträllert. Bernhard war sich nicht sicher, ob sie ihn damit aufziehen oder ihre Sympathie ausdrücken wollte.

„Fettsack aufgeschlitzt und ausgeweidet, Freundin flüchtig!", stand auf dem Notizzettel, den sie darauf geklebt hatte. Er verspürte keinen besonderen Drang, den Deckel des Ordners aufzuschlagen. Was lebten nur für Irre in dieser Stadt? Dann schlug er ihn doch auf, denn Plicht ist Pflicht.

„Pfuah", pustete er heraus, als ihm die Tatortfotos entgegensprangen. Auf einem Bett lag ein offenbar bis vor Kurzem stark übergewichtiger Mann. Sein Körper hatte mit der Zeit eine tiefe Kuhle in die Matratze gedrückt. Nun versank er fast darin. Das, was von ihm übrig war, schwamm in einer rotbraunen Lache in der Liegekuhle. Die Bauchdecke des Mannes war aufgeklappt und die Haut hing rechts und links in Fetzen schlaff herunter, teilweise fast einen Meter weit. Auch das Gesicht und die stämmigen Beine des Mannes wirkten wie eingefallen, nein, ausgezehrt. So als hätte jemand eine Fettabsaugung an dem Mann durchgeführt und dann mitten im Vorgang

257

einen epileptischen Anfall bekommen. Hausmann sah an sich herunter und betastete sein Bäuchlein. Er müsste auch dringend abnehmen. Aber so wollte er nicht enden. Das konnte kaum die flüchtige Freundin des Opfers getan haben. Sie war wegen diverser Ladendiebstähle polizeibekannt. Aber laut Akte war sie nur 1,58 groß und wog gerade mal 45 Kilo. Er notierte sich die Adresse des Tatorts: Bahnhofstraße 63. Sein Pflichtgefühl verlangte, dass er sich das selbst ansah.

Der Mystery-Thriller FRESSFEIND ist erhältlich als:

Taschenbuch (294 Seiten): 9,99 Euro,
(ISBN-13 : 978-1090481870 , Amazon KDP)

Hardcover (264 Seiten): 19,99 Euro,
(ISBN-13 : 978-3749449255, BOD)

Kindle E-Book: 4,99 Euro,
(ASIN: B07PNHNWRP, Amazon KDP)